ブラック・ローズ

序章

お気に入りのＪポップのメロディが流れた。

いや、お気に入りだった……と言うべきか。

携帯電話の目覚ましのメロディとして選曲していたせいで、唯《ゆい》は眠くつらいときばかりに流れるこの曲をいつの日からか嫌いになっていた。

毛布から右手だけを出して、ヘッドボードの携帯電話をまさぐった。

通話ボタンを押し、耳障《ざわ》りなメロディを切った唯は液晶ディスプレイをみた。

ＡＭ５：００。

まだ、こんな時間だ。いつもは、六時三十分に目覚ましをかけていた。

今日は部活の朝練日でもないし、時間設定を間違えたのだろうか？　携帯電話を抱き締めながら、ぼんやりと考えているうちにふたたびまどろみへと誘われた。

——悪いけど頼んだぞ。明日は、絶対に寝坊できないんだ。

脳裏に蘇《よみがえ》る父……孝史の声に、はっと眼を開けた唯は身を起こした。

今日は、孝史が担当するドラマのクランクインの日だった。

八王子で早朝からロケがあるらしい。

「まったく……子供じゃないんだから、自分で起きてよね」

ぶつぶつと呟《つぶや》きながら、唯はベッドから下りると勉強机の上で微笑《ほほえ》む遺影の中の母に手を合わせた。

「おはよ、ママ。今日からパパがやるドラマの撮影が始まるんだって。応援してあげてね」

起き抜けに、母……幸江の遺影に手を合わせるのが日課だった。

二年前——幸江は、唯が高校一年生のときに子宮癌でこの世を去った。

それ以来、唯は学校に通いながら葉山家の家事の一切を受け持つことになった。

「じゃあ、大きな子供を起こしてくるね」

唯は幸江に手を振り、部屋を出た。

欠伸《あくび》を嚙《か》み殺しながら階段を下りた。

孝史は自分の部屋があるにもかかわらず、いつも玄関近くのリビングに寝ている。

——暴漢が入ったときに、お前と母さんを守らなきゃならんからな。

子供っぽいだけでなく、孝史は家族思いの頼り甲斐《がい》のある男だった。

「パパ、時間……」

リビングのドアを開けた唯は、声を呑《の》み込んだ。

凍てついた視線の先で揺れる人影……天井の梁《はり》に括《くく》りつけたネクタイで人が首を吊っていた。

「パ……パパ……？」

背中を向いている人影に、唯は恐る恐る声をかけた。

「パパ……嘘……嘘よ……」

唯は、涙声で呟《つぶや》きながら後退《あとずさ》った。背中が壁に当たった。

「いや……いやよ……」

しゃくり上げ、首を激しく横に振りつつ腰砕けのようにへたり込んだ。

「いやーっ！」

唯の絶叫が、朝陽が射し込む室内の空気を切り裂いた。

1

そこは、部屋の中に書庫があるというよりも、書庫の中に部屋があるといった感じの書斎だった。

資料と原稿の山で溢《あふ》れたデスクの僅《わず》かに空いたスペースに置かれた灰皿に吸さしを押しつけた河田泰三は、すぐに新しい煙草に火をつけた。

「河田先生のファンの方々も、きっと、映像化を待ち望んでいることと思います」

唯は、瞳に力を込めて根気よく訴えた。

「どれだけ頼まれても、だめなものはだめだ。いままできた人にも言ってきたことだが、映像化に興味はないんだ。あんなもの、小説の世界観を壊すだけだからな。時間の無駄だ。悪いが、帰ってくれないか」

噂通り、取りつく島のない頑固な男だった。

河田の書く『サムライ刑事』シリーズは累計五百万部を超える大ベストセラーであり、過去にテレビ局や制作会社のプロデューサーが何人も足を運び映像化の交渉をしてきたが、みな玉砕していた。テレビドラマと言えば、ひと昔前までは局のオリジナル作品が主流だった。

しかし近年は、右を向いても左を向いてもテレビで放映されるドラマは、原作を映像化したものばかりだ。

視聴者が、原作を求めているわけではない。彼、彼女らはストーリー性のある面白いドラマが観《み》られれば原作があろうとオリジナルだろうとどちらでもいいのだ。

そう、簡単な話、現在のテレビ界に「ストーリー性のある面白いドラマ」を描ける脚本家がいなくなってしまい、ふた桁台の視聴率を維持するのがやっとというドラマ氷河期の時代に突入した。

つけ加えて言えば、大手芸能プロダクションの人気タレントを順番に主役にキャスティングする、いわゆる「行政」によって作られた物語無視のドラマが氾濫《はんらん》したのも低視聴率時代になった原因と無関係ではない。

ドラマ黄金時代復活を熱望する各局のプロデューサー連中が眼をつけたのは、人気作家の原作だった。

ベストセラーになった小説や漫画なら、何十万、場合によっては数百万の読者がついているので視聴率が期待できるだろうという考えが原作至上主義の風潮を作ったと言えよう。

「先生は、どうしてそんなに映像化を毛嫌いなさるんですか？」

唯は、詰問口調にならぬよう、素朴な疑問、という感じを強調して訊《たず》ねた。

「さっきも言っただろう？　映像化は作品の世界観を壊す。考えてもみろ？　Aという俳優が主人公を演じる私の原作のドラマを観たあとに小説を読んだら、その主人公のイメージはAになる。主人公だけではなく、脇役から飼い犬から道端の草木まで、すべてがドラマのイメージになる。そこに、私の世界観は一片たりともないんだよ。だから、映像化にはまったく興味なしということだ」

苦虫を嚙み潰したような表情で、河田が言った。

映像化にまったく興味がないというのは、本音ではない。

なぜなら、河田は過去に局のプロデューサーと原作のドラマ化について打ち合わせをしたことがあるのだった。

その作品は、撮影中盤で中止になりお蔵入りとなった。

原作の内容と違うということで、河田がクレームをつけたのだった。

「もし、作品の世界観を壊さないで映像化ができるとしたなら、お気持ちは変わります？」

唯は、遠慮がちに訊ねた。

「そんなこと、できるわけないだろう。だいたいね、活字で表現した世界を映像に置き換えること自体がナンセンスだよ」

「たしかに、そうですね。『サムライ刑事』の魅力を百パーセント発揮できるのは、原作しかないと思います。それは、ピカソやゴッホの描いた絵を、どれだけ精巧に模写したとしても原画を超えることができないということと同じです」

唯は、河田の意見に賛同してみせた。

何度途中下車しても、終着駅に到達すればいいのだ。

「わかってるじゃないか」

「でも、もし、ピカソやゴッホが自身の作品を模写したならば、それはかぎりなく原画に近いものとなるはずです」

「それは、どういう意味かな？」

「つまり、『サムライ刑事』のドラマ化にあたって、先生がトータルプロデューサーになってくだされば、原作の世界観を壊さない作品に仕上がるということです」

唯は、全幅の信頼を寄せた瞳で河田をみつめた。

「私が、トータルプロデューサーを⁉」

河田が、驚きの声を上げた。

映像化の際に、最も厄介なのが原作者の介入だ。

プロデューサー達は、先生、先生と媚《こ》び諂《へつら》いながらも、現場から原作者を遠ざけることに全精力を傾ける。

いま、まさに河田が口にしているように、「作品の世界観が……」という言葉が最大の障害物なのだ。

疎外されていると感じ取ったからこそ、河田は臍《へそ》を曲げるのだ。唯の隣に座っていたアシスタントプロデューサーの三井晴彦が、河田に気づかれないように肘《ひじ》を小突いてきた。

「はい。是非、お願い致します」

三井を無視して、唯は頭を下げた。

「そりゃ、私は構わないが、局的には大丈夫なのかな？　言いづらいが、君達は制作会社……つまり、局の下請けのようなものなんだろう？」

なにかを言いかけた三井の肘を、今度は唯が小突いた。

「私達制作会社の社員にとって、局Pの発言力が大きいのは事実です。しかし、これまで映像化を渇望されながらも実現したことのないシリーズ五百万部の作品が手に入るとなればどんな条件でも呑みますよ」

河田がトータルプロデューサーに入るのが条件と聞けば、いくら大ベストセラーの作品であってもテレビ局のプロデューサー連中が難色を示すのは間違いない。

が、そこはなんとか説き伏せる自信はあった。

「君がそこまで言うのなら考えないこともないが……私は、世界観を守るためなら妥協はしないよ。それでも、いいのかな？」

河田が、念を押すように言った。

「もちろんですとも」

間を置かずに即答した。返事が数秒遅れただけで、河田の疑心は膨らみふたたび心のシャッターを下ろしたことだろう。

プロデューサーに必要なのは誠実さではなく、誠実な印象を与える言動だ。

「わかった。とりあえず、君に任せてみよう。締め切りを片づけなければならないので、今日のところは帰ってもらえるかな」

「はい。貴重なお時間をありがとうございました。企画書ができあがりましたら、ご連絡を差し上げます。どうも、失礼致しました」

唯は深々と頭を下げると、三井を促し腰を上げた。

もう、興味はなくなったとばかりに背を向け原稿に万年筆を走らせ始めた河田にもう一度頭を下げ、唯は書斎をあとにした。

☆　　☆

「唯さん、あんな約束しちゃってどういうつもりなんですか!?」

河田の家を出るなり、三井が血相を変えて訊ねてきた。

三井は、正義感の強い好青年だった。

だが、この世界で生きて行く上で、正義感はマイナスになっても決してプラスになりはしない。

脳裏に蘇りそうになる十年前の忌まわしい光景を、唯は頭から追い払った。

「あんな約束って？」

社用車のアルファードの助手席に乗り込みながら、唯は惚《とぼ》けてみせた。

「河田先生をトータルプロデューサーにするってことですよっ。そんなこと、あのうるさい局P達が認めるわけないじゃないですか⁉　もし認めたとしても、原作者を現場のトップなんかに据えたらだめ出しばかりで作業が進みませんよ！　クリエーターなんて輩《やから》は、理想ばかりで現実を見据える眼なんてこれっぽっちも持ってないんですから！」

運転席に座るなり、三井が捲《まく》し立てた。

「映像化絶対不可能と言われていた河田泰三を口説き落としたのをみていなかったの？」

唯は、涼しい顔でバージニアスリムロゼをくわえて火をつけると細長い紫煙をフロントウインドウに吹きかけた。

「だから、それはトータルプロデューサーにすると言ったからでしょう⁉」

「局のPには、そのことを言わないわ」

「言わないって……そんなの、すぐにバレるに決まってるじゃないですか！」

「どうして？」

「唯さん、僕をからかってるんですか⁉　トータルプロデューサーを任された河田先生が企画会議の段階から局を訪れるわけですし……」

「誰が先生を企画会議に参加させるって言った？」

唯は、三井を遮り淡々とした口調で言った。

「え……？」

三井が、まるで幽霊に遭遇したような顔で首を傾《かし》げた。

「映像化の最優先権……オプション契約を結んでしまえばこっちのものよ」

「河田先生を参加させなきゃ、怒って契約破棄ってことになりますよっ」

「契約期間は、たとえ原作者でも勝手に契約を破棄できないわ」

唯は、一片の情も感じさせない冷たい眼を三井に向けた。

「そんな……」

三井の瞳には、唯にたいしての軽蔑のいろがありありと浮かんでいた。

「三井君。私と仕事をするの初めてだから、教えてあげるわね。プロデューサーにとって一番大事なことは、いかにはやく、確実に企画を実現できるかということ。それより優先すべきことは、なにもないのよ」

「約束は……河田先生との約束はどうなるんですか!?」

「約束を守って視聴率の取れないドラマを作るか？　約束を破って高視聴率のドラマを作るか？　あなたが、もし前者を選ぶのなら、いますぐに転職先を考えたほうがいいわ」

愚直なまでに約束を重んじ、命を絶った男がいる。

約束を屁《へ》とも思わず、人を死に追い込んだ男がいる。

「なんだか、仁科《にしな》さんと話してるみたいですよ。最近、唯さん、嫌ってる人に似てきましたね」

三井が、皮肉を込めて言った。

仁科真一——十年連続で民放のドラマの視聴率トップを守っているサクラテレビのチーフプロデューサー。

通称、民放ドラマ界の帝王。憎き希代《きだい》のヒットメーカーと同じ土俵に立つためならば、鬼にでも悪魔にでもなることを厭《いと》わない。

「光栄だわ。さあ、車を出してちょうだい。河田先生の気が変わらないうちに、『サムライ刑事』の企画をサクラテレビに持ち込まなければならないから」

「サクラテレビ⁉」

素頓狂《すっとんきょう》な声を上げる三井。

「ええ」

唯はリップグロスに濡れる唇に弧を描かせ、シートに深く背を預けて眼を閉じた。

このときのためだけに、テレビの世界へと足を踏み入れた。

十年間、ほかの一切を犠牲にして手に入れたもの……それは、帝王の前に立つ実績だった。

2

「河田先生の原作を私に？」

サクラテレビ第二ドラマ制作部の会議室。

チーフプロデューサーの境昭雄は、人がよさそうにみえるだけが取り柄のふくよかな顔に驚愕《きょうがく》のいろを浮かべながら訊ねた。

無理もない。第二ドラマ制作部が通常扱っているドラマは二十三時以降の深夜枠がほとんどで、十九時から二十二時といういわゆるゴールデンタイムは、仁科率いる第一ドラマ制作部が独占している。

　サクラテレビでそういう規則があるわけではなく、仁科と境の実力差の結果、いつの間にか第一ドラマ制作部が一軍、第二ドラマ制作部が二軍という図式ができあがったのだ。

「ええ。是非、お願いします」

　唯は、屈託のない笑顔で言った。

「ウチの部は深い時間帯のドラマばかりで……そのへんの事情は知ってるよね？」

　額に滲《にじ》む冷や汗をハンカチで拭《ぬぐ》いつつ、境は質問を重ねた。

　唯は頷《うなず》いた。

「なら、第一の仁科のことも？」

　ふたたび、唯は顎《あご》を引いた。

「だったら、なぜ、こんな大人気作家さんの原作を私なんかに？」

　境の卑屈な愛想笑いに、彼がただ人がいいだけの男でないことがわかった——仁科にたいしての対抗心がみえ隠れした。

「境チーフにやってもらったほうがいいドラマ作りができると判断したんです」

「そんなに煽《おだ》てられても、なにも出ないよ」

　そう言いながらも、境は喜色満面だった。

　最初から、境の力など当てにはしていない。ただ、放送枠と予算を確保してくれれば、それでいい。

「いいえ。境さんは、ご自分を謙遜なさり過ぎです」

「そうなのかな。昔から、自己主張というやつが苦手でね」

その気になる境――いい感じだ。

「『サムライ刑事』で、境チーフの実力をみせつけるべきです」

唯は、煽《あお》りに煽った。仁科の鼻を明かすには、境に出世してもらわなければ困る。仁科がうだつの上がらない先輩プロデューサーを眼中に置いていないいまが絶好のチャンスだった。

「そうだな。たしかに最近の彼は、増長し過ぎている感があるからな。ただな……」

一転して境が弱気な表情をみせた理由が、唯にはわかっていた。

「枠の確保の問題ですか？」

「まあね。局長は、仁科の言いなりだからな」

境が、苦虫を嚙み潰したような表情で言った。

それはそうだろう。仁科は、この十年でヒット作を連発し、サクラテレビをドラマの視聴率王にまで押し上げた立役者なのだから。

「原作は私達が握ってます。仁科さんという人がどれだけ発言力が強くても、『サムライ刑事』を横取りすることはできません。局長さんが、どうしてもこの作品をドラマ化したいんだったら、境チーフにゴールデン枠を任せるしかないと思いますよ」

唯は、境を鼓舞した。自分は番組会議に出られないので、境に突破してもらわなければスタート地点にも立てはしないのだ。

――関わる人みんなに夢を与えなければならないのが、プロデューサーという仕事だ。

きっと、あなたの仇《かたき》を討ってみせる。だけど、あなたのようにはならないわ。

唯は、不意に蘇る声に、心で宣言した。

3

「おい、楽屋行って、アツシさんを呼んでこい！」

サクラテレビの廊下に響き渡る大声が、ガラス張りの喫煙ルームにまで忍び込んできた。

「あ、いま、腹痛いとかで、トイレ行っちゃいましたけど……」

「馬鹿！　もうハーレムさん達スタジオに向かってんだぞ！　これ以上待たせたら、岡さんがキレまくって俺らにも飛び火すんだろうが！　トイレから引き摺《ず》り出してこい！」

　APの野尻に怒鳴られた二十歳そこそこのADが、弾《はじ》かれたようにトイレへと駆けた。

「局のADも大変ですね」

　顔前に纏《まと》わりつく紫煙を手で追い払いながら、三井が同情を帯びた声で言った。

「あなたはAPなんだから、もっとしっかりしなきゃね」

　唯は、励ますように三井の肩を叩いた。

「それより、いい加減、やめませんか？」

「なにを？」

「それですよ、それ」

　三井がしかめ面《つら》をしながら、唯の吸うバージニアスリムロゼを指差した。

「いやなら、外に出ればいいじゃない」

「じゃあ、こんなに近い距離なのに、なにかアイディアを思いつくたびに携帯電話を鳴らすのやめてくださいよ」

「男のくせに、小言ばっかりで小姑《こじゅうと》みたい」

「はいはい、小姑で結構。ほんと、唯さん、いまどきヘビースモーカーなんて時代に逆行してますよ」

「逆行じゃなく、反発と言ってくれる？」
唯の減らず口に、肩を竦《すく》めて三井が喫煙ルームをあとにした。

――もう、だめだってば。

唯は、難しい顔で脚本を読む孝史の手から煙草を奪い軽く睨《にら》みつけた。

――こらこら、返しなさい。
――だーめ。煙草なんて毒を、どうして吸いたいのか意味わかんない。
――父さんの仕事にはな、煙草よりも身体《からだ》に悪いストレスっていう猛毒があるんだよ。この相手役じゃイメージが悪いから共演できない、共演の男の子はウチのタレントより背が低いのが条件、共演の女の子はウチのタレントよりスリムなコはNG、誰の台詞《せりふ》より多くなければウチのタレントは出せない、これじゃ誰より目立たないからカメラアングルを変えてくれ、この脚本じゃウチのタレントの持ち味が出ないから書き直してもらえる？　って、クランクイン前からクランクアップするまでの間中、揉《も》め事が続くんだぞ？　いや、オールアップしてからも、今回の低視聴率は脚本が悪い、監督が悪い、共演相手が悪い……煙草でも吸ってなきゃ、ストレス死してしまうよ。

——とにかくだめなものはだめ。パパまで死んじゃったら、私ひとりになっちゃうんだからね。


このひと言で父は禁煙に踏み切ったわけだが、皮肉にも、それから一週間後に自殺した。

もちろん、煙草をやめたのが理由ではない。

局でのある揉め事に巻き込まれ、責任を感じて死に追い込まれたのだ。

「まだトイレかよ、あの、二流芸人が……あ、おはようございます！」

毒舌を吐いていた野尻が一転して愛想笑いを顔に貼りつけ、身体を九十度に曲げてお辞儀をした。

廊下の向こう側から、売れっ子芸人コンビのハーレムのふたりが、大勢の取り巻きを引き連れて歩いてきた。

岡のキレのいい突っ込みと橋本の絶妙のボケでバラエティ界を席巻《せっけん》するハーレムはレギュラー八本を持ち、昨年末には『紅白歌合戦』の司会に抜擢された大物芸人だ。

現在のドラマ不況のテレビ界は、バラエティ番組が支配していると言っても過言ではない。

総合視聴率の上位には、どの局もドラマを押し退《の》けてバラエティ番組が顔を揃えているのが現状だった。

ハーレムがスタジオ入りするのと入れ替わるように、別のスタジオから見覚えのある男が出てきた。

背後には、イケメンプロデューサーの誉《ほま》れ高い楠木《くすのき》圭介が腰巾着《こしぎんちゃく》のようにくっついている。

彼は唯の方をちらりとみた。すぐに唯は視線を外す。

「じゃ、夕方のロケに間に合うようになるはやで頼むよ」

楠木に業界用語で指示を出した陽灼け顔の男……仁科が、喫煙ルームに入ってきた。

淡いピンクのジャケットに開襟シャツの胸もとから覗《のぞ》くクロムハーツのシルバーアクセサリー——本人の性格同様に、服装のセンスも軽薄だった。

クールのパッケージから引き抜いた煙草を口にくわえた仁科が、唯の存在を認めて口先に運びかけたライターを持つ手を止めた。

「おやおや、梨田さんじゃないか。珍しいね。ウチの局で仕事？」

人を小馬鹿にしたような物言いは、十年前となにも変わっていなかった。

いや、地位と名誉を得たぶん、頭角を現しかけてきた当時より、ふてぶてしさが増していた。

「いえ、近くに用事で寄ったので、仁科さんにご挨拶をと思いまして……」

唯は、憧れのスターに会ったとでもいうように、頬を上気させてうわずる声で言った。

仁科にとって目の前の制作会社のプロデューサーは、自分に憧れてこの業界に入ってきた女性だった。

初対面……実質的には二度目の対面だった六年前に、唯の会社であるメビウスの二時間ドラマのAPとしてサクラテレビを訪れ、仁科に「将来、仁科さんのようなプロデューサーさんになりたくて制作会社に就職しました」と挨拶をしていた。

もちろん、嘘。唯が怨讐《おんしゅう》の仇に媚び諂っているのは、仁科を潰すためだ。

子犬が狼を倒すには、ある絶対条件が必要だ。

それは、その狼のもとで育ち狼犬になることだ。

子犬が親犬のもとで育っても、本当の意味での狩りを教えてはもらえない。

かと言って、ほかの狼のもとで狩りを習い育ったとして、目的の狼は見知らぬ狼犬の存在を警戒し、隙《すき》をみせようとしない。

倒したい狼の乳を飲み狩りをみて成長すれば、どんなに逞《たくま》しく立派な狼犬になっても警戒心を抱かれることはない。

唯は、メビウスのAP時代から、ことあるごとに仁科のもとを訪れ、本当は唾《つば》を吐きかけ平手で殴っても足りない相手に夢中で質問し、夢中で話を聞いた。

優秀なドラマプロデューサーを父に持っていても、まさか自分が同じ道を歩むとは思っていなかったので、専門的なノウハウを教わったことはなかったのだ。

「君だって、いまや一端《いっぱし》のヤリ手プロデューサーだろう？　わざわざ挨拶だなんて、逆に恐縮するよ」

言葉とは裏腹に、煙草の煙を勢いよく吐き出す仁科の顔には、当然、と書いてあるようだった。

相手を認めることなどない傲慢《ごうまん》で自信家の仁科が、たとえリップサービスでも唯を褒めるのは、右も左もわからない新人ＡＰを一から仕込みここまでにしたのは自分だという自負があるからだ。

つまり、彼の意識の中では、いまやサクラテレビの次代のエースと誰もが口を揃える楠木と唯は同列の扱いなのだ。

もっとも、同列と言っても、それはあくまで「門下生」という意味であり、局の花形プロデューサーと制作会社の一プロデューサーを同レベルで考えているわけではない。

二時間枠の単発ドラマでそこそこの数字を取っている「小物専門」。

――仁科の唯にたいしての評価はその程度のものだ。

たしかに、唯は連続ドラマというものを手がけたことはない。

過去にそういう話は何度かあったが、すべて断っていた。

連続ドラマと言っても、ゴールデン枠か深夜枠か、勝負ドラマか繋《つな》ぎドラマかというようにピンキリだ。

それこそ、そんな「小物」でそこそこの数字を取っても仁科の地位を脅かす発言力など持てずに、代わりに警戒心だけを抱かれてしまう。

三点差の野球でたとえれば、逆転満塁ホームランではなく二点タイムリーを打つようなものだ。

ヒーローにもなれない中途半端な活躍は、次の試合から相手ピッチャーの厳しい攻めを生む警戒心を持たれるだけだった。

唯が待っていたのは、「逆転満塁ホームラン」級の素材だ。

それが、映像化を渇望されながら絶望視されていた累計五百万部の原作……『サムライ刑事』シリーズなのだ。

あの原作のパワーと自分のサポートがあれば、うだつの上がらない境も、煮え湯を飲まされ続けていた仁科にひと泡吹かせることができるだろう。

『サムライ刑事』はキャスティングと脚本さえ誤らなければ、視聴率三十パーセントをも狙える作品だ。

しかも、シリーズものなので、パート2、3、4と連続物にできるといううま味がある。

仁科と会ったのは計算外で、本当の目的は局長の伊沢だった。

この廊下の突き当たりにあるBスタジオでは、仁科がチーフプロデューサーを担当する、連続ドラマ……『神様の忘れもの』の収録が行われている。

『神様の忘れもの』は、業界一、二の影響力を持つと言われるミストラルプロの行政ドラマであり、スタジオ収録のある日は局長自ら一度は現場に顔を出すという気の遣いようだった。

「仁科さんの教え子として、顔を潰さないようにとそれだけで必死です」

「かわいいこと言うじゃないか？　安心しろ。君が五パーセント切りの駄作を連発しても、俺に傷がつくことはないから」

一見、励ましに聞こえる台詞を翻訳すると、お前如《ごと》きが作ったドラマの評判くらいで価値が下がるような小物ではない、ということになる。

「お気遣い、ありがとうございます。これから、もっともっと頑張ります」

唯は、瞳を輝かせて言った。

「じゃあ、俺は打ち合わせがあるから」

分刻みで動く売れっ子プロデューサーらしく、仁科は一本の煙草も吸い終わらないうちに喫煙ルームをあとにした。

「よくもまあ、心にもない言葉がポンポンと飛び出しますね」

仁科と入れ替わるように喫煙ルームに入ってくるなり三井が皮肉交じりに言った。

熱意と誠実さこそが最重要と考える新人APの瞳には、出世のために二枚舌を使う唯は軽蔑すべき対象として映っているのだろう。出世のために仁科を利用する。彼にそう説明したのは唯自身だった。

三井には、仁科に擦り寄る本当の目的が復讐であるということは教えていない。

心臓を引き裂かれるような過去を口にしたくなかったし、それを三井に言ったところで父が生き返るわけではないのだから。

「別に、嫌いな相手にそこまでおべっかを使わなくてもいい仕事をしていれば……」

「待ち人現るよ」

ガラス越し——Bスタジオから出てくる伊沢に視線を向け、唯はいま煙草を吸い終わったとばかりに廊下に出た。

「あ、局長、お久しぶりです！」

思わぬ人物に会った。唯は、一オクターブ高い声と見開いた眼で「偶然」を伝えた。

「梨田君じゃないか。いま、ウチの局にメビウスのドラマ入ってたっけ？」

ノーフレイムのおしゃれ眼鏡を中指で押し上げながら、伊沢が訊ねてきた。

特別な代表作があるわけでもない伊沢が局長にまでなれたのは、卓越した処世術にあった。

テレビ界は、視聴率至上主義である。だが、その半面、必ずしも高視聴率を上げているプロデューサーが出世できるかと言えば違う。テレビ界……とくにドラマは、視聴率と同じくらい、いや、それ以上に大切なことがある。

それは、従順さだ。

今回のドラマの主役のイメージは彼にピッタリだ。

今回のドラマの脇は新人で固めてフレッシュにいこう。

今回のドラマの主題歌はこのアーティストの楽曲以外には考えられない。

プロデューサーたる者、作品選びからキャスティング、そして主題歌タイアップまで、誰もが自分の世界観で構築していきたいのが本音だ。

主役から四番手の配役と主題歌はミストラルでいく。

現実には、彼らの思いが貫き通されることはない。

上層部から下された指令は絶対だ。

担当の指名を蹴るというささやかな抵抗を試みた者は、二度とゴールデン枠のドラマが回ってくることはない。

どうでもいいような二十三時以降の深い時間帯のドラマをたまに振られるくらいが関の山

だ。

それでも、縛りのない枠で思う存分好きなドラマを作れるという喜びを見出《みいだ》すこともできるが、その代わり出世レースからは完全に外されてしまう。

つまり、テレビ局が優先するのは、やる気のある有望なプロデューサーよりも、大手プロダクションの顔色を窺《うかが》うことなのだ。

伊沢がプロデューサー時代に手がけたドラマで十五パーセントを超えたものは、ただの一作品もない。

その代わりに、上から下りてきた「行政セット」を断ったこともただの一度もなかった。

「いいえ、境プロデューサーに、ある企画を持ち込んでいまして」

「ほう、どんな企画だね？」

「いいえ、それはちょっと……」

そう訊ねられたいがために一時間以上もBスタジオ周辺で待っていた唯だったが、わざと言い淀んでみせた。

「なんだ？　どうせ、最終的には私のところに上がってくるんだから、隠してもしょうがないだろう？」

予想通り、伊沢が釣針に食らいついてきた。

「隠しているわけじゃないんですが、非常にデリケートな案件でして……」

「水商売ものか？　それとも宗教ものか？　まさか、業界ものじゃないだろうね？」

浅い時間帯ほどではないが、水商売や宗教をテーマにしたドラマはたとえ深夜枠であってもスポンサーが難色を示すのであまり歓迎されない傾向にある。

が、なにより一番敬遠されるのは芸能界をテーマにした業界ものだ。

局と大手プロダクションの癒着、ヤクザとの繋がり、枕営業、整形……ドラマを面白くするには、当然、業界の暗部にも触れなければならない。

芸能界をリアルに描けば視聴率は取れるかもしれないが、それは諸刃《もろは》の剣《つるぎ》でもあった。

なぜなら、内幕を暴くということ即ち、自社の重要な取引先であるプロダクションや大切な商品であるタレントを貶《おとし》めることになるからだ。

そんなドラマを作ったならば、プロダクションに総スカンを食らい、今後一切、タレントを出演させてもらえなくなってしまう。

「いいえ、『サムライ刑事』シリーズです」

「なんだって⁉」

思わず、伊沢が大声を張り上げた。

彼は頭の中で、境イコール深夜ドラマの企画だと勝手に決めつけていたに違いない。

「『サムライ刑事』って、あの、河田先生の原作か⁉」

「はい。先日、ドラマ化の承諾を頂いてきました」

「どうして境なんだ⁉」

伊沢の言葉の裏には、実現不可能と言われていた大ベストセラーシリーズのドラマ化の企画を、なぜ仁科に持ち込まないのか？　という意味が含まれているのだ。

「私も、最初はそのつもりでした。でも、河田先生はドラマプロデューサーにたいして強烈なアレルギーと偏見を持っていらっしゃり、いわゆる花形プロデューサーとして知名度のある仁科さんだと、今回ばかりは逆効果のような気がしたんです」

嘘――河田がドラマ化に不信感を抱いているのは事実だが、特定の誰かを敬遠しているわけではない。

「ちょっと、話せる時間あるか？」

伊沢が、会議室のドアを顎でしゃくりながら訊ねてきた。

「十五分くらいでしたら」

夜まで予定はなかったが、伊沢の焦燥感を煽るために時間がないふうを装った。

小走りで唯を会議室に促す伊沢――まずは、イニシアチブを握ることには成功した。

唯は三井に片目を瞑《つぶ》ってみせ、伊沢のあとに続いた。

「単刀直入に言おう。境には、手に余る作品だ」

長テーブルに座るなり、伊沢が核心を切り出した。

「私も、そう思います。ですが、原作者の河田先生の承諾を取ることがなにより最優先でして……」

☆　☆

「仁科では、いやだと言ってるのか？」

伊沢の表情が、憮然《ぶぜん》としたものになった。

「サクラテレビなら、担当するプロデューサーは境さんでと……」

唯は言外に、この条件を満たせないのであれば『サムライ刑事』はほかの局に持っていかれるという可能性をチラつかせた。

「ここ数年、深夜ドラマしか手がけていない境に、ゴールデン帯は荷が重過ぎる」

腕組みをした伊沢の眉間《みけん》には、深い縦皺《たてじわ》が刻まれていた。

伊沢が境のプロデューサーとしての能力を不安視しているのはたしかだが、難色を示しているのはそれだけが理由ではない。

サクラテレビの不動の大エースである仁科の機嫌を損ねないかを考えているのだろう。

「かと言って、原作のドラマ化権を取れなかったら、元も子もありませんしね」

唯は、深いため息を吐《つ》いてみせた。

「なあ、梨田君、なんとかならんかね？　河田先生にしても、原作のドラマが大ヒットしたほうがいいだろう。いくら原作が優れていても、境じゃ視聴率の取れるドラマ作りはできんよ」

伊沢の言う通り、仁科にはヒットメーカーとしての才能がある。行政で固められたキャスティングを活かすために、積極的に脚本作りに参加する……と言えば聞こえはいいが、ようするに原作を壊しまくっているのだ。

「そうは言いましても、原作者の言うことは絶対ですから」

「そんなこと、君に言われなくてもわかってる。わかってる上で、頼んでいるんじゃないか」

苛《いら》ついた口調で言うと、伊沢はガムを取り出して嚙み始めた。以前までは日に四箱は吸うヘビースモーカーだったらしいが、二年前に肺気腫を患ってから禁煙に踏み切ったのだ。

「申し訳ありません。私の力では無理です。境プロデューサーではどうしても無理だとおっしゃるなら、この企画、断ってもらっても構いません」

下手《したて》に出ていながら、さりげなく唯は恫喝《どうかつ》した。

唯には、せっかく手に入りそうな『サムライ刑事』の映像化権を伊沢がみすみす手放すわけがないという確信があった。

「そうは言ってないよ。交渉の余地はないものだろうか、と訊《き》いてるんだよ」

一介の制作会社のプロデューサー如きの顔色を、キー局の局長が窺う……これが、原作パワーというものだ。

「河田先生は、頑《かたく》なでして……本当にすみません」

深々と頭を下げながら、唯は伊沢が次に言うだろう台詞に返す言葉を心に思い浮かべた。

「わかった。検討してみる。とにかく、ほかの局には持っていかないように頼むよ」

「サクラテレビあってのメビウスですから、そんな不義理は致しません」

伊沢に言われなくても、ほかの局に持っていくつもりはなかった。もちろん、それはサクラテレビへの忠誠心などではない。

たとえ視聴率四十パーセントのドラマを作っても、それは仁科の目の前でなければ意味がないのだ。

「では、これで失礼します」

唯は席を立ち、三井とともに深々と一礼をすると会議室を出た。

「河田先生と担当プロデューサーの話なんて、いつしたんですか？」

サクラテレビの駐車場で、三井が訊ねてきた。

「してないわよ」

唯は、携帯電話のプッシュボタンを押しながらあっさりと言った。

「え？　だってさっき……」

「あ、梨田です。先生、いま、お話ししても大丈夫ですか？　先生、サクラテレビの担当プロデューサーの件ですが、境プロデューサーを担当にしようと思うのですが、いかがでしょう？」

『サクラテレビと言えば、仁科君が腕利きと聞いていたが？』

「彼はプライドが高く、先生をトータルプロデューサーにという要求を呑まないと思います。その点、境プロデューサーは原作者に協力的で、もう既に承認を取ってあります」

『なるほど。いくら腕利きでも、それじゃ困るな。その境ってプロデューサーは、できる男なのかね？』

「はい。派手な活躍はありませんが、優秀さでは仁科さんと甲乙つけ難いです」

『わかった、それなら安心だな。君に、任せるよ』

「ありがとうございます。では、また、ご連絡します」

「ちょっと、唯さん！」

電話を切るなり、三井が血相を変えて唯の正面に回り込んだ。

「なに？」

「仁科さんに言ったことも境さんに言ったことも河田先生に言ったことも全部嘘……これじゃまるで、詐欺師じゃないですか！　真実は、どこにあるんですか⁉」

「ドラマ自体がフィクションでしょう？」

唯はいなすように言うと、三井を押し退け車の後部座席に乗り込んだ。

真実なんてどこにもない。

これが、孝史の死から教わった「真実」だった。

4

「桂木直人⁉」

メビウスの会議室に、境と三井の素頓狂な声が響き渡った。

社長の大村だけは、趣味のウエートトレーニングで鍛え上げた丸太のような太い腕を組んで静観していた。

「ええ。出演するドラマすべてで二十パーセント台の視聴率を稼ぐ彼こそ、『サムライ刑事』

の雨竜《あまりょう》新太郎役に適任だと思います」

唯は、自信に満ちた表情で言い切った。

桂木直人。二十二歳。大手芸能プロダクション、トリプルクラウン所属。中性的なビジュアルで女子中高生に絶大な人気を誇る桂木は、各テレビ局に引っ張り凧で、三クール連続でドラマの主役を務めている。

今年の正月に公開された初主演映画、『イケメンギャンブラー』ではクールなハスラー役を演じ、興行収入六十億円を突破するという偉業を達成した。

桂木は、いま、最も旬な若手俳優だった。

「しかし、原作では雨竜新太郎は四十五歳だぞ⁉　桂木君がいくら視聴率を読める俳優だと言っても、役柄的に無理があり過ぎるよ」

境が、話にならないとばかりに顔前で手を振った。

「だから、いいんですよ。たしかに『サムライ刑事』は原作が強いので十五パーセント台の視聴率を取ることは可能です。ですが、原作についている読者は四十代以上の人が多く、T層、F1層の若い女性視聴者は見込めません。タイトルが『サムライ刑事』、主役は四十いくつのベテラン役者、人情ものの浪花節ストーリー……。そのままドラマ化しても、若者の興味を引くキーワードがひとつもないでしょう？　その点、桂木君が雨竜刑事をやるとなれば、話題性は抜群です。『サムライ刑事』のおじさん臭いイメージも桂木君なら払拭《ふっしょく》できるし、タイトルもかえって新鮮に映ります。いままでの読者層に桂木君目当てのT層、F1層が加われば、視聴率三十パーセントも視野に入ります」

唯は、桂木を起用する理由を一気に並べ立てた。

「僕も、唯さんの言う通りだとは思いますよ。だけど、主人公を二十二歳の設定にするなんて、河田先生が承諾するわけありませんよ」

三井が、呆《あき》れた表情で言った。

三井の言う通り、この案を聞けば河田は怒髪天を衝《つ》く勢いで怒ることだろう。

唯のやろうとしていることは、河田が一番嫌う「原作の世界観を壊す」ことそのものだった。

「河田先生の件は、私に任せて。なんとか、納得させる自信があるから」

そうは言ってみたものの、河田を説き伏せるのが容易でないことくらい唯にはわかっていた。

「もし河田先生がなんとかなったにしても、来クールに桂木君は無理だろう。彼くらいの売れっ子になれば、二、三年先のスケジュールまで一杯なのが普通だからね」

「『サムライ刑事』ほどの話題作なら、先約の仕事をキャンセルしてでも受けると思います」

「梨田君。君は知らないかもしれないが、トリプルクラウンの社長と仁科はベッタリなんだぞ？　桂木君のドラマは、もう、彼が押さえているに決まっているさ」

決まっている……この決めつけたものの考えかたが、境が一流になれない原因だ。

仁科とトリプルクラウンの社長の板垣が深い癒着関係にあるのは、唯も知っていた。

これまで仁科がチーフプロデューサーを務めてきたドラマのほとんどが、トリプルクラウンの役者陣で占められていた。

なので、仁科のもとで現場を任されるプロデューサーは、役者陣のキャスティングや脚本家の選出などのすべてを含んだクリエーティヴな思想を捨て、用意された「材料」を文句を言わずにロボットのように淡々とこなす姿勢が要求される。

桂木に白羽の矢を立てたのは、彼が売れっ子というばかりが理由ではなかった。

ほかの事務所にも、高視聴率が狙えるイケメン役者はいる。

しかし、仁科と無関係の事務所のタレントを使っても意味がない。仁科と深い絆で結ばれているトリプルクラウンのドル箱タレントを起用してドラマを成功させてこそ、意味があるのだった。

「仁科さんのドラマにキャスティングされていても、引っくり返せる自信があります」

唯は、きっぱりと言い放った。

「前から不思議だったんだが、どうして仁科をそんなに目の敵《かたき》にするんだ？」

それまで黙ってみていた大村が、初めて口を開いた。

「それは……」

言い淀む唯の記憶が、ゆっくりと過去に巻き戻された。


——そんなこと、できるわけないじゃないか！

ある日の深夜、トイレに行こうと二階の自室から下りてきた唯は、リビングのドア越しに漏れる父の怒声に足を止めた。

いつも温厚な父が、こんなに声を荒らげたのを聞いたことがなかった。

——だからわざわざ、こうして足を運んで事情説明をしているんじゃないか。

父とは別の男性の声に、唯は息を殺して耳を澄ました。

——なんの事情説明だ⁉　四月クールの月9の枠は、先月の編成会議で里中伸治と折井春奈でいくって決まったことだろう！　それぞれの事務所にもオファーを出してあるし、スケジュールも空けてもらっている。それをいまさら、トリプルクラウンの行政が入ったからなしにしてくれなんて話が通るわけないだろう！

——そう興奮するなって。もちろん、ただとは言わないさ。里中と折井には、二時間ドラマかなにかできちんと穴埋めはするよ。

——なにが穴埋めだっ。月9の連ドラで空いた穴を単発ドラマで埋めさせてくださいなんて、彼らの事務所が納得すると思うか？　それに、今回は行政抜きで物語ありきのキャスティングをしようということで、ふたりにオファーを出したんじゃないかっ。

——事情が変わったんだよ、葉山。新人の新山悟と川島美鈴をプッシュしたいから月9の枠をどうしてもほしいと、昨日、板垣社長から直々に電話があったのさ。

——だから、なんだって言うんだ？　その枠はもう埋まってると、突っ撥《ぱ》ねればいいだけの話だろう？

――お前も、ウチの局の事情を知らないわけじゃないだろう？　富士山テレビとの視聴率戦争のときに、トリプルクラウンにどれだけ世話になったと思ってるんだ？

――この五年、毎クール、毎クール、トリプルクラウン、トリプルクラウン……もう、十分に借りは返したじゃないか⁉　たとえまだ借りが残っていたとしても、返すのは別の枠だ。里中君のレインボープロダクションは映画、春奈ちゃんの三洋プロは写真集……それぞれ、決まっていた撮影を先送りにして、今回のオファーを受けてもらったっていう経緯があるんだぞ⁉

――そんな弱小プロダクションに恩を売って、どんな得がある？

――恩だとかなんだとか、お前は損得勘定でドラマ作りをしているのか⁉

――ああ、そうだ。金貸しが、利子のつかない融資をするか？　この仕事も同じだ。テレビ局は、視聴率の取れる商品をどれだけ抱えてるかで勝負は決まる。有力なタレントをより多く揃えている事務所を優先するのは、当然の話だ。

――不義理をしてまで、視聴率を取ろうとは思わない。帰ってくれ。もう、お前と話し合うつもりはない。

――葉山。それは、こっちの台詞だ。俺は、お前と話し合いにきたんじゃない。事情説明と言っただろう？　もう、局長の許可は取ってある。これは、局の意向だ。従えないのなら、今回のドラマから外れてもらうしかない。

深夜の訪問者……父と真っ向から対立していたのは、仁科だった。

仁科と孝史は、サクラテレビの二大エースと並び称されていた。

企画力、実績面……同期入社のふたりは、すべてにおいて互角だった。

ただし、上司である伊沢の評価は圧倒的に仁科のほうが高かった。もちろん、能力の差ではない。

行政を受け入れるか受け入れないかの差だけだった。

このときのトリプルクラウンのゴリ押しは、ふたつの悲劇を生み出した。

ひとつ目の悲劇は、折井春奈の事務所に訪れた。

月9連ドラのヒロインに決定したことで、春奈のもとへ大手清涼飲料水のCMオファーが舞い込んだ。

しかし、クランクイン寸前に役を降ろされたことで連ドラの主役が条件だったCMの話もご破算になり、既に撮影を終えていたことで三千万の違約金を請求されたのだった。

CM業界には、タレント側の事情で契約破棄となった場合に、契約金の三倍の違約金を支払うという掟《おきて》があるのだ。

個人会社に毛が生えたような零細企業に、そんな多額の金を払える体力があるはずもなく、三洋プロは破産し、債権者に追い立てられた社長は精神を患い責任を取る形で自殺した。

ふたつ目の悲劇……唯は、記憶の扉を閉じた。


「あの気取って自信満々のところが嫌いなんです。ギャフンと言わせたくて」

唯は、適当にごまかした。

本当のことなど言えはしない……また、言う気もなかった。

「まあ、たしかに、いけ好かない男ではあるがな」

大村が言うと、境が共感した表情で深く頷いた。

「だけど、やっぱり、雨竜刑事役に二十二歳じゃ若過ぎるだろう？」

境が、話を引き戻した。

「うん、僕もそう思います」

三井が境に同調した。

「そうかな？　俺は、面白い狙いだと思うがな。唯の言う通り、原作の世界観を壊さないイメージでキャスティングすると、若い層からそっぽを向かれて意外と視聴率が低迷することになるんじゃないかな」

さすが、大村はヒットするドラマを作る嗅覚を持っている。

「しかし、唯。本当に、河田先生を説得することができるのか？」

「はい。私を信じてください。『サムライ刑事』を、必ず平均視聴率三十パーセント台のモンスタードラマにしますから」

唯は、大村と境の瞳を交互にみつめながら、力強く言った。

5

「な……い、いま、なんと言ったんだ⁉」

書斎の空気が凍てついた。

唯の眼の前のソファで、玄米茶の湯呑み茶碗を口もとに運ぼうとした手を止めて河田は大きく眼を見開き、怒りに唇を震わせていた。

「『サムライ刑事』の主人公を桂木直人にしたいと思っているのです」

「君は、私を担いでいるのか⁉　雨竜新太郎は四十五歳だぞ⁉　それを、二十歳そこそこの駆け出しの青二才にやらせろだと⁉」

河田が、テーブルを右手で叩いた。

「先生。騙《だま》されたと思って、私の話を聞いてください。桂木直人は、たしかに青二才と呼ばれる年齢かもしれませんが、凄い役者です。日本で最も視聴率の取れる役者であり、人気だけでなく、役作りのために三日間で体重を五キロ落としたこともあるプロ根性を持っています」

「いくら視聴率を取ろうがプロ根性があろうが、四十五歳の主人公を二十二歳の役者にやらせるのはおかしいと言ってるんだっ。だいたい君は、最初になんと言ったか覚えているか？　私の作品の世界観を壊すことは絶対にしないと言ったじゃないか！」

河田の怒りは相当なものだった。

それはそうだろう。

『サムライ刑事』の映像化権を貰《もら》う際に、たしかに原作の世界観を壊さないという約束をしていた。

だが、約束を反故《ほご》にするのはこれだけではない。

「それに、どうして私抜きで会議なんかやってるんだ⁉　約束では、私をトータルプロデューサーに迎え、企画会議には毎回参加させるという話だっただろ！」

河田の唾が飛沫《しぶき》になって唯の顔にかかった。

「会議のほうから、ご説明させてください。というか、会議の予定は入ってなかったのですが、上司が突然に招集をかけて……それで、急遽《きゅうきょ》会議が始まったんです。最初からわかっていたら、当然、ご連絡して参加して頂きましたよ」

もちろん、嘘。本当の意味で、河田を企画会議に参加させるつもりはなかった。

「まあ、突然始まったのならしようがないが……それにしても、会議が終わってから一本、連絡をくれればよかったじゃないか」

頑固だ、気難しいと言っても、しょせんは作家だ。

海千山千の曲者《くせもの》が揃っているテレビ屋達を相手にしている唯からすれば、河田を言いくるめることなど赤子の手を捻《ひね》るようなものだ。

「直接お会いしてご説明しようと気が急《せ》いてしまい……すみませんでした。以後、気をつけますので」

　ここで初めて、唯は頭を下げた。

　最初から謝っていたら、河田の怒りに拍車をかけていたことだろう。

　相手が歩み寄りの姿勢をみせてきたときに、こちらも少しだけ譲歩する。

　これが、交渉の際にイニシアチブを取るための鉄則だ。

「もういい。とにかく、桂木なんとかいう若造はなしだ」

「正直言いますと、私も最初はもっと上の年代の役者さんをキャスティングしようと思っていたんです。ですが、桂木君にある話を聞いてから、気が変わったんです」

　言いながら、唯は移動の車中で練りに練ったシナリオを頭の中で反芻《はんすう》していた。

「どんな話だ？」

「彼は先生の大ファンで、デビュー作の『群青』から最新作の『陽炎』までの百十八作品のすべてを読破していたんです」

「ほう。彼はまだ、二十二歳なんだろう？」

　河田が、満更でもなさそうな顔で訊ねてきた。

　作家という生き物は、自著を読んでいると言われることがなにより嬉しいものなのだ。

「ええ。ですが、大変な読書家らしく、先生の本に嵌《は》まってからは半年で全作品読み終えたそうです」

「半年⁉　二日に一冊以上のペースじゃないか？」

河田の声に張りが出て、瞳に力が漲《みなぎ》った。

「私も驚きました。最初は役を取るために事務所にそう言わされているのかと思って、私が読んだ五冊の作品の話を振ってみたんです。そしたら、完璧でしたね。私が忘れていたことまで、スラスラと説明してくれました」

全作品読破どころか、桂木に河田の名前を出しても恐らく知らないに違いない。

まずは桂木に、インターネットで河田泰三を検索させるところから始めなければならない。

「なるほどね」

河田が煙草に火をつけ、腕組みをした。

唯の垂らした釣糸に、河田が食いついた。

焦ってはならない。ここで慌てて竿《さお》を上げ、大魚を逃してしまえば元も子もなくなってしまう。

二本、三本、四本……煙草を次々に灰にする河田が口を開くのを、唯は辛抱強く待った。

五本、六本、七本……時間にして約二十分、沈黙が続いた。

さすがに、焦燥感が背筋を這《は》い上がった。

河田が承諾しても、トリプルクラウンを説得しなければならない。二、三年先まで埋まったスケジュール、仁科との癒着……ただでさえ桂木直人を『サムライ刑事』にキャスティングするのは難しいのに、河田の全作品を読破したというでたらめでさらにハードルを上げてしまった。

「条件がある」

河田が、ついに口を開いた。

唯は、心の中でガッツポーズを作った。

ここまでくれば、あとは時間の問題だった。

「なんでしょう？」

「明日の夜、桂木君をここに連れてきてくれないか？」

「明日の夜⁉」

唯は、思わず訊ね返した。

ここ数年まともにオフも取れないほどの超売れっ子タレントと翌日に会うということが、どれほど常識外れな要求であるか……どれほど無謀な要求であるかを、彼はまったくわかっていない。

それだけでも呆れてものも言えないというのに、自宅に呼びつけるというオマケ付きだ。

「そうだ。原作者として、自分の作品の主役をやる人間と会うのは当然のことと思うがね」

さらりと、事もなげに言ってのける河田。

なんと無知で、なんと自己中心的な男なのだ。

しかし、どれだけ無知でどれだけ自己中心的な要求であろうと、それが通ってしまうのが原作者の力というものだ。

「それはもう、おっしゃる通りです。ですが、明日というのは、あまりにも急過ぎてスケジュールの調整がつきますかどうか……」

桂木サイドにはまだ、『サムライ刑事』の「サ」の字も出してはいない。

奇跡的に事務所がＯＫを出したとしても、桂木は河田の作品を一作も読んでいないので会わせるわけにはいかない。

「彼は、私の作品に出演したいんだろう？　だったら、どんなスケジュールよりも私に会うことを優先すべきじゃないのかな？　それとも、『サムライ刑事』への出演は二番手、三番手の重要度なのかな？」

口調こそ穏やかなものの、河田の眼はわがままな怒りに満ちていた。

傍若無人な原作者パワーに、唯は徳俵《とくだわら》ギリギリまで追い詰められた。

「いえいえ、とんでもありません。桂木君は、なにを犠牲にしてでも先生の作品に出たいと言っております。ただ、彼も売れっ子でして、今日の明日では決まっている仕事に穴を開けることになります。作家の先生方も、連載に穴を開けると大変なことになりますよね？」

「まあ、それはそうだな。なら、一週間後、それでいいね？」

一週間では、『サムライ刑事』への出演交渉で手一杯だ。

とても、桂木直人を河田に会えるレベルまでに仕込む時間はない。だが、これ以上NGを出せば河田の逆鱗《げきりん》に触れてしまい、一切が水泡に帰す恐れがあった。

「わかりました。一週間後に、桂木君をご挨拶に連れてきます。では、これで失礼します」

もう、引き戻せなかった。

唯は、河田に頭を下げて書斎をあとにした。

6

「そこをなんとか、お願いします」

新宿西口の高層ビルの五十階に入るトリプルクラウンの社長室。唯は、横幅二メートルはありそうな天板が大理石のデスクの前に立ち、渋い顔を作る板垣に深々と頭を下げた。

「来年のクールならなんとかできるけど、次クールはいくらなんでも無理だって」

板垣が、煙草を指先に挟んだ左手を顔前で振った。

ポマードでオールバックに撫でつけた髪に唇の上に蓄えたちょび髭《ひげ》。

容姿だけみていると、板垣は芸能プロの社長というより怪しげな詐欺師といった風情だ。

「桂木君のスケジュールが埋まっているのはわかっています。ですが、『サムライ刑事』はシリーズ五百万部の大ベストセラーです。雨竜新太郎が原作の四十五歳と違って二十二歳というのも、桂木君が演じることで斬新さが増してかなりの話題になると思います」

唯は、まずは正攻法で『サムライ刑事』をやることのメリットを訴えた。

「それは、十分にわかってるさ。あれだけの原作だからね。そりゃ、直人がやったら話題になるだろうよ。しかしね、学園物の新任教師という役どころの企画が直人で進んでいるんだよ。しかも、『サムライ刑事』と同じサクラテレビでね」

「サクラテレビですか⁉」

唯は、思わず身を乗り出して訊ねた。

「ああ。先にきた話を蹴って、同じ局で別のドラマをやるわけにはいかんだろう？」

諭すように、板垣が言った。

「CPは誰です？」

唯は、緊張に強張《こわば》った声で、ドラマのチーフプロデューサーの名を訊ねた。

「仁科君だよ」

その名前を耳にした瞬間、全身の血液が沸騰したように感じた。

仁科のドラマから桂木を奪い、『サムライ刑事』で視聴率三十パーセント超えを果たす。恍惚《こうこつ》の一石二鳥というやつだ。

なんとしてでも、板垣を口説き落とさなければならない。

「河田先生は、雨竜新太郎役を是非、桂木君にやってもらいたいと強く願っております」

三井が隣から、咎《とが》める視線を送ってきた。

また、そんなでたらめを!

三井の怒声が、聞こえてくるようだった。

「桂木君が雨竜刑事を演じれば、平均二十五パーセント、最高三十パーセントの視聴率も夢ではありません」

「たしかに、それは魅力的だが……先にオファーのあったドラマを、それも仁科君のドラマを蹴るというのは、ちょっとな……」

否定的ではあるが、板垣の顔に若干の迷いがみえ隠れし始めた。

板垣は揺れている。唯は確信した。

仁科への罪悪感を上回るだけの「餌」があれば、板垣は落ちるに違いない。

「板垣社長。ここだけの話ですが、『サムライ刑事』はサクラテレビで今後シリーズになります。第二弾、第三弾と、続いてゆきます」

唯は、声を潜め気味にして言った。

「シリーズに⁉　それは、本当か？」

板垣が、身を乗り出した。

「ええ。恐らく、『サムライ刑事』は何年もの間、長きに亘《わた》って続く国民的長寿ドラマになるものと思われます。だからこそ、河田先生は第一シリーズでの雨竜新太郎を誰に演じさせるかに拘《こだわ》っているんです」

板垣が腕を組み、デスクチェアの背凭《せもた》れに深く身を預けて眼を閉じた。

三井が唯の腕を肘で小突き、睨みつけてきた。

『サムライ刑事』がシリーズになる可能性はたしかにあるが、サクラテレビでそういう話が上がっているわけではない。

既に内定しているドラマの主役を引っくり返させるには、それ相応の土産話が必要だ。

高視聴率を取れば、黙っていてもシリーズ化の話は持ち上がってくる。いまは嘘でも、最後に本当にすればいい。

それが、プロデューサーの仕事だ。

「なるほど。そういう話なら、考えてみる価値はあるな」

板垣が眼を開き、まっすぐに唯を見据えた。

「ぜひ、ご検討願います。ただ、河田先生が大変急いでらっしゃって、三日以内に返事をしなければならないのです」

「三日だと⁉」

板垣が、目を剝《む》き大声を出した。

「ええ。ほかにも何人か候補に挙がっている役者さんがいるらしく、返事を延ばせないそうです。勝手を言って申し訳ないんですが、明々後日《しあさって》のお昼までにお返事を頂けますでしょうか？」

唯は、期限を切った。

一週間後には、桂木を挨拶に連れて行くと河田に約束しているのだ。

それだけではない。桂木は河田の作品を全作読破していることになっている。三日後に返事を貰うとして、残る四日間でなんとかしなければならない。

「わかった。考えてみよう」

まずは、第一関門突破。

「ありがとうございます」

深々と頭を下げながら唯は、次の展開に思考のフォーカスを当てた。

7

窓の外を流れる景色を、唯は虚《うつ》ろな視線で追った。

夕暮れの青山通りをみていると、懐かしさと哀しさの入り混じった複雑な気分になる。

――別れましょう。

汗を掻《か》いた白ワインのボトルを圭介のグラスに傾けつつ、唯は唐突に切り出した。

――え？　いま、なんて言ったんだい？

ワイングラスを口もとに運ぼうとした手を止めた圭介が、女性からみてもうっとりするような切れ長の眼を見開いた。

——別れましょう、と言ったの。

圭介の揺れる瞳から眼を逸らさず、唯は繰り返した。

——おいおい、冗談だろう？　まったく、人が悪いな。

動揺を払拭するとでもいうように、圭介は一笑に付した。

——冗談じゃないの。本気よ。

圭介の顔から、懸命に作っていた笑顔が消えた。

——理由を、説明してくれないか？

必死に感情を押し殺し、圭介が静かな口調で訊ねた。

テレビ局の報道部のプロデューサーにしては珍しく、彼は温和な性格をしていた。

交際を始めて二年の間、圭介が声を荒らげたところをみたことがなかった。
唯が仕事でピリピリしているときも、彼は優しく包んでくれた。八つ当たりしたことは、一度や二度ではない。
そんなときも圭介は、スポンジのように唯の怒りを吸収してくれた。

——仕事に、専念したいの。

唯は、用意してきた言葉を口にした。
圭介に別れを思い立った理由を説明するのに、ほかに思い当たる台詞はなかった。
それほど彼は、唯にとって完璧な存在だった。

——そんなの、理由になってないよ。いままでだって、僕らの付き合いと仕事をうまく両立させてきたじゃないか？　来週から、僕はドラマ部に異動になる。つまり、君と同じ職種になる。これからは、もっと互いを理解できるようになるよ。

だから、別れなければならないの。

口には、出せなかった。また、出してどうなるものでもない。

本当の理由を口にしたら、優しい彼のこと、僕がなんとかするよ、と言ってくれるのはわかっている。

圭介でさえも、解決できない問題を唯は抱えていた。そして、付き合いを続ければ、必ず彼を巻き込むことになる。

圭介を板挟みにして、つらい目にあわせたくなかった。

——ごめんなさい……。もう、決めたことなの。

あのとき、なにかを言いかけてグッと言葉を呑み込んだ圭介の哀しげな瞳を、唯は五年経《た》ったいまも忘れることができなかった。

メビウスのエースプロデューサーとサクラテレビのエースプロデューサー。制作会社とテレビ局の違いこそあれ、「ドラマ」という世界の中でふたりはしのぎを削るライバルとなっていた。

「今日は、珍しくおめかししてどうしたんですか？」

運転席から話しかける三井の声が、唯を現実に連れ戻した。

「え……そう？　いつもと変わらないと思うけど……」

図星の指摘に、唯はしどろもどろになった。

今日の唯は、黒のシックなワンピースで決めていた。色こそいつもと同じ好きな黒だったが、いつもと違うのはパンツスーツではなくスカートだということだった。

左の足首に巻いているアンクレットも、一年ぶりに抽出《ひきだし》の奥から引っ張り出してきたものだ。

テレビ業界は、唯にとって戦場……戦いに、スカートも宝石も必要ない。

「いやいや、別人みたいですよ。なんか、今日は女ビームを発してます」

「じゃあ、いつもは女じゃないってこと？」

「あ、いえ……そういう意味じゃ……」

「このへんでいいわ」

あたふたする三井の言葉を、唯は遮った。

スローダウンする車は、表参道の街路樹沿いに立つ瀟洒《しょうしゃ》なファッションビルの前に停まった。

このビルの地下一階に、昔よく行ったイタリアンレストランが入っている。

「まだ、あったんだ……」

唯は、ビルの入り口に設置された緑の看板をみて、懐かしさと驚きが入り混じった気分になった。

「誰と待ち合わせなんですか？」

スライドドアを引く唯に、三井が好奇のいろが浮かんだ眼を向けてきた。

「昔の知り合いよ」

素っ気なく答え、唯は車を降りた。

ずっと、会ってないわけではなかった。

局内で、現場で、彼とは月に一度は会っていた……というより、姿をみかけていた。

が、それは、以前のようにふたりきりで食事をしたりどこかに出かけたり、というのとは違った。

五年前には弾む足取りで下りていた階段を、唯は重い足取りで下った。

8

各テーブルで揺れるキャンドルライトで染まった橙色《だいだいいろ》の店内。楠木圭介が、フロアの最奥のテーブルで片手を上げた。

「久しぶり、と言ってもいいのかしら」

唇に薄い微笑を湛《たた》え、唯は圭介の正面の椅子に腰を下ろした。

「ああ。少なくとも、ふたりきりで食事をするのは五年ぶりだよ」

圭介が、昔と少しも変わらぬ優しい笑顔で言った。

「ピノ・ノアールでよかったよね？」

「ルーチェで」

いつも頼んでいた銘柄を勧める圭介に、唯は違う銘柄を口にした。

昔の私とは違うということを、唯はアピールした。

「ワインの好みだけじゃなく、逞しくなったね」

圭介が、眼を細めて言うとボーイに注文銘柄を告げた。

父、孝史の仇を討つためには、逞しく、強くなる必要があった。

「それより、食事に誘うなんて、どういう風の吹き回しかしら？」

唯は、平静を装い訊ねた。

嫌いで別れたわけではない。いつも、心のどこかには彼の存在があった。

「久しぶりに、君とこうして呑んでみたかったって理由じゃだめかな？」

「桂木直人の件を、訊きたいんじゃないの？」

唯は、感傷的になりそうな気持ちを振り払うように、敢えてあっさりと切り出した。

「ずいぶん、はっきりと言うんだね」

穏やかに笑いながら、ボーイが注ぐルーチェをテイスティングする圭介。

「うん、いいね」

圭介が頷くと、ボーイが、唯のワイングラスをルビー色に染めた。

「乾杯しよう」

「恋人だった頃のふたりに？」

唯の問いかけに、圭介の顔が暗く翳《かげ》った。


――おい、雨海さんはまだか⁉

スタジオから飛び出してきた助監督が、腕時計を睨みながらスタッフ達に苛立たしげに訊ねて回った。

――あ、いま、メイク中ですけど……。

メビウスに入社して初めての現場。ＡＤとしてサクラテレビのスタジオに入っていた唯は、恐る恐る報告した。

――馬鹿野郎っ！　雨待ちだから、シーン37を先に撮るって言っておいただろうが！

――すみませんっ。いますぐ呼んできます！

――もういい！　田辺、代わりに行ってこいっ。おい、ＡＤ、お前は帰れっ。現場は戦場だ。とろとろやられたら、足手纏いなんだよ！

唯の「デビュー戦」は、散々な結果に終わった。

なにもかもが初体験で、ついてゆくのが精一杯だった。

気持ちばかりが焦り、助監督から受けた指示を忘れ、ヒロインの雨海真知子に現場入りの時間を伝え間違ってしまったのだ。

――戦場は報道部だけだと思っていたけど、ドラマも大変なんだな。

廊下の隅で呆然と立ち尽くす唯に、見知らぬ青年が声をかけてきた。
――どちら様ですか？
怪訝《けげん》そうに、唯は訊ねた。
――あ、僕は報道部の楠木っていう者だよ。
言って、圭介は首から下げたＩＤカードを唯の顔前に翳《かざ》した。
――報道部って、戦争とかに行く仕事ですか？
――戦争にじゃなくて、戦場とかに行く仕事だよ。
圭介が、子供のように悪戯《いたずら》っぽい表情で笑った。
あまりの無邪気さに、唯も釣られて笑った。

——笑ってたほうがいいよ。じゃあ。


踵《きびす》を返し颯爽《さっそう》と去ってゆく圭介の背中を見送る唯の胸は、激しく高鳴った。

一目惚れという感情を、唯は生まれて初めて実感した。

それからは、現場で怒鳴られても仕事が愉《たの》しくなった。

サクラテレビのドラマ部のスタッフルームは、報道部のスタッフルームと隣り合わせなので、圭介と会えるチャンスがある。

じっさい、二日に一度は、圭介と顔を合わせた。

そのうち、なんとなく互いのスケジュールの流れがわかるようになり、時間が合うときは一緒に食事を摂るようになった。

好きな映画、好きな食べ物、好きな役者、好きな小説……互いを知れば知るほど、似たもの同士であることがわかり惹かれ合った。

サクラテレビでのドラマ制作が終わり、局以外でも会うようになった頃から、ふたりの交際は本格的なものになった。

将来を、ともにする相手なのかもしれない。

唯の中で、日増しに圭介の存在が大きくなっていった。

出会ってから二年、結婚の二文字を意識し始めたときに、ドラマ部への移籍が決まったのだ。

9

「冗談きついな。まだ、完全に傷は癒えてないってのに」

圭介が、自嘲気味に笑った。

「ごめん」

「別にいいさ。三行半《みくだりはん》を突きつけられた理由くらいは知っておきたかったけど、もう、終わったことだしな。それより、本題に入ろう。唯の言った通りだよ。桂木直人の件なんだけど、唯、彼の事務所に行ってオファーかけたんだって？」

やはり、この話だった。予感は当たった。

もしかして、失望してるの？

自分から別れを切り出しておきながら、いったい、なにを期待していたわけ？

微《かす》かに落胆している自分を、唯は叱責した。

「さすがに、敏腕プロデューサー、話がはやいわね」

「冗談言う気になれないんだよ。唯さ、桂木君が次クールのウチのドラマの主役に内定していること知っていたよね？」

「ええ、知ってたわ。それがなにか？」

唯は、内心の動揺を隠し、涼しい顔で言うとワイングラスを傾けた。

こんな気分で呑むワインは、どの銘柄でも同じだった。

「なにかって……自分のやったことわかってる？　ほかのドラマの主役を、横取りしたんだよ」

わかっている。圭介の優しい性格でなければ、こんなに穏やかに諭す口調ではなかっただろう。

「正式に決まっていたわけじゃないでしょう？　契約書を結んでいたわけでもないし」

心とは裏腹に、唯は敢えて突き放すように言った。

「唯、それ、本気で言ってるの？　僕のことはさておき、君の恩師の仁科さんがブッキングしているドラマだよ？」

だから、そうしたの。

もちろん、口には出さなかった。

圭介は、仁科のプロデューサーとしての技量を純粋に尊敬している。純粋で、素直な性格が故に、仁科からの教え……行政塗《まみ》れのキャスティングも「正しい教え」としてインプットされているのだ。

仁科は、得意な二枚舌で圭介を懐柔している。自分の利益になると踏んだ者には、徹底的に好印象を与える……彼はそういう男だった。

「私のほうにも、事情はあるのよ。原作者の河田先生が、どうしても桂木直人がいいって言うんだから、仕方がなかったの」

真実を知られたくないからとはいえ、平気で嘘を吐《つ》ける女になってしまった。

罪悪感が、味を感じないワインのグラスを重ねさせた。

「なら、せめて仁科さんにひと言相談をしてもよかったんじゃない？」

あなたが師と仰ぐ男は、目的達成のためには人の命などなんとも思わない人間なのよ。

喉もとまで込み上げた言葉を、唯はすんでのところで呑み下した。

「やってゆけない理由、わかった？」

「え？」

圭介が、首を傾げた。

「ドラマ制作部に異動になったときにあなたは、これからはもっと理解し合えると言ったけど、私は違うと思った。一緒の草原にいれば、いつか、同じ獲物を狙うときがくる。じっさい、いま、そうなっているでしょう？」

「獲物を狙うだなんて……。僕が言いたいのは、なぜ仁科さんにひと言なかったのかということさ」

「『サムライ刑事』のドラマ化は、メビウスの社運を賭けたプロジェクトだったの。仁科さんに相談したら、きっと困った顔をされるのはわかっている。私は耐えられなくて、桂木君を諦めたと思うの。でも、社長の側に立てば、絶対に成功させなければならないプロジェクトだったし……だから、言えなかったのよ……」

唯は、瞳を潤ませ唇を引き結び、圭介をみつめた。

「そっか……ごめん。唯も、つらかったんだな」

唯も、心で圭介に詫びていた。

父の仇を討つためとはいえ、いつからこんなにしたたかでいやな女になったのだろう。

自己嫌悪が、洪水のように身体の内側から噴出してきた。

「なあ、唯。もう一度、やり直せないかな？」

無意識に、その言葉を待っている自分がいたのかもしれない。

唯の胸に、熱い感情が広がった。

「獲物の取り合いはいやだと、言ったでしょう？」

努めて冷静に、唯は言った。

「君が、狩りをやめればいい」

「え？」

「僕が……」

言葉を切りワイングラスに視線を落とす圭介の唇を、唯は息を呑んで見守った。

「君のぶんの狩りもするよ」

プロポーズ……ずっと、待っていた。五年前までは……。

「メビウスの社長には、僕から話をする。『サムライ刑事』は、サクラテレビで引き継ぐよ。もちろん制作はメビウスでね。仁科さんには、企画の変更を進言するよ。『サムライ刑事』なら彼も納得するだろうし、桂木君の問題も解決するから一石二鳥だろう？　君には、陰から僕を支えていてほしい」

できることなら、身を任せたかった。

「女」であった頃の唯なら、喜んで受け入れたことだろう。

しかし、圭介の気持ちに応えることはできない……いや、応えてはいけない。

『サムライ刑事』を圭介に委ねることは、仁科に栄冠を与えることに繋がる。

それは、無念のうちに命を絶った父、孝史への裏切り行為を意味する。

「ありがとう。ねえ、乾杯しよう」

唯の翳すワイングラスが、キャンドルの炎で金色に染まった。

「じゃあ、僕と……」

「お互いの仕事の成功のために」

輝きかけた圭介の瞳が、唯の言葉に光を失った。

唯は一方的にグラスを触れ合わせるとひと息にワインを呑み干し、静かに席を立った。

10

気がつけば、何度も同じ文章を読み返していた。文字が霞み、瞼《まぶた》が落ちてくる。

唯は、『修羅達の森』をテーブルに伏せ、ソファから立ち上がると大きく伸びをした。キッチンに行き、冷蔵庫から眠気覚ましのドリンクを取り出し飲み干すと、ふたたびリビングに戻って読書を再開した。

朝から家に籠もりっきりで、河田の代表作と言われる十冊の著書を読み耽《ふけ》っていた。

唯は、河田に『サムライ刑事』の主人公……雨竜新太郎役を桂木直人で納得させるために、彼が河田泰三の全作品を読破していると嘘を吐いてしまった。

河田のもとに、桂木を挨拶に連れて行くと約束したのが三日後……軽く百冊を超える全作品を桂木が読破するのは不可能だった。

いかにも活字が苦手そうな桂木は、全作品どころか一冊さえも読み切ることはできないだろう。

唯が苦肉の策で考え出したのは、代わりに河田の著書を読んで桂木に大まかなストーリーを教えるということだった。

とはいえ、読書が苦にならない唯といえども、三日間で読破できるのは十冊が限界だった。

朝の九時から十時間続けて、食事のときにも本を手放さずに読み続け、ようやく三冊目が終わろうとしているところだった。

ただ読むだけではなく、桂木に説明できるようにポイントとなる部分に赤線を引いて覚えながらなので、時間がかかるのだった。

心配なのは、唯が読解したストーリーを桂木にうまく伝えられるかということ……うまく伝えられたとして、彼が河田にきちんと説明できるかだった。

もし、桂木が読んでいないことがバレてしまったなら、すべてのシナリオが壊れてしまう。

唯は、頬を叩き、睡魔を追い払った。まだ、七冊も残っているのだ。

明日はサクラテレビで境との打ち合わせがあるので、一日を読書に費やすわけにはいかない。

今夜のうちに、五冊くらいは片づけておきたかった。

テーブルの上の、携帯電話が震えた。

無視した。いまは、読書を邪魔されたくはなかった。

執拗《しつよう》に震え続ける携帯電話。三井か境が、『サムライ刑事』の件で急用があるのかもしれない。

ため息を吐き、唯は携帯電話を手に取った。

ディスプレイに浮かぶ名前をみて、唯の背筋に緊張が走った。

出るかどうか迷ったが、通話ボタンを押した。

どの道、避けては通れない相手なのだ。

「もしもし？」

『俺だけど』

受話口から流れてくる仁科の声は、予想通りに不機嫌だった。

「あ、どうも、お疲れ様です！」

『いまから、ちょっと出てきてくれ。サクラテレビの十七階の会議室で待っている』

一方的に言うと、仁科は電話を切った。

圭介から、報告を受けたのだろう。

あの手この手を使って、唯に翻意させようとしてくるに違いない。

ついに、戦いの火蓋《ひぶた》が切って落とされた。

「みててね」

唯は、記憶の中の父に語りかけた。

☆　☆

「仁科さんを怒らせちゃって、ヤバいんじゃないんですか？」

上昇するエレベータのオレンジ色の階数表示ランプを視線で追いながら、三井が不安げな口調で言った。

「だったら、『サムライ刑事』を仁科さんに譲る？」

唯は、飄々《ひょうひょう》とした顔を三井に向けた。

「そんなことは言ってませんけど、ただ、仁科さんとこで押さえてた桂木直人を横取りするっていうのはまずかったんじゃないですか？」

「砂漠の中に、ミネラルウォーターのペットボトルが一本あったとするわね。もうひとり、この水を必要としている人間がいたとしたらあなたはどうするの？」

「僕なら、半分ずつ分け合いますね」

三井が当然のように即答した。

「正しい選択ね」

「ありがとうございい……」

「人間的にはね。でも、人間的な人間がいない芸能界で、分かち合う精神なんて甘っちょろい考えだったら、生き残れはしないわよ」

唯は、三井の礼に言葉を被せ、窘《たしな》めるように言った。

「お言葉ですけど、悪戯に敵を増やすのはこの狭い業界じゃマイナスだと思います。仁科さんを嫌いなのはわかりますけど、力を持っている人なわけだし、仕返しに圧力をかけられでもしたら仕事がやりづらくなってしまいますよ」

「だったら、その圧力に屈しないだけの力をつければいいだけの話よ」

オレンジのランプが、17の数字を染めた。

唯は、突き放すように言い残しエレベータを降りた。

早足で、唯は会議室に向かった。

これ以上、三井と議論する気も精神的余裕もなかった。

呼吸を整え、唯はドアをノックした。

ドアが開き、出迎えたのは圭介だった。

「お疲れ様です」

「あ、ああ……お疲れ様」

圭介が、気まずそうに視線を逸らした。

こんな状況になったことに、罪の意識を感じているのだろう。

「失礼します」

楕円形のテーブルとホワイトボードだけの簡素な室内に足を踏み入れると、仁科が無言で自分の正面の席を指差した。

灰皿に溢れる山のような吸殻が、彼の苛立つ精神状態を代弁していた。

「なんの話で呼ばれたか、わかっているよな？」

カリスマチーフプロデューサーのプライドか、仁科は懸命に怒りを押し殺していた。

「はい。桂木君の件は、本当に申し訳ないと思っています」

唯は、深々と頭を下げ、促された席に座った。

「直人が、ウチの新ドラマの主役にキャスティングされていたことは知っているよな？」

唯は頷いた。

背後で硬直したように立ち尽くす三井の緊張が唯にまで伝わった。

「なのに、お前は直人を自分が担当するドラマにキャスティングした。どういうことか、説明してもらおうか？」

あくまでも、仁科は冷静な物言いを崩さなかった。

口調とは裏腹に、腹の中は憤激の炎で燃えさかっているに違いなかった。

「『サムライ刑事』の雨竜新太郎役を、原作と違ったアプローチで思い切って若い役者さんにやって頂こうと思いまして、それで、若手の中で旬な桂木君に白羽の矢を立てたんです」

「そういうことじゃない。俺がキャスティングしていると知っていながら、なぜ、直人を横取りしたのかと訊いてるんだ」

声に怒気を孕《はら》んでいるものの、まだ仁科は落ち着きを保っていた。

「ですから、従来の雨竜新太郎のイメージを覆すために、若く勢いのある役者さんでいこうと思ったんです」

唯は、同じような意味の返答を涼しい顔で繰り返した。

「唯さん、まずいっすよ」

三井が、強張った声で囁《ささや》いた。

「もしかして、お前、俺に喧嘩を売ってるのか？」

仁科のドスの利いた低音が、下腹を震わせた。

「いいえ。仁科さんは私の恩師です」

「なら、わかってるよな？　いまからでも遅くない。トリプルクラウンの板垣社長に電話をして、直人から手を引くんだ」

仁科が、コードレスホンを唯に差し出しながら言った。

「それは、できません」

唯は、きっぱりと言った。

圭介は、複雑な表情で唯をみつめていた。

「なんだと？　俺の言うことが聞けないっていうのか⁉」

仁科の目尻が赤く染まり、吊り上がった。

「だめですって、唯さん、謝りましょう」

唯の腕を掴み、三井が訴えた。

「お前の部下は、よくわかってるじゃないか。自分の言動を反省して直人から手を引くなら、いまの発言はすべて忘れてやろう」

「私は、桂木君の所属事務所に赴いて、正式にオファーをかけて了承してもらったんです。仁科さんに謝るようなことは、なにもしてません！」

身体の奥底に封じ込めていた憎悪の火種が燃え上がり、ずっと抑制していた感情が一気に爆発した。

　三井がうろたえ、圭介が驚いたように眼を見開いた。

　仁科にたいして、まさか唯がこんな態度を取るとは思ってもみなかったのだろう。

「お前、誰にたいしてものを言ってるのかわかってるのか！」

　仁科が拳をテーブルに叩きつけ、怒声を張り上げた。

「葉山孝史という名前に、聞き覚えはありませんか？」

　対照的に、唯は低く落ち着いた声で訊ねた。

「葉山……ああ、もとウチの局にいたプロデューサーのことか？」

　他人事《ひとごと》のような言い草が、仁科という男の非情さを表していた。

「葉山さんって、たしか、お亡くなりになられたんですよね？　まだ、僕が報道部の駆け出しだった頃ですけど、敏腕プロデューサーで評判の人でした」

　圭介は言うと、顔を曇らせた。

　少なくとも、彼が孝史にたいして悪印象を抱いていないことはわかった。

「敏腕プロデューサー？　それはちょっと違うな。彼は、あるドラマのキャスティングで揉めて、精神的に追い詰められて自殺したのさ。死んだ人間のことを悪くは言いたくないが、ドラマのプロデューサーをやってれば、プロダクションとのトラブルなんて日常茶飯事だ。

そんなことでいちいち思い悩んでいたら、命なんていくつあっても足りない。彼は真面目ではあったが、心が弱過ぎた。正直、プロデューサーには向いてなかったね」

全身の血液がふつふつと沸騰したように熱くなり、心臓がバクバクと音を立て始めた。

「ところで、葉山がどうかした……」

「葉山孝史は、私の父です」

絞り出すような声で遮り、唯は仁科の双眼を見据えた。

「なんだって⁉」

仁科が声を裏返らせ、あんぐりと口を開けて唯をみつめた。

三井と圭介も、言葉を発することさえできずに、硬直した顔を唯に向けた。

「じょ……冗談だろう⁉　だって君の名は梨田じゃないか⁉」

「父の死後、母の旧姓に戻しました。あなたに、葉山の娘だと感づかれないように」

「どうして、そんなことをする必要があるんだ⁉」

「あなたが死に追い込んだ父の仇を討つためです」

会議室が、水を打ったように静まり返った。

誰も彼もが、埴輪《はにわ》のように表情を失《な》くしていた。

とりわけ、仁科は心神喪失の患者さながらに放心していた。

十年間、この瞬間を待っていた。

このときのために、感情を殺し、怨讐の仇の懐《ふところ》に飛び込み、じっとチャンスを窺ってきた。

「俺が……葉山を死に追い込んだだと⁉　でたらめを言うんじゃない！」

正気に返った仁科が、血相を変えて唯を怒鳴りつけた。

「十年前……あなたは、大手プロダクション所属のの顔色を窺い、あるドラマの主役に決まっていた弱小プロダクション所属のタレントタレントをクランクイン直前に強引に降板させた。降ろされたタレントの所属プロダクションは、連続ドラマの主役を条件にそのタレントのＣＭ契約を結んでいた。主役降板を知ったスポンサーは、契約違反だと激怒し、プロダクションに違約金請求を起こした。数千万の負債を払えず、プロダクションの社長は自殺した。ドラマの共同プロデューサーだった父は、責任を感じて……」

首を吊った父の姿が脳裏に蘇り、唯の声帯は萎縮してしまった。

「仁科さん……彼女の言ったことは、本当ですか⁉」

圭介が、義憤に駆られた口調で仁科を問い詰めた。

「馬鹿っ、お前、俺よりこんな女の言うことを信用するのか⁉」

「いえ、そういうわけでは……」

「百歩譲って、唯の言いぶんが正しかったとしてだ、葉山が自殺したのは俺の責任なのか？

え⁉　ドラマのキャスティングが行政に左右されるのは、いまだって同じだろう？　感傷に浸って死を選んだ負け犬がいたというだけの話だっ」

「仁科さんの責任かどうかは別にしても、彼女のお父さんの死をそんなふうに言うのは許せません！」

激しい口調で仁科に食ってかかる圭介は、いつもの温厚な彼と同一人物とは思えなかった。

「俺に、楯突くのか⁉」

「楯突くとか突かないとか……」

「楠木さん、無関係なあなたが、余計な口出しをしないでください！」

唯は、自分のために絶対的な存在である仁科に歯向かってくれた圭介を一喝した。

圭介にとって仁科が絶対的な存在であるからこそ、そうしたのだ。

私怨のために、圭介の将来を犠牲にするわけにはいかない。

「唯……」

なぜ？

圭介の瞳が、哀しげに訴えかけていた。

「『サムライ刑事』は、桂木直人主演でいきます。父の代わりに、私があなたの時代を終わらせてみせます」

強い決意を込めた口調で言うと唯は席を立ち会議室の出口へと向かった。

「待てっ」

仁科の呼び止める声に足を止めた。

「自惚《うぬぼ》れるなよ。お前如きが、この俺に勝てるとでも思ってるのか？　いいだろう。かかってくればいい。親父と同じように、潰してやるよ」

「本音が出ましたね。では、遠慮なく、やらせて頂きます」

振り返らずに言うと、唯は会議室をあとにした。

☆　　☆

「唯さん！」

地下駐車場に、三井の声が響き渡った。

「仁科さんにあんなこと言って……ヤバいっすよ！」

助手席のドアに手をかけた唯の肩を掴み、三井が訴えた。

「謝りましょうっ。仁科さんを敵に回したら、業界で生きてゆけませんって！」

「手を離してくれる？」

唯は、冷めた視線を三井に向けた。

「唯さん……」

「唯」

三井の声に、別の声が重なった。

「あ、お疲れ様です」

圭介に、三井が弾かれたように頭を下げた。

「悪いけど、少し、唯さんを借りてもいいかな？」

「え……はい、わかりました」

三井が不満げな顔で頷き、車に乗り込んだ。

☆　　☆

「葉山さんが君のお父さんだったなんて、驚いたよ」

サクラテレビから歩いて数分の喫茶店。運ばれてきたばかりのコーヒーを口もとに運びながら、圭介が眼を見開いた。

「葉山さんと仁科さんの話、本当なのかい？」

「私が嘘を吐いてるとでも？」

「いや、信じてるよ。ただ、仁科さんがそんな人だったことがショックで……」

「あなたがみていたのは、偽りの姿の彼だったのよ。仁科って男はね、自分の出世のためなら人の命なんて虫けらみたいに扱う男よ」

唯は、吐き捨てるように言った。

「僕がドラマ制作部に異動になったときに別れを切り出したのは、仁科さんが原因だったんだね？」

「ええ。そうよ。私がこの業界に入ったのは、あいつに復讐するため……そのためだけに生きることを誓ったの。その男の部下になったあなたと付き合っていくことは、私にはできなかったわ」

唯は、感傷的になりそうな気持ちを、必死に引き戻した。

圭介が第一ドラマ制作部にいるかぎり、仁科側の人間……つまり、敵ということなのだ。

「なるほど、納得したよ。ただ、できることなら、そのことを言ってほしかったな。僕が、力になれることがあったかもしれないしね」

「仁科のスキャンダルを摑んで私に教えてくれるってこと？　それとも、彼が担当するドラマの企画を横流ししてくれるってこと？」

唯は、挑発的な口調で質問を投げた。

「そんな……」

「そんなひどいことを、私は彼にしようと思ってるの。それでも、力になってくれるの？」

「たしかに、当時、仁科さんはキャスティングで強引なことをやったのかもしれない。その結果、事務所の社長が自殺し、責任を感じたお父様も……。君の仁科さんにたいしての恨みの気持ちはわかる。だけど、君のこれからの人生を、彼を破滅させることに費やしてもいいのかな？　もっと、建設的な考えかたを……」

「あなたの父親が、同じ状況で自殺したときにもその言葉が言えるのなら、私も聞く耳を持つわ」

　唯は、圭介を遮り言った。

「たしかに、そうだね。僕が立ち入れる話じゃないね。じゃあ、純粋にテレビ局のプロデューサーの意見として聞いてもらえるかな？　仁科さんは、君も知っての通りサクラテレビの実力者だ。予算、番宣……彼を敵に回したら、『サムライ刑事』にたいしてあらゆる妨害工作を企ててくるだろう。そうなったら、君の、お父さんの仇を討つということも達成できなくなる。正面切って喧嘩を売るやりかたは、得策じゃないと思うな」

「どうすればいいの？」

「いやかもしれないけど、とりあえず謝って、できることなら雨竜新太郎役は桂木君とは別の役者にしたほうがいい。まずは、仁科さんの怒りをおさめることから始めないとね」

「は⁉　冗談でしょう？　どうして、私が謝らなければならないのよっ。いまさらなにをやっても、私が葉山孝史の娘で、自分への復讐のために近づいてきたと知ったなら、妨害してくるに決まってるわ。それに、局長の許可を取ってあるから、仁科も好き勝手にはできないし」

「君は、仁科さんを甘く見過ぎているよ。彼の発言力は、ある意味、局長以上なんだ。なんといっても、サクラテレビのドラマ黄金時代復活の立役者だからね」

圭介の言っているのと同じような話は、方々の業界関係者から聞いている。

多分、真実なのだろう。

が、だからといって、圭介の言うように仁科の軍門に降《くだ》るのは、彼の思うつぼだ。

もしかしたら、圭介は仁科の手先として自分を説得にきているかもしれないのだ。

昔愛した男さえも疑ってしまうことに、自己嫌悪に陥った。

愛情や信頼は一円の価値もない世界……それが、芸能界というところだ。

「そういうふうに言えって、仁科から言われたの？」

「唯……君は、本当に僕のことをそんなふうに思ってるの？」

圭介の瞳の奥が、哀しげに揺れた。

ごめんなさい。あなたのことは、信じてるわ。

喉まで出かかった言葉を、唯は懸命に呑み下した。

「ええ、思ってるわ。あなたが、あの男の部下でいるかぎりね」

圭介が、腕組みをして眼を閉じた。悪夢に魘《うな》されているような、とても苦しげな顔だった。

五分、十分……沈黙が続いた。唯の注文したアイスティーの氷が溶けても、圭介は眼を閉じたままなにかを熟考していた。

「わかった。これからは、仁科さんの情報を君に提供するよ」

さらに四、五分経った頃に、ようやく圭介が口を開いた。

「僕は、仁科さんではなく、君を取る」

心が……涙腺が、熱く震えた。蘇りそうになる懐かしい感情に、唯は懸命に抗《あらが》った。

「そんなこと、信じられると思って？」

圭介にたいしての一切の想いを胸奥に封じ込め、唯は冷え冷えとした声で言うと伝票を手に取り立ち上がった。

「唯！」

圭介の呼び止めに振り返らず、レジに向かった。

二度目の決別……今度こそ、真の意味の別れだった。

11

「久保と小松は小学校から高校までをともにし、なにをやるにも一緒で、まるで双子の兄弟のように仲がいいふたりでした」

トリプルクラウンの社長室。河田泰三の著書『修羅達の森』のあらすじを説明する唯の前で、退屈そうに欠伸をする桂木直人にイライラが募ったがなんとか堪えた。

ここでキレてしまえば、社長の板垣を説得して仁科のドラマに出演するはずだった彼を手に入れた苦労が水の泡になる。

「高校二年の夏、久保と小松は他校の不良と喧嘩になりました。久保が殴った相手が市会議員の息子で大問題になり、久保は退学処分となったのです。ここまでは、大丈夫でしょうか？」

耳をほじったり、首を回したり、明らかに聞く気のない桂木に唯は確認を入れた。

「ああ、聞いてるって。さっさと先に進みなよ」

気だるそうな声で、桂木が吐き捨てるように言った。

反応しかけた三井の足を唯は踏んだ。

桂木直人は、制作会社のＡＰ程度が意見できるような役者ではない。

出るドラマの視聴率は常に二十パーセント超えで、所属事務所は泣く子も黙るトリプルクラウン……局Ｐや監督でさえも、この二十二歳の若者に注意できる者はいない。

デスクで葉巻の「濃霧」をくゆらせている板垣も、桂木の不真面目過ぎる態度を戒める気はなさそうだった。

「久保は不良仲間の先輩に誘われてヤクザの世界に入り……」

唯は、あらすじ説明の続きを再開した。

相変わらず、大きな欠伸をしたり爪を嚙んだりと、桂木の集中力は散漫だった。

まだ、十冊あるうちの二冊目だというのに、これでは先が思いやられてしまう。

河田のもとへ連れて行くのは、明日なのだ。

「一方の小松は、高校を卒業してから警察官になりました。幼い頃から不良仲間だったふたりは対照的な道を歩むことになり……」

唯の声を、人気芸人の甲高いマシンガントークが遮った。

「あ、このバラエティ、毎週、観てるんだよね。俺、ふたつのこと同時進行できるタイプだから、気にしないで続けていいよ」

悪びれたふうもなく、リモコンを手にした桂木が言った。

三井の歯軋《はぎし》りが、聞こえてくるようだった。

「少し、休憩にしましょう」

気管を駆け上がる怒声を懸命に呑み下した唯は静かに席を立ち板垣のデスクへ向かった。

「ちょっと、お話が……」

「ここじゃできない話か？」

板垣が、不機嫌そうに言った。

「二、三分で結構です」

「一分だ」

言い終わらないうちに革張りのデスクチェアから腰を上げた板垣が、社長室を出た。

「なんだ、話っていうのは？」

待合室に移動するなり、板垣が高圧的な物言いで訊ねた。

「桂木君は、河田先生と会うまでに作品のあらすじを覚える気はあるんでしょうか？　あのままでは……」

「直人を批判する気か？　今日は、雑誌のインタビューと写真集の撮影を延期してまで君に付き合ってるんだぞ⁉」

板垣の顔がみるみる紅潮し、頬の筋肉がヒクヒクと痙攣《けいれん》していた。

「いえ、批判するなんてとんでもありません。お忙しい中、お付き合いくださっていることに感謝しています。ただ、前にも申しましたように、桂木君は河田先生の著書を読破していることになっています。だから、せめて私が説明するあらすじだけでも覚えて……」

「君は私に『サムライ刑事』に直人を出したいと願い出てきた。知っての通り、直人は仁科君のドラマにキャスティングされていたが、私は君の要望に応えた。それだけでも感謝されることなのに、原作者の作品を頭に入れてファンを装えだと⁉　自分が、どれだけ勝手なことを言っているかわかってるのか？」

わかっていた。板垣の言う通りだ。

が、理解するのと納得するのとは違う。

たしかに、唯の申し出は非常識なのかもしれない。しかし、この仕事は非常識でなければやってゆけない。

ドラマという名の保証のない「商品」に数千万もの金を出させるのがプロデューサーなのだから……。

「では、大変申し訳ないのですが、今回の話はなかったことにしてください」

唯の言葉に、遠巻きにふたりのやり取りを見守っていた三井が思わず声を上げた。

板垣の表情が、驚きのいろに包まれた。

あれだけ頼んだ桂木の出演を、あっさり断るとは夢にも思わなかっただろう。

一か八かの賭けだった。

狙いが裏目に出れば、『サムライ刑事』の主役が暗礁に乗り上げてしまう。

だが、ここで折れてしまえば、河田の怒りを買うのは明白で、どの道、『サムライ刑事』は降ろされるのだ。

「き、君は、自分がなにを言ってるのかわかってるのか⁉　自分がオファーをかけてきた直人の出演を断るとはどういうつもりだ！」

板垣が、赤鬼のように顔を朱に染めて怒鳴りつけてきた。

「私が断るのではありません。河田先生の機嫌を損ねると、起用してもらえないということをお伝えしているだけです」

唯は、一歩も退《ひ》かなかった。

「そこをなんとか調整するのが、君の仕事じゃないのか⁉」

「だから、調整しようとしているじゃないですか？　桂木君がお忙しくて本を読む暇がないと思ったので、私が代わりに河田先生の代表作を読んであらすじを教える。なのに、桂木君は少しも真剣に聞いてくれようとしない。こんな状態で河田先生のもとに連れて行っても、桂木君結果は眼にみえています。板垣社長。桂木君にとっても、今回の雨竜新太郎役は役者としてひと皮もふた皮も剝けるチャンスです。彼を説得できるのは、芸能界広しといえども社長しかいません。お力を、貸して頂けませんか？　お願いします」

唯は、板垣の足もとに土下座した。

強気に突っ撥ねていたのは駆け引きのため……必要とあらば土下座でもなんでもする。

企画を成立させるのに、プライドなどいらない。

「面倒な女だっ」

板垣は吐き捨て、社長室へと戻った。

「唯さん、なにもそこまでしなくても……」

三井が、唯の手を取り立ち上がらせながら言った。

「雨竜新太郎が桂木直人になるかどうかで、視聴率が七、八パーセントは違ってくるわ。土下座したって減るもんじゃないでしょう？　どうしても、『サムライ刑事』には彼が必要なのよ」

「だけど、断るとか言ったから、だめなんじゃないですか？」

「だから、あなたはまだまだだって言うのよ。付き合ってる女の子に別れましょうって切り出されたら？　その子に魅力があったら、どんなことをしてでも彼女を引き止めようとするでしょう？」

「まあ、たしかにそりゃそうですけど……。唯さん、ひとつ、訊いてもいいですか？」

三井が、かしこまった表情で唯をみつめた。

「なに？」

「そこまでして桂木直人を引っ張り出そうとしているのは、いいドラマを作るためですか？それとも視聴率を上げるためですか？」

一点の曇りもない三井の瞳が、懐かしく、そして息苦しかった。

孝史なら、間違いなく前者だと答えるだろう。

唯もまた、本来は、視聴率などに左右されない良質なドラマ作りをしたいという思いを抱いていた。

そう、その「思い」は既に過去形になっていた。

視聴率至上主義の現在のテレビ界では、数字が取れなければ「良質なドラマ」もゴミ同然の価値しかない。

プロデューサーに求められているのは、人々の胸を打ち後世に残る作品よりも、旬な俳優陣を起用した話題優先の作品だ。

「観た人全員を感動させるストーリーのドラマがあったとしても、テレビで流されなければその存在を誰も知らないの。局の番組企画会議を通すための絶対条件……それは、視聴率よ」

「がっかりだな。口ではドライなことを言ってても、唯さんはもっとドラマに熱い情熱を持っている人だと思ってましたよ」

三井が、小さく首を横に振った。

不意に、待合室のドアが開き、桂木が姿を現した。

「『修羅達の森』のあらすじの続き、はやく教えてくれよ」

ぶっきら棒にそれだけ言うと、桂木はすぐに部屋から出て行った。

板垣には、まだ、社長としての威厳が残っていたようだ。

唯は、心でほくそ笑み、三井を振り返った。

「理想を実現するには、まず、理想を捨てなければならないの」

平板な声で言い残すと、唯は社長室に向かった。

12

「へぇ～、すっげえ家に住んでんじゃん。ただ、好き勝手なこと書いてるだけなのに儲かるんだ。俺も、小説家ってやつになってみようかな」

豪邸が立ち並ぶ成城の住宅街の中でもひと際目立つ河田邸をアルファードのミドルシート

の窓越しに見上げながら、桂木が軽口を叩いた。

「ちょっと、桂木さん。間違っても、先生の前でそんなこと口にしないでくださいよ」

最後部のシートから身を乗り出した唯は、慌てて桂木を窘めた。

「俺、『サムライ刑事』の主役になってくれってオファー受けたんだよな？　なんで、小説家のおっさんに気を遣わなければならないんだよ。なあ？」

「はい、そう思います」

桂木に振られたマネージャーの石井が、助手席から振り返り即座に同調した。

唯は、心でため息を吐いた。

マネージャーの仕事には、仕事を取ってくることやスケジュール管理以外に、タレントの教育という大事なことがある。

とくに桂木のような若いタレントには、礼儀を教えたり、生活が乱れないように戒めたり……言わば、親であり教師であり兄であるのが、優秀なマネージャーの本来あるべき姿というものだ。

なのに、この石井ときたら、桂木を教育するどころか、まるで奴隷だ。

桂木がカラスを白鳥と言っても、犬を猫と言っても、反論することはおろか、首を横に振ることもできない。

だからといって、石井を責めることはできない。

出演するドラマの視聴率はすべて二十パーセント超え、映画は軒並みロングヒット、所属するアイドルユニットはオリコン一位の常連、CM契約数は十一本、人気ファッション誌の「抱かれたい男」三年連続一位……桂木は、二十二歳にしてタレントとしての栄光という栄光をすべて手に入れている上に、業界最大手プロダクションのトリプルクラウンのエースだ。

桂木ほどのタレントになると仕事を選ぶのもスケジュール管理も社長の板垣が自らやっており、マネージャーなど付き人同然だった。

「『サムライ刑事』の原作者は河田先生です。芸能界での影響力は、河田先生より桂木さんのほうが遥かに上です。でも、『サムライ刑事』に関しては原作者である河田先生の発言力がすべてなんです。いい役に巡り合え続けるというのが、役者の本望だと思うんです。ワンクールが終わるまでは、河田先生を立ててもらえませんか？」

アンタッチャブル。誰もが芸能界から干されることを恐れて意見できない桂木に、唯は思い切って進言した。

できることなら唯も桂木の逆鱗に触れたくはなかったが、河田の前でこの不遜な態度を取られてしまえば、一切の苦労が水泡に帰してしまう。

「で？」

「え……？」

「で、言いたいのはそれだけ？　俺は別に雨竜新太郎なんてやらなくても、役に困らないから。そのへんの売れない役者と一緒にしないでくれる？」

あくまでも世の中を舐《な》め切った言動を続ける桂木に、唯の脳内で警報ベルが鳴った。

「桂木……」

「さあ、さっさと終わらせて次の現場に行こうぜ」

唯の言葉を遮り、桂木が車から降りた。

もう、なるようにしかならない。

暴風雨を恵《めぐみ》の水に変えて大地を耕すのも、プロデューサーの仕事だ。

「唯さん、ヤバくないですか？」

唯の耳もとで、三井が囁いた。

「台風のあとの青空ほど澄み渡ってるって、知ってた？」

唯は三井にウインクを残し、スライドドアを引いた。

☆　　☆

「ヤクザの世界に足を踏み入れた久保、そして警察官になった小松。学生時代に不良をやっていたふたりが十年の月日を経て対峙《たいじ》する中盤以降、僕は物語世界に没頭して、ドラマの台本もそっちのけで『修羅達の森』を読み耽りました。先生の作品に出てくる登場人物は刑事が多いんですが、誰も彼も凄く魅力的で、みな、それぞれの十字架を背負って生きてます。たとえば、先生のデビュー作の『群青』の剣刑事、彼は強盗に殺された妻の仇を討つために警察を辞めて、犯人を殺しに行く。または最新作の『陽炎』では、特殊班の峰崎刑事が人質にされている少年の命を守るために危険を顧みずに敵陣に乗り込んでゆく。どれも、男の生き様をひしひしと感じる作品ばかりです。中でも僕の中の最高傑作は、今回、ドラマで主役をやらせて頂くことになった『サムライ刑事』の雨竜新太郎警部で……」

河田の書斎で、彼の作品についての想いを熱く語る桂木をみて、唯は驚きを隠せずに三井と顔を見合わせた。

物語のツボを押さえた解説、臨場感たっぷりの熱い口調……トリプルクラウンの社長室で唯が河田作品のあらすじを説明しているときの、そしてついさっきの車の中での不真面目で傲慢な態度の男と同一人物とは思えなかった。

事務所の行政があるとはいえ、さすがに芸能界でトップスターを張っているだけのことはある。まさに、桂木直人は役者の中の役者だ。

「ありがとう。君が私の作品の愛読者であることはよく伝わったよ」

デスクで腕組みをして座る河田が、素っ気なく言った。

桂木の説明は完璧だったのに、なぜ河田の表情は険しいのだろうか？

唯の中で、疑問が膨らんだ。

「先生の作品の世界観を壊さないように、精一杯、雨竜新太郎を演じさせて頂きますので、宜しくお願いします」

桂木が、らしくない誠実さで頭を下げた。

「ああ、わかった。悪いけど、締め切りが迫ってるから、今日は帰ってくれないか」

唯は、耳を疑った。

石井が、呆気《あっけ》に取られた表情で唯をみた。

唯も、彼と同じ心境だった。

桂木が書斎に通されて、まだ、十分も経ってはいない。桂木のビジュアルのイメージが気に入らないのだろうか？

が、プロフィール写真をみせたときにはなにも言っていなかったので、それはない。

だったら、どうして……。

「はい。お忙しいところ、申し訳ございませんでした」

気を悪くしたふうもなく笑顔で言うと桂木は立ち上がり、深々と頭を下げて書斎をあとにした。

既に河田は原稿に万年筆を走らせ始めており、桂木をみようともしなかった。

「先生、では、宜しくお願いします」

石井は愛想笑いを残し、桂木を追った。

「お送りしてきます」

「話があるから、すぐに戻ってきてくれ」

出て行こうとする唯に、原稿用紙から顔を上げずに河田が言った。

「わかりました」

唯は嫌な予感を胸に飼い慣らしながら、外へ出た。

「ったく、ふざけんじゃねえよ！　くそじじいがよ！」

河田邸を出た桂木が、激しく毒づきアルファードのタイヤを蹴り上げた。

「申し訳ございません。桂木さん、気を悪くしないでください。作家先生は、偏屈な人が多いですから……」

唯は、桂木に言い含めるように宥《なだ》めた。

「なんなんだよ、あれは⁉　こっちは忙しい中わざわざ出向いてやってんのに、あの態度はなんだっつうんだよ！」

「そうですよ。桂木はＣＭの撮影を抜け出して駆けつけたんですよ⁉　なのに、ろくな挨拶もなしに、きてすぐに帰れだなんて、失礼じゃないですか！」

石井も、桂木に出遅れてはならないとばかりの興奮口調で唯に咬《か》みついた。

「先生の態度は、私が代わって謝ります。先生には私から言っておきますので、今日のところは抑えてください」

唯は、桂木と石井に懇願した。

「なんで俺が我慢しなきゃならねえんだ！　あのじじいに謝らせろっ。じゃなきゃ、『サムライ刑事』を降りるからな！」

桂木は吐き捨て、車に乗り込んだ。

「ま、まずいですよ。どうするんですか⁉」

あたふたとする三井を相手にせず、唯は河田邸に引き返した。

いまは、三井の精神安定剤の役目を果たしている場合ではない。

書斎に戻ると、河田は応接ソファに移動していた。

「お待たせしました。お話というのは、なんでしょう？」

唯は、ひとまず桂木の捨て台詞を頭から削除し、努めて明るい口調で促した。

唇をへの字に曲げた河田が、無言でテーブルを指差した。

そのとき初めて唯は、数枚の写真が並べられていることに気づいた。

「これは……」

唯は、絶句した。

写真は、ラブホテルと思われる派手な色合いの室内で、くわえ煙草の桂木が全裸の若い女性を背後から抱き締めているものだった。

両手は乳房を鷲摑みにしており、アルコールで眼は赤く潤んでいた。

女性は端整な顔立ちをしていたが、素人《しろうと》のようだった。

「こ、この写真をどこで手に入れたんですか？」

我を取り戻した唯は、恐る恐る訊ねた。

「さあな。昼間、ポストを覗きに行ったら封筒が入っていた」

「いったい、誰がこんなことを……」

「そんなことより、どうするつもりなんだ⁉ こんなものが出回ったら、雨竜新太郎のイメージに傷がつくじゃないか！ 彼を、『サムライ刑事』の主役にするという話はご破算だっ」

河田が、怒気で顔を真っ赤に染めて吐き捨てた。

この写真が週刊誌やワイドショーに持ち込まれたなら、大変なスキャンダルになる。

煙草を吸っても、酒を呑んでも、女性を抱いても、二十二歳の成人男性ならば誰に咎められることもない。

ただし、一般人ならの話だ。

桂木直人はいまをときめくトップスターであり、十代から五十代まで幅広い女性層を熱狂させる国民的アイドルだ。

しかも、『サムライ刑事』という硬派で熱血漢の刑事役を演ずるには、あまりにもイメージが悪過ぎる。

「先生、ちょっと待ってください！　写真が出回るようなことは絶対にさせませんので、お考え直しください」

「させないって……この写真を持っているのが誰かもわからないのに、なぜそんなことが言えるんだね⁉」

「心当たりがあります」

「そんなでたらめを……」

「でたらめじゃありません」

嘘ではなかった。

唯の頭の中には、ある男の顔が鮮明に浮かんでいた。

「じゃあ、その人間が誰なのか言ってみたまえ」

「『サムライ刑事』が高視聴率を取ったら困る人です」

「誰なんだ？　そいつは？」

「いまは言えません。先生。少しお時間をください。必ず、この問題を解決してみせます」

唯は、力強い瞳で河田をみつめた。

「いいだろう。ただし、条件がある。どこかのマスコミが一社でも嗅ぎつけたら、その時点で君にはこのドラマから降りてもらう。もちろん、桂木君もだ」

「ありがとうございます。絶対に、この写真が流出しないことをお約束します。これ、お預かりしてもいいですか？」

唯は、写真を指差しながら訊ねた。

「そんなものいらん」

河田は、まるで汚物でもみるような眼を写真に向けて言った。

「なにかわかりましたら、すぐにご報告します」

唯は写真をバッグにしまい、席を立ち一礼すると書斎を出た。

「ヤバいでしょう……あれは。誰なんですか⁉　あんな写真を河田先生の家のポストに入れたのは⁉」

唯を追いかけてきた三井の顔は、危機感に満ちていた。

それは、唯も同じだった。

クランクインまであと一ヶ月という段階でのアクシデント。ここで桂木を主役から降ろされてしまったら、これまでの苦労が水泡に帰してしまう。

「さっきも言ったでしょう？　『サムライ刑事』が成功したら困る人物よ」

「もしかして……」

三井が息を呑んだ。

「そう。そのもしかしてよ」

唯は、言いながらタクシーを止めた。

「サクラテレビに行ってください」

後部座席に乗り込み、運転手に告げた。

「ちょ……ちょっと唯さん。証拠もないのに怒鳴り込むだなんて……はやまるのはよくないですよっ」

三井が、慌てふためいた。

「誰が怒鳴り込むって言った？」

「え？　でも、サクラテレビに……」

「証拠を摑むのよ。『サムライ刑事』がクランクインする前に、必ずあの男は動くわ」

唯は、押し殺した声で言うと、三井の質問を遮るようにシートに深く背を預けて眼を閉じた。

いまにみてなさい。私は、父のように甘くないわ。

瞼の裏で高笑いする仁科に、唯は逆襲を宣戦布告した。

13

「第一ドラマ制作部の仁科さんと面会の約束があるのですが……」

茶髪にスーツ姿の若い男が、カウンターの受付嬢に訊ねた。

カウンターのそばのソファに座っていた唯は、聞き耳を立てた。

「会社名を伺ってもよろしいでしょうか？」

「オーシャンプロの井口と申します」

仁科の面会客が芸能プロの人間だとわかった瞬間、唯の興味は失われた。

「本当に、くるんですか？」

会社に一度戻ってアルファードをとってきた三井が、声を潜めて訊ねてきた。

「ここに現れるか会いに行くかはわからないけど、必ず仁科は接触するはずよ」

唯は、腕時計に視線を落としながら言った。

午後五時二十分。唯がサクラテレビにきて、二時間が過ぎていた。

唯は、全裸の女性とベッドで写っているくわえ煙草の桂木直人の問題写真をバッグから取り出した。

こんな写真を河田の家のポストに入れたのは、仁科以外に考えられはしない。

そして、絶対に、写真週刊誌の編集者と接触するに違いない。

「でも、トリプルクラウンとべったりの仁科さんが、桂木直人のスキャンダル写真を撮ったりしますかね？　そんなことをして、桂木直人の商品価値が暴落したら、彼の主演作品で視聴率を稼いできたサクラテレビとしても大損害でしょう？」

「たしかに、ダメージはあるでしょうね。だけど、『サムライ刑事』を彼の主演でやられるくらいなら潰したほうがましと判断したんじゃない？　いまをときめくイケメン俳優が雨竜新太郎をやったら視聴率三十パーセント超えは夢じゃないし、そうなると仁科の面目は丸潰れよ。いままで馬鹿にしてきた境さんの株も急上昇するわけだしね。結局は、自分が一番大事な男ってことよ」

唯は、吐き捨てるように言った。

「そんなもんすかね。長丁場になりそうだから、ハンバーガーでも買ってきますよ。なにがいいですか?」

「私は、コーヒーでいいわ」

「了解っす」

三井がロビーの片隅にあるファーストフード店に足を向けたときに、ハンチング帽を目深《まぶか》に被った見覚えのある五十代前半と思《おぼ》しき中年男が回転扉から入ってきた。

男はたしか、写真週刊誌「エブリディ」の副編集長……横峰とかいう名前だった。

ワイドショーなどにパネリストとして出演しているので、顔と名前を覚えていたのだ。

「『エブリディ』の横峰だけど、第一ドラマ制作部の仁科ちゃんいる?」

カウンターに大股に歩み寄った横峰が、馴れ馴れしい口調で受付嬢に告げた。

「あいにく、ただいま別のお客様がいらしてまして……」

「なに言ってんの? 俺は、呼ばれたからきたんだよ。約束の時間より、二十分ほどはやく着いちゃったけどね」

唯はソファから腰を上げ、携帯電話をかけながらロビーを出た。

『どうしたんすか?』

「はやく、駐車場にきて」

『え……張り込みはいいんですか?』

「もう、必要なくなったわ」

『必要なくなったって……どういうことですか？』

三井の困惑が、送話口を通して伝わってきた。

「とにかく、はやくきて」

唯は一方的に電話を切ると、インターネットに繋ぎ書店を検索した。検索窓に、河田泰三の名前を打ち込みボタンをクリックした。液晶ディスプレイに並ぶ河田の著書を一冊ずつチェックしていく。

「風の流れは、私に向いてるようね」

唯は呟き、地下駐車場に続くエレベータに乗り込んだ。

☆　　☆

「私、制作会社メビウスの梨田と申しますが、編集長の永江さんいらっしゃいますか？」

『私が永江ですが、なにか？』

「持ち込みたい写真があるんですけど、いまから伺ってもよろしいでしょうか？」

ハンドルを握っていた三井が、運転席からギョッとした顔で振り返った。

『ほう、それは、どんな写真ですか？』

「トップアイドルのスキャンダル写真です」

『トップアイドルと言いますと、誰の？』

「誰もが知っている国民的アイドルのセックススキャンダルです。ロケ先のホテルで撮影しました。電話では、それ以上は言えません」

『わかりました。どれくらいでこられます？』

「あと、二十分くらいで伺えると思います」

『では、十三階でお待ちしています』

「唯さん、桂木直人のスキャンダルを持ち込むつもりですか⁉」

三井が、血相を変えて訊ねてきた。

「まさか。ああでも言わないと、アポが取れないでしょう？」

あっさりと唯が言うと、三井が呆れたようなため息を吐いた。

「しかし、そんなにうまくいきますかね？　相手は、あの敏腕編集者の横峰さんでしょう？」

サクラテレビから移動する車内で聞いた唯のシナリオに、三井は不安を感じているようだった。

「あなたは、作家の力を甘くみ過ぎよ」

「甘くはみてませんけど、部署が違いますからね」

「だから、読みが浅いって言ってるの。いい？　河田泰三は国際出版で五冊も出してるのよ？」

「唯さんの言う、物の理屈はわかってます。でも、『エブリディ』のライバル誌の『カミングアウト』は、編集長が局長よりも権限を持っているって話ですし、どこの出版社も、週刊誌やファッション誌の部署だけは独立しているみたいなものだって話ですよ」

三井が、執拗に食い下がってきた。

たしかに、彼の言っていることにも一理はある。

噂によれば、「エブリディ」は編集長の永江よりも副編集長の横峰の発言力が強いらしい。となれば、三井の言う通り唯のシナリオは相当に苦戦するかもしれない。

だが、起死回生の逆転ホームランを放つには、この手しかなかった。

「ここであなたと議論しててもしようがないでしょ？」

唯は、まだなにか言いたげな三井を遮り、後部座席に身を預けると眼を閉じた。

☆　　☆

入館証を受け取った唯と三井は、「エブリディ」の編集部のある十三階でエレベータを降りた。

百坪はありそうな広大なフロアでは、作業に追われる編集者が慌しく動き回っていた。フロアの最奥のひと際大きなデスクで、ゲラの山と格闘していた胡麻塩坊主の中年男に、唯はまっすぐに歩み寄った。

「電話では失礼しました。メビウスの梨田と申します」

「ああ、どうも。編集長の永江です。さあ、こちらへどうぞ」

名刺交換もそこそこに通されたのは、パーティションで区切られた簡素な小部屋だった。

「早速、そのスキャンダル写真ってやつをみせてもらいましょうか？」

社交辞令を省略していきなり本題に切り込むあたり、「瞬間」を切り取り商売している写真週刊誌の編集長らしかった。

唯は、バッグから取り出した桂木直人の写真を差し出した。

「これは……」

永江が絶句した。

驚き。しかし、その種類は、興奮ではなく困惑の類《たぐい》だった。

「申し訳ないけど、これは扱えませんね。じつは、もう、同じネタが持ち込まれてるんですよ」

永江が、急速に興味を失った表情で言った。

「そうですか。では、この写真を一切、『エブリディ』では掲載しないで頂けますか？」

「いやいや、梨田さんをネタ元として扱えないというだけで、写真自体は掲載しますよ」

「それを、やめてほしいと言ってるんですよ」

「は？　あなたにそんなこと言われる筋合いはありませんね」

永江が、憮然として言った。

「桂木君は、ウチの制作で、サクラテレビの次クールの連続ドラマの主役をやるんです。いま、そんな記事を出されたら困ります」

「ウチには、関係のないことです」

煙草を取り出しながら、永江がにべもなく言った。

「桂木君が出演するのは、河田泰三先生が原作の『サムライ刑事』です」

「それが、なにか？」

「河田先生は、御社……国際出版で何作もの作品を刊行していらっしゃいます」

「だから？」

「桂木君のスキャンダル写真を掲載したら、河田泰三作品のすべてを引き上げさせてもらいます」

「なんだって⁉」

　永江が、煙草に火をつけようとした手を止め素頓狂な声を上げた。

「河田先生は、桂木君が演じる雨竜新太郎を非常に愉しみにしておられます。これからクランクインというときに、そんな記事が出たら逆鱗に触れることは間違いありません」

「君はスキャンダル写真を持ち込みたいと言っていたのに、嘘だったのか⁉」

「そんなこと、どっちでもいいじゃないですか。それより、私のお願いは聞いてもらえるんですか？」

「お願いだと？　笑わせるなっ。君がやっていることは、恫喝じゃないか！」

　永江が、唾を飛ばして激怒した。

「ええ、そう取ってもらっても構いません。桂木君の記事を、取り下げて頂けますね？」

　唯は、永江とは対照的に冷静な声音《こわね》で言った。

「断る。これは、雑誌部の案件だ。文芸部の干渉を受ける気はない」

　予想通り、永江は強気だった。

　が、唯も一歩も引く気はなかった。

「では、国際出版刊行の河田作品、全五作を引き上げさせて頂きます。もちろん、今後一切、国際出版で河田先生が執筆することはありません。それでも、いいんですね？」

　唯は、永江を見据えながら訊ねた。

「今回の一件で河田先生との縁が切れるというのなら、しようがないね」

　永江の顔からは、どこまで本音なのか窺えなかった。

「わかりました。いまから局長のところに伺って、永江さんのお言葉を伝えます」

「ちょっと、待ちたまえ。どうして、局長が関係あるんだ⁉」

　局長の名前を出したとたん、永江の表情に明らかに動揺のいろがみえた。

「河田先生との絶縁が、国際出版の総意であるかどうかを確かめるためです。なにか問題でも？」

「私の一存では決められないことだから、一日時間をくれ」

「いま決めてください。『エブリディ』の記事の掲載に関する最終決定権は、編集長であるあなたにあるはずです」

　唯は、永江に猶予を与えなかった。

　横峰が絡むと、厄介なことになるからだ。

「いくら編集長でも、そんな横暴なことは……」

「横暴でもなんでもそうしてくれないと、これから局長のもとに向かいます」

　時間稼ぎをしようとする永江を遮り、唯は畳みかけるように決断を迫った。

苛ついた仕草で、永江が新しい煙草に火をつけた。

三本、四本と立て続けに煙草を吸っている間、永江は一度も口を開かなかった。

唯も、辛抱強く永江が口を開くのを待った。

「わかった。もう、帰ってくれ」

吐き捨てるような口調で、永江が沈黙を破った。

「ありがとうございます。もし、桂木君の記事が掲載されたら河田先生とともに局長のもとを訪ねます」

「わかったと言ってるだろ！　私は忙しいんだっ。はやく出て行ってくれ！」

「そうします。失礼しました」

唯は頭を下げ、三井に目顔で合図をすると個室を出た。

「話の運びかたがさすがですね。まさか、こうもあっさりと引くとは思いませんでしたよ！」

国際出版のビルを出ると、三井が興奮気味に言った。

「言ったでしょう？　出版社はタレントには極悪非道になれても、作家にだけは逆らえないものなのよ」

「あの編集長、約束守りますかね？」

「裏切ったらクビだから、守るしかないでしょう」

「作家って、凄いんですね」

「だけど、それは付き合いのある出版社にかぎっての話よ。一冊も刊行したことのない出版社には、その神通力は通用しないわ。『カミングアウト』の版元の大東社では、河田先生は一冊も書いたことがないわ」

「もしかして……」

三井が、息を呑んだ。

「『エブリディ』が引いたとなれば、仁科はきっと『カミングアウト』に持ち込むに違いないわ。そうなれば、同じ手は通用しないでしょうね」

「どうするんですか？」

「仁科から、ネガを奪うしかないわね」

「素直に渡してくれるわけがありませんよ」

「強引に奪い取るしかないでしょう」

唯は、意味深な言い回しで言った。

「トリプルクラウンに行くわよ」

「トリプルクラウンに？」

三井が、鸚鵡《おうむ》返しに訊ねた。

「仁科が『カミングアウト』に接触する前に、板垣社長にこの写真をみせるのよ」

「なるほど！　トリプルクラウンにこのことがバレたら、仁科さんもヤバいでしょうね。あそこは、桂木直人以外にも主役級のタレントが何人もいますからね。板垣社長を怒らせて所属タレント全員を二度とサクラテレビに出さないなんてことになったら、仁科さんの責任問題に発展しますよ」

唯は厳しい顔で頷き、駐車場へと急いだ。

必ず、息の根を止めてみせる。絶体絶命から一転して訪れたチャンスに、唯は気持ちを引き締めた。

☆　　☆

トリプルクラウンの事務所が入るビルの前で、車がスローダウンした。

「いざ、出陣よ」

勢いよく車を降りた唯の目の前に、人影が立ちはだかった。

「やっぱり、ここにきたか」

人影……仁科が、鋭い眼で唯を睨みつけてきた。

「ずいぶんと、汚い手を使ってくれましたね」

「著作物の撤退をちらつかせ、報道の自由を封じ込める。汚いのは、お互い様だと思うがな」

仁科が、皮肉っぽい笑みを浮かべた。が、相変わらず瞳には怒りのいろが宿っていた。

「ライバルを潰すためなら、世話になった事務所のタレントを生贄《いけにえ》にする。板垣社長が知ったら、どう思うでしょうね？」

唯も、皮肉を返した。

「望みはなんだ？」

「例の写真のネガを、渡してもらえますか？」

「いやだと言ったら？」

「板垣社長に事情を話し、ネガの回収を頼みます」

「ほう、たかが制作会社のプロデューサー風情が、俺を脅す気か？」

仁科が煙草をくわえ、ダンヒルのライターで先を炙《あぶ》った。

「ネガは渡さん」

「じゃあ、板垣社長に……」

「だが、どこにも公表しないことを約束してやろう」

唯の言葉を遮り、仁科が恩着せがましく言った。

「それを信じろと？」

「俺がネガを渡しても、お前が板垣社長に今回の件を言わないという保証はない」

「あなただって、どこかのマスコミにネガを持ち込まないという保証はないでしょう？」

互いに、相手の腹を探り合うように睨み合った。

「安心しろ。ネガはお前を牽制するための保険だ。お前と、共倒れする気はない」

嘘ではない——唯は確信した。

「痛みわけってやつですか？」

「調子に乗るな。俺と同じ土俵に立ったつもりか？　今回はおとなしく引いてやるが、近いうちに必ず思い知らせてやる」

仁科が、屈辱に唇を震わせながら言った。

無理もない。

痛みわけといっても、桂木直人のスキャンダル写真の掲載を阻止されたという結果は、仁科にとっては完敗に等しい。

しかし、最悪の事態こそ免れたが、唯にしても仁科になんのダメージも与えることができなかった。

「仁科さん」

立ち去ろうとした仁科を、唯は呼び止めた。

「知ってましたか？」

「なにが？」

「私がどんなにあなたを憎んでいるかを……」

唯は、憎悪に満ちた瞳で仁科を見据えた。

「しょせん、お前は親父と同じ負け犬だ」

仁科が、嘲《あざけ》るように言った。

「潰してあげますね」

唯は、過激な「宣告」からは懸け離れた屈託のない笑顔を残し、後部座席に滑り込んだ。

「車を出して」

三井に命じる唯の顔からは、もう微笑みは消えていた。

14

地方から出てきた観光客、外資系の商社マン、クラブのホステスと客……六本木のキャピタルプリンスホテルのラウンジに足を踏み入れた唯は、一組ずつ見当をつけた。

壁際でテーブルに置いたファイルを挟んでなにやら談笑する、濃紺地にピンストライプのスーツを着た三十代半ばと思しき男性と首から入館証をぶら下げたポロシャツにジーンズ姿の同年代の男性が、目に留まった。

ピンストライプのスーツが芸能プロダクション関係者、入館証の男性がテレビ局のプロデューサー、テーブルのファイルは所属タレントの宣材写真。

外れているかもしれないが、唯がこれから会う相手の職業と話す内容を考えたら用心するに越したことはない。

唯は、壁際から一番離れたテーブルを選んだ。

コーヒーを注文し、煙草を取り出した唯は思い直してバッグにしまいかけたが、ふたたび取り出した。

彼と過ごしていた頃は、まだ煙草を吸ってはいなかった。

しかし、いまとなっては、もう関係なかった。

残酷な「時」の流れが、ふたりの立場と関係を変えた。

「お待たせ」

コーヒーが運ばれてくるのと同時に、圭介が現れた。

「ごめんね、お昼時に呼び出しちゃって」

「ああ、近いから大丈夫だよ。それに、今日の撮りは夕方からだから」

「ありがとう」

相変わらず、圭介らしかった。

彼が抱えているのはゴールデンタイムの連続ドラマで、いまが佳境のときだ。

忙しい売れっ子役者陣のタイトなスケジュール事情を考えれば、撮れるときに進めるだけ進めたいというのが本音で、早朝から深夜の撮影になることが多い。

優しさから出る嘘。唯が知るかぎり、圭介が、唯一、吐く嘘だった。

だが、そんな圭介を、唯は地獄に引き摺り込もうとしている。

「そんなことより、もう、僕とは会わないんじゃなかったの？」

圭介が、唯の決意をグラつかせそうな柔らかな笑顔で訊ねてきた。

「プライベートではね。今日は、仕事の話なの」

「仕事？」

「そう。仁科の奴は、十月から火9の連ドラをやるのよね？」

唯は、故意に仁科を呼び捨てにして、圭介の顔色を探った。

「君の気持ちはわかるけど、仕事に感情を持ち込むべきではないと思うな」

やはり、圭介は唯の物言いに反応した。

が、その反応が、仁科を庇《かば》っているからと決めつけるのはまだ早い。

「仁科さん、と呼ぶことで話がスムーズに進むなら、そうするわ」

「今日は、やけに喧嘩腰だね。まあ、いいや。仁科さんは、火曜九時の連ドラのチーフプロデューサーをやるけど、それがなにか？」

「韓国のパク・リーファンの主演が内定しているって噂は本当？」

ブラフ——唯は、圭介の表情の変化を窺った。

——聞いて驚くなよ。韓国の芸能関係者と親しい広告代理店の人間から聞いたんだけどさ、リー王子が秋に日本の連ドラに出るらしいぞ。

一昨日のことだった。行きつけの居酒屋で夕食を摂っているときに、社長の大村が興奮気味に衝撃発言をした。

リー王子ことパク・リーファンは、八年前に火がついた韓流《ハンりゅう》ブームで平均視聴率三十八パーセントという驚異的な数字を叩き出した韓国の連続ドラマ……『ガラスの絆』で主役を務めた日韓を股にかけたアジアを代表するスーパースターだ。

一時期よりは熱が冷めたとは言え、現在も来日すれば成田空港に千人以上のファンが詰めかけ、ＣＭも一本のギャラが三億はくだらないという凄《すさ》まじさだ。

いままでに日本のドラマに出演したことはなく、大村の聞きつけた噂が実現すれば日本中の中年女性が上を下への大騒ぎになるのは間違いない。

テレビ局の「命綱」とも言える視聴率も、三十パーセント超えは確実だ。


——え⁉　本当ですか⁉　どこの局ですか⁉


そのときの唯の関心は、パク・リーファンの日本のドラマデビューなどではなく、この偉業を成し遂げたテレビ局はどこか……いや、サクラテレビなのか否かの一点だった。

アジアのスーパースター主演のドラマをサクラテレビが手がけるとなれば、もちろんそのドラマの担当プロデューサーは仁科以外にはいない。

そうなれば、仁科がチーフプロデューサーに名を連ねる月９ドラマの主役に内定した桂木直人を横取りし、ミリオン小説のドラマ化『サムライ刑事』にキャスティングしたことで与えたダメージもフイになってしまう。

――さあな、そこまでは聞き出せなかったよ。まあ、マスコミやワイドショーにすっぱ抜かれでもしたら、ドタキャンの可能性があるからな。あっちの奴らは、そこのところ日本人の何倍もドライでシビアだからさ。

唯の選択肢に、その広告代理店の人間を訪ねるというものはなかった。

十年来の付き合いの大村にも言わないのだから、どれだけ粘っても初対面の唯に口を割ることはないだろう。

それならば、圭介のほうがまだ可能性があった。

それに、パク・リーファンがサクラテレビ以外と仕事をするのなら、唯には興味がなかった。

「誰から、そんな噂を聞いたんだい？」

圭介が、運ばれてきたコーヒーを掻き混ぜながら質問に質問で返した。

「ウチの社長が、ある業界関係者から聞いたそうよ。で、どうなの？」

唯は、圭介の瞳を射貫《いぬ》くようにみつめた。

とっくに角砂糖は溶けているはずなのに、圭介は執拗にスプーンを回していた。

圭介の表情から、微かな動揺が見て取れた。

五分、十分……重く沈殿した空気が漂った。

圭介の、こんなに苦しそうな顔をみるのは初めてのことだった。

「いまから言うことは、絶対にオフレコにしてほしい。約束できるかい？」

コーヒーを飲み干し、それからお冷で喉を湿らせ、圭介が絞り出すような声で切り出した。

「約束できないわ」

「え……？」

一パーセントの確率もないだろうと思っていた唯の返答に、圭介が狼狽《ろうばい》した。

オフレコにしてほしいと言っている時点で、もう、「噂」が事実であると認めたのも同じだ。

いまから唯が要求することは、オフレコ云々《うんぬん》の約束をするしないどころではない。

嘘は吐きたくなかった。

ほんのひとかけら、圭介にたいして残っている「誠実」の証だった。

「悪いけど、約束できないのなら言えないよ」

「あのとき、私に言ってくれた言葉は嘘だったの？」

――これからは、仁科さんの情報を君に提供するよ。僕は、仁科さんではなく、君を取る。

自分のキャリアも地位も失う覚悟で、仁科への復讐に協力してくれようとした圭介の想いを利用している。

なんと、悪辣《あくらつ》で計算高い女なのだろうか？

圭介が唇を引き結び、空になったコーヒーカップの底に視線を落とした。

コーヒーカップを持つ手が、小刻みに震えていた。

その震えは、怒りからくるものだ。唯にではなく、迷っている自分にたいしての怒り……。

圭介とは、そういう男なのだ。

ふたたび、沈黙が支配した。

唯は、さっきと同じように圭介の瞳を直視していた。

眼を逸らせば、心が折れて先に沈黙を破ってしまいそうだった。

「パク・リーファンには、火曜九時のドラマの主役としてオファーを出している。内諾は取れて、あとは細かい条件を詰めている段階だ……」

悲痛な面持ちで、圭介が言った。

トップシークレットの情報を、自分の上司に復讐するのが目的の元彼女にリークする。

罪悪感と嫌悪感……圭介はいま、激しく自分を責めているに違いない。

「ありがとう。情報を流してくれたお礼に、私も隠し事はなしにするわ」

圭介が、怪訝そうな顔で唯をみた。

「これから、いまの話をマスコミにリークするから」

圭介の表情の動きが止まった。

唯は伝票を摑むと立ち上がり、圭介に背中を向けた。

レジへと歩きながら唯は、目尻から零《こぼ》れ出す涙を人差し指でそっと掬《すく》った。

15

自宅マンションのバルコニーのチェアに座った唯は、ムーラン・ルージュのグラスを傾けながら表参道の夜景を虚ろな瞳で見下ろしていた。

いつもと変わらないはずの夜の街並みが、唯には哀しげにみえた。

――パク・リーファンには、火曜九時のドラマの主役としてオファーを出している。内諾は取れて、あとは細かい条件を詰めている段階だ……。

圭介の悲痛な顔は、グラスを重ねるほどに鮮明に脳裏に蘇った。

唯は、夜景から携帯電話のディスプレイに浮く、新日本スポーツ新聞社デスク・野宮修の名前に視線を移した。

野宮は、過去にメビウス制作のドラマの番宣記事を何度も掲載してくれており、スポーツ紙の記者の中で唯が最も親しくしているひとりだった。

通話ボタンを押すだけだ。午後八時過ぎに舞い込んだスクープは、掲載予定だったアイドルのイベント情報やグラビアアイドルの写真集発売の記事を押し退け、芸能面トップの扱いになるだろうことは間違いない。

勇み足の報道がなされれば、パク・リーファンの所属する韓国のプロダクションの逆鱗に触れ、「アジアの大スター、日本の連ドラ主演デビュー」のシナリオは水泡に帰してしまう。

父、孝史の仇を討つため……怨敵《おんてき》である仁科を潰すため、生きることを唯は誓った。

だが、トップシークレットを漏らしたのが圭介だとわかったなら……。

唯は、グラスに満たされたルビー色の液体をひと息に呑み干した。

仁科の部下になった時点で、誰であろうと唯にとっては敵以外のなにものでもなかった。

正当化する気？

あなたはただ、自分の目的を果たすための手段として、元恋人を利用しただけでしょう？

最低の女よ、あなたは。

自責の声を振り払うように、唯は携帯電話の通話ボタンを押した。

『もしもーし、野宮です』

一回目のコール音が鳴り終わらないうちに、特徴のある濁声《だみごえ》が流れてきた。

「唯です」

『おう、唯ちゃん、また、番宣記事か？』

「いえ、今回は、サクラテレビの十月クールの火曜九時の連ドラにキャスティングされた主役の件です」

『なんだ。やっぱり、番宣じゃない』

「違います。パク・リーファンをご存知ですよね？」

『ああ、もちろんだよ。まさか、リー王子が主役だなんて言うんじゃないだろうね』

野宮が、冗談めかして言った。

「その、まさかです」

『またまたまたぁ～、唯ちゃん、俺を担ごうとしてもだめだって』

野宮が、一笑に付した。

「私がいままで、野宮さんを担いだことありますか？」

至って真面目な口調で、唯は言った。

『おいおい、待てよ……もしかして、それってマジなの⁉』

野宮のテンションが、一気に上がった。

「第一ドラマ制作部の仁科チーフプロデューサーが韓国サイドにオファーを出して、内諾は取れているそうです」

『こりゃ、驚いたな。ネタ元はどこ？』

「それは……」

唯は、言い淀んだ。

野宮に情報源を告げれば、当然、圭介の部署や役職が紙面に載ることになる。

それは、彼が積み上げたサクラテレビでのキャリアの崩壊を意味する。

『なに？　どうしたの？』

「局内の人間です」

ギリギリのラインで、唯は言葉を濁した。

『局内のどこよ？　ドラマ部？　それとも編成部？』

「そこまでは、勘弁してください」

『なに言ってんの。こういうスクープはさ、どれだけ説得力があるかがすべてなんだよ。名前はイニシャルで処理するとしても、リーク主の所属する部署と役職くらいは載っけないと話になんないって』

野宮の言うことは正論だった。

発行部数百万部を超える日本一のスポーツ紙が、あやふやな情報源のネタをスクープ記事として扱うわけにはいかない。

「サクラテレビの、第一ドラマ制作部の楠木プロデューサーです……」

ついに、言ってしまった。

もう、あとへは退けなかった。

唯は、眼を閉じた。

瞼の裏で、「悪魔」が笑顔で手招きしていた。

16

「社長！　これ、みてくださいよ！」

三井が出社してくるなり、朝のコーヒータイムでくつろぐ大村のデスクへ駆け寄った。

「なんだよ、朝っぱらから騒々しいな」

「超ビッグニュースですよ！」

興奮口調の三井が、手にしていたスポーツ新聞を大村の顔前で広げてみせた。

「うるさいよ。耳もとで大声出すなって」

大村が、野良猫にそうするように手で追い払う仕草をみせた。

「そんなこと言って、驚かないでくださいよ！　アジアのスーパースターのリー王子が、サクラテレビの火９の主役をやるそうです！」

「なんだって⁉」

三井に負けない大声を張り上げ、大村が新聞を奪い取った。

「ね⁉　驚いたでしょ⁉」

「いや、俺は知ってたんだけどさ……」

「え⁉」

三井が、きょとんとした表情で首を傾げた。

「じつは、パク・リーファンの事務所サイドが日本のテレビ局と交渉してるような話を知り合いから聞いてたんだけどさ……こりゃ、大変なことになるぞ」

丸太のような太い腕を組み思案に耽る大村を横目でみながら、唯はパソコンを立ち上げた。

既にインターネットの芸能トップニュースでも、パク・リーファンの日本のドラマ初主演が大々的に報じられていた。

「大変なことって……どういうことです？」

　三井が、怪訝な顔で訊ねた。

「リー王子は、さわやかなイメージとは違って、相当に気難しい男らしい。以前も、韓国のドラマの共演相手に予定されていた女優が、他局とも交渉しているのを知って激怒し、一方的に出演をキャンセルしたそうだ。売れっ子になったら複数の局からオファーがあるのは珍しいことじゃないってのに、天秤にかけられて気分を害したんだろうな。今回も、韓国サイドの正式発表前に日本のメディアにすっぱ抜かれたとなったら、サクラテレビにたいして不信感を募らせて交渉決裂になる恐れがある」

「なるほど。じゃあ、リー王子がドタキャンなんてことになったら、このプロデューサーは相当にヤバい立場になりますね」

「ああ、出世の道は確実に絶たれるだろうな。トップシークレットを売るような信用ならないやつを受け入れるような局もないだろうし……まあ、自業自得ってやつだよ」

　唯は、感情のスイッチをオフにし、境の携帯に電話をかけた。

「もしもし、梨田です。脚本の進行具合は、どんな感じですか？」

『どんな感じもこんな感じもないよ。ほとんど毎日、原作者チェックが入ってダメ出しの連発で、全然進まなくてさ……ほんと、勘弁してほしいよ』

境が、泣き出しそうな声で言った。

『サムライ刑事』の脚本に河田が口出しをすることはある程度覚悟していたが、毎日チェックを入れるとは想像を絶していた。

クランクインまで、半月しかなかった。最低でも、一週間前までに役者陣に第一話の決定稿を渡しておきたかった。

「河田先生には、私のほうから話してみます。ところで、今朝の新聞に載っていたんですけど、大変なことになっているみたいですね」

唯は、さりげなく探りを入れた。

脚本の進み具合以上に、スクープが与えた「衝撃」の度合いが気になった。

『そのことなんだけど、もう大変だよ』

急に、境が声を潜めて言った。

言葉とは裏腹に、境は嬉しそうだった。

「仁科さん、お気の毒に……」

唯もまた、心にもないことを言った。

『ああ、新聞報道をみるなり、血相を変えて全プロデューサーに招集をかけて犯人探しさ。

ヒステリックな中年女みたいに叫びまくって大荒れだよ』

「それで、犯人はみつかったんですか？」

精一杯、平静を装った。

そう、悪魔に魂を売り渡した自分には、もう、動揺する資格も祈る権利もない。

『いいや、みつからなかったよ。まあ、バレたら解雇は免れないだろうから、犯人も必死だろうけどね』

それでも、安堵《あんど》している自分がいた。

「仁科さんは、諦めたんですか？」

『とんでもない。絶対にみつけ出してやるって息巻いてたよ。まあ、敵が多い男だからね。まあ、私には関係ないことだし、いまは「サムライ刑事」の脚本のことで手一杯で人の心配をしている暇はないよ』

「そうですね。今日にでも、河田先生に会ってきますから。また、経過を報告します」

唯は、電話を切るとため息を吐いた。

境の言う通りだ。

元恋人の心配をする時間があるなら、一刻も早く河田を説得しなければならない。

クランクインまでに第一話の脚本が間に合わないということにでもなったなら、大変な事態になる。

桂木直人を横取りされた上にパク・リーファンにドタキャンでもされれば、仁科のサクラテレビ内での評価がガタ落ちになるのは間違いない。

ここで境が『サムライ刑事』で高視聴率を叩き出せば、一気に立場は逆転する。

「仁科王朝」を終焉《しゅうえん》させるためにも、河田をおとなしくさせなければならない。

「境さんは、なんだって言ってた？」

電話が終わるのを待っていたように、大村が訊ねてきた。

「河田先生が脚本チェックを毎日するので、作業がまったく進まないと困っていました」

「そっちの件じゃない。新聞記事のことだよ」

「あ、ああ……仁科さんがプロデューサー達に緊急招集をかけて問い詰めたみたいですけど、犯人はわからずじまいだそうです」

「お前は、犯人が誰だか知ってんじゃないのか？」

大村が、いぶかしむ眼を向けた。

「どういう意味です？」

唯は、シラを切った。

「唯。スポーツ紙にリークしたのはお前か？」

大村が、単刀直入に切り込んできた。

三井が、弾かれたように唯をみた。

「まさか……どうして私がそんなことするんですか⁉」

唯は、憮然とした表情で言った。

「お前はリー王子の話を知っているし、仁科にもイチモツ持っているからな」

「だからって、自分の部下を疑うんですか？　私は、そんなことやってません。河田先生のところに行ってきますから。三井君」

唯は毅然と言い放つと席を立ち、三井を促して事務所を出た。

☆　　☆

「社長も、ひどいですよね。唯さんを疑うなんて」

河田邸へ向かう車中……ステアリングを操りながら、三井が憤りの口調で言った。

「私がリークしたのよ」

「え⁉」

三井が素頓狂な声を上げ、急ブレーキをかけた。

「だって、さっき否定してたじゃないですか⁉」

「馬鹿正直に、本当のこと言えるわけないでしょう？」

唯は涼しい顔で言うと煙草に火をつけた。

「でも、どうして、そんなことしたんですか？」

振り返った三井の顔には、非難のいろがありありと浮かんでいた。

「仁科を潰すために決まってるじゃない」

「お父さんがああいうことになって、気持ちはわかるけど……」

「ふざけるんじゃないわよ！」

三井の声を遮り、唯は一喝した。

あまりの唯の迫力に、三井が気圧《けお》され、たじろいだ。

「あんたに、なにがわかるの!?　私の気持ちの、なにがわかるって言うのよ！」

「すみません……」

三井が、蒼白な表情で詫びた。

「今度そんなことを言ったら、二度とあなたとは仕事をしないわよ」

「わかりました……本当に、すみませんでした」

「もう、いいわ。車を出してちょうだい」

唯は三井から視線を逸らし、窓ガラスに映る自分の顔に紫煙を吐きかけた。

17

書斎のデスクに座る河田の眉間に深く刻まれた縦皺が……火をつけてすぐに消された長い煙草の吸殻の山が、彼が不機嫌であることを訴えかけていた。

「つまり君は、私に一切口を出すなと、そう言いたいのかね？」

河田が顔を朱に染め、唯を睨《ね》めつけた。

「とんでもありません。『サムライ刑事』のドラマ化は、河田先生のご協力なくしては成り立ちません。ただ、脚本というのはひとりで好きな世界観を表現できる小説と違って、キャスト、プロデューサー、予算、ロケ日数など周囲との折り合いをつけながら進めてゆく共同作業なので、ときには妥協も必要なんです」

唯は、臆せずにきっぱりと言い切った。

三井が、表情を失った。

ここは、踏ん張りどころだった。

たとえ河田を怒らせる結果になろうとも、脚本をクランクインに間に合わせなければ大変なことになってしまう。

「小説は好き勝手に書けて楽で、脚本のほうが難しい作業だというのか！」

案の定、河田はキレた。

「いいえ、そうは言ってません。小説も脚本も、それぞれの難しさがあると思います。小説は描写を書き込むことによって表現し、逆に脚本は描写を極力排除して監督と役者に表現を委ねる。どちらが上とか下とかではなく、ふたつの作業は似て非なるものです。だから、脚本は脚本家の先生に任せたほうが……」

「なにが脚本家の先生だ！　あんな陳腐な台詞と薄っぺらなストーリー展開しか書けない三流の物書きに大事な作品を任せられるもんか！」

河田が、怒髪天を衝く勢いで唯を怒鳴りつけた。

「わかりました。では、先生がどうしても許せない箇所を言ってください。私が責任を持って直させますから」

「そんなもの、ひとつやふたつの問題じゃないっ。彼の力量では、雨竜新太郎の魅力を描くことなんてできないんだよ！」

「はっきり言います。日本の脚本家の中に、不世出の天才である河田泰三先生の世界観を完璧に描き切ることのできる人間なんていません。別の脚本家に代えたとしても、結果は同じことです。先生がおっしゃるように、レベルが違い過ぎるのです。でも、脚本家に書かせなければドラマができないのも事実です。先生……」

唯は立ち上がり、河田の足もとに跪《ひざまず》いた。

方向転換――プロデューサーは柔軟でなければならない。

積み重ねた瓦や分厚い氷を割ることのできる空手家も、スポンジを破壊することはできないのだ。

「お願いします。脚本家との摺《す》り合わせは、私にお任せ願えませんでしょうか？　先生は文章のプロであって、会話のプロではありません。凡人に天才の発想を理解させるには、相当な労力が必要となります。一分をも無駄にできない先生に、そんなお時間を取らせるわけにはいきません。先生の世界観を損なわぬように、彼を調教します。ですが、百メートルを十一秒でしか走れない人間に、九秒台を出せというのは無理な話です。しかし、十秒台なら可能です。誤解を恐れずに言います。ドラマが原作を超えることが不可能な以上、必ずどこかで妥協が必要になるのです。約束します。多少の妥協はあっても、河田作品を汚すようなまねは絶対にしません。だから、脚本家の件は私に任せてもらえませんでしょうか？　お願いします！」

唯は、一言一句に魂を込め、情熱の塊となり河田に訴えかけた。

嘘があるとすれば、ドラマが原作を超えることが決して不可能ではないということだ。

それは、ドラマが格上だという意味ではない。

鯛を塩焼きで食べるのが好きか、刺身にして食べるのが好きかという問題と同じ……つまり、好みの問題に過ぎない。

塩焼きであっても刺身であっても、元は鯛に変わりないのだから……。

「君がそこまで言うのなら、仕方がない。どうしても許せないのは、雨竜新太郎の性格設定だ。彼は脚本で描かれているような熱血漢でもないし、口数も多くはない。もっとクールで寡黙な男なんだよ」

渋々ながらも、河田が歩み寄る姿勢をみせた。

ようするに、原作の主人公はハードボイルドチックに描かれているのだ。

だが、三十年前ならいざ知らず、現代のドラマでは河田の理想とする「男性像」は流行《はや》らない。

最近では、熱血だがどこか抜けているような主人公で、コメディチックな要素が入っているドラマのほうがウケがいいのだ。

「原作の雨竜新太郎のイメージを損なわないように、脚本家にはよく言っておきますので。とにかく、私に任せてください」

ここは、全面的に河田の要求を呑んでいるふうを装うのが賢明だ。

先のことを考え過ぎて足を踏み出せず、企画をいくつも塩漬けにしているプロデューサーを唯は何人も知っている。

「君を信じるよ」

「ありがとうございます」

唯は、頭を下げ、河田にみえないように三井に片目を瞑ってみせた。

とにもかくにも、唯の頭の中には、『サムライ刑事』の第一話の脚本を仕上げることしかなかった。

☆　　☆

サクラテレビの第二ドラマ制作部の会議室は、ロンドンのベーカー街さながらに濃霧のような紫煙が白く立ち込めていた。

チーフプロデューサーの境、脚本家の高山、唯と三井の手もとには『サムライ刑事』の準備稿が置かれている。

「お前はいつまでも俺の心で生きている、なんて、いまどき言いますか？　だいたい、あの人は感覚が古いんですよ！　あんな生きた化石の言う通りに本を書いたら、僕が笑いものになりますって！」

高山が、細く長い女性のような指先で髪の毛を掻き上げ、ヒステリックに叫んだ。

「まあまあ、高山さん、落ち着いてください。私もまったく同感ですが、『サムライ刑事』は河田先生の作品ですから」

唯は、高山を諭すように笑顔で言った。

「しかし、梨田君、あれは本当にひどいよ。原作ファンならあの語り口調がいいと言うかもしれないけど、ドラマでやられたらたまったものじゃないよ。ファンは河田先生の本を買う目的で書店に足を運ぶけど、視聴者は無作為にチャンネルを選ぶから面白くなかったらすぐに替えられてしまうよ」

それまで黙って話を聞いていた境が、高山を擁護した。

「わかってます。だから、高山さんの思うように変えちゃえばいいんですよ」

「え……そうしたいのは山々ですけど、あの頑固じじいが黙っちゃいないでしょう？」

「今度から私が高山さんと脚本の摺り合わせをすることになったので、その点は大丈夫です。しかし、高山さんが好きにやるには、ひとつだけ条件があります」

「なんですか？」

高山が、興味と不安が綯《な》い交ぜになった表情で身を乗り出してきた。

「クランクイン前に、全十二話すべての脚本を仕上げてください」

「ク、クランクイン前に……⁉　嘘でしょう⁉　もう、半月しかないんですよ⁉」

「そうだよ、梨田君、いくらなんでも、それは無茶だよ！」

目を剝き抗議する高山を、境が後押しした。

河田の意見を取り入れるということを納得させる選択肢もあった。

だが、境や高山の言う通り、それでは視聴率三十パーセントどころかふた桁さえ維持できるかどうか危なくなってくる。

だから、無理は百も承知で言っている。

「普通なら二、三ヶ月かかるところを半月で仕上げるということがどんなに大変かはわかっています。ですが、それしか方法がないんです。必ず素晴らしいドラマをおみせするのでOAまでは私に任せてほしいと言えば、河田先生は渋々ながらも納得するはずです」

「でも、そんなことをしたら、先生の意向を無視したドラマをみて、河田先生が激怒するんじゃないか？」

境が、至極真っ当な懸念を口にした。

「河田先生が激怒しようがすまいが、クランクアップしたものを撮り直すことはできません」

「唯さん！」

「梨田君、君という人は……」

三井が血相を変え、境が絶句した。

「ひとつを成し遂げるためにほかのすべてを犠牲にすることも厭《いと》わない。プロデューサーの仕事は、誰かを気遣うことではなく視聴率を取るドラマ作りをすることです」

唯は、淡々とした口調で言った。

「それじゃあ、仁科さんとなにも変わらないじゃないですか！」

三井が張り上げる「青臭い叫び」が心の部屋に入る前に鍵を閉めた。

彼の言葉を、唯は否定はしない。

倒すべき相手が虎ならば虎以上の牙を……鷹ならば鷹以上の爪を持たなければ切り裂かれてしまう。

「肉料理を食べたければ、まず、動物を殺さなければならないことと同じです。それがかわいそうだと言うのなら菜食主義者になればいいでしょう？」

無表情に言い残すと、唯は席を立ち会議室をあとにした。

18

「ええ。記者会見には桂木直人君も出席します。役柄ですか？　その件につきましては、明後日、きちんと会見の場で発表致します。では、よろしくお願いします！」

唯は電話を切ると、マスコミ一覧表の日の出スポーツに赤ペンでチェックを入れた。

隣の席では、三井が唯と同じような受け答えをしていた。

間を置かず、デスクの電話が鳴った。

「はい。メビウスです」

『大京スポーツの石島です。明後日の制作発表の件ですが、もしかして桂木直人が雨竜新太郎刑事を演じるんですか⁉』

石島なる芸能班の記者が、興奮気味に訊ねてきた。

スポーツ紙、週刊誌、ワイドショー、情報番組、アイドル誌……各プレスに『サムライ刑事』の制作発表会見のファクスを送って三十分以内に、既に四十件を超える問い合わせが入っていた。

シリーズ五百万部突破の超ベストセラーの原作ドラマ化、出演ドラマすべて二十パーセント超えの国民的人気俳優が出演——各マスコミが他社を出し抜いてスクープを取りたがるのも、無理はなかった。

「現段階では、桂木直人が『サムライ刑事』に出演するということと、明後日の会見に出席するということしか申し上げられません」

問い合わせてくるマスコミ陣の興味の対象は、桂木がカリスマ的人気を誇るキャラクターである雨竜新太郎を演じるのかどうか……その一点に集中していた。

桂木ほどの役者が出演するとなると、普通ならすぐに主役だろうと見当をつけるものだ。だが、原作の雨竜新太郎は四十五歳だ。原作者が頑固者で知られる河田泰三なだけに、いくら飛ぶ鳥を落とす勢いの桂木でもまさか雨竜刑事を演じるとは夢にも思わないだろう。

主役には四十代の大物俳優を据えて、桂木には見劣りしない重要な役を与えるという形を取っていると考えるのが妥当な線だ。

「いやぁ、しかし、凄い反響っすね」

一段落ついた三井が、デスクチェアの背凭れに身を預けて大きく息を吐いた。

「『サムライ刑事』と桂木直人の組み合わせですもの、興味が湧かないわけないわ」

唯は、大京スポーツの欄にチェックを入れながら、当然、といった顔で言った。

「四十五歳の主人公を二十二歳の俳優にやらせるだなんて、最初はなんて無茶なことを言い出す人かと思いましたけど、さすがは唯さんですね」

三井が瞳を輝かせ、唯に憧憬《どうけい》の眼差しを向けた。

目的のためには手段を選ばない上司にたいして不信感を抱いている三井が、それでも決別せずに行動をともにしているのは、自分が結果を出しているからに違いない。

舞台裏がどれだけドロドロしていようが、視聴者に「夢」を与え支持された者が勝ちなのだ。

「サプライズ。犬がワンって吠えるより、猫がワンって吠えたほうが高視聴率が稼げる……それが、テレビなの。原作に忠実なキャスティングとストーリー展開を守るなら、ドラマ化する意味なんてないじゃない。違う？」

「その唯さんの斬新な発想を、僕も見習わないといけないな。ところで、ヒロインの栞《しおり》役は松山美春で決まりそうなんですか？」

松山美春は、現役東大生タレントとして情報番組のコメンテーターなどで人気急上昇の新進女優だ。

担当チーフプロデューサーの境のほうから先週の段階で所属事務所にオファーはかけており、快諾してもらっている。

正義を貫き通し敵の多い雨竜刑事を陰で支えるという、女優としてはおいしい役どころだ。

因《ちな》みに、原作で栞は雨竜刑事に合わせて三十五歳の設定となっているが、脚本では二十二歳の桂木と釣り合いを取るために二十歳の女子大生となっていた。

「本命が無理だったときの抑えとしてね」

「抑え？　松山美春は、本命じゃないんですか？」

「私の中での本命は別にいるわ」

唯は、意味ありげに口もとに微笑を湛えた。

「誰です？」

「いまから、その本命のところに最終的な答えを貰いに行くから、ついてきて」

唯は、三井の返事を待たずに席を立った。

明後日の記者会見の場で、桂木直人が雨竜新太郎を演じる以上のビッグサプライズ……下手をすればすべてを敵に回してしまう賭けに唯は出た。

☆　　☆

「失礼します」

女性タレントのポスターに囲まれた二十坪ほどのスクエアな空間に、唯は足を踏み入れた。

そこここの無人のデスクは、タレントのスチール写真や脚本で埋め尽くされていた。

売れっ子のタレントを抱えているプロダクションほど、事務所内は雑然としているものだ。

唯の訪れたキングハートの菊池真弓は、ドラマ、CMなどでメキメキと頭角を現している有望株で、同年代の新人女優の中では一歩抜け出ている。

「一本電話入れてから行くから、適当に座っててくれる？」

最奥のデスクで受話器を片手にした五十代と思しき女性……おかっぱの金髪のウイッグをつけている下平フランソワーズが、特徴のあるしわがれ声で言った。

フランソワーズはもちろん本名ではなく、れっきとした日本人だ。

和美、というのが本当の名前なのだが、前世がマリー・アントワネットだと思い込んでいる彼女はフランソワーズを呼称として定着させ、いまでは業界の誰もが「フランソワーズさん」と呼んでいる名物社長だ。

フランソワーズは、変わり者、というだけではない。

創立五年で寺田志穂という連ドラで主役を張る女優を育て上げ、以降、個性豊かな若手女優を続々と輩出し、業界では、トリプルクラウンに次ぐ勢力を誇るまでになった。

年齢とともに人気に翳りがみえてきた寺田志穂に代わって、現在、キングハートの看板を張っているのが、唯が『サムライ刑事』の秘密兵器と考えている菊池真弓である。

「唯さん、栞役の本命っていうのは、まさか、菊池真弓じゃないですよね？」

薄ピンクの応接ソファに座るなり、三井が小声で訊ねてきた。

「その、まさかよ」

「そんな……まずいっすよ、それは」

三井が動転するのも、無理はなかった。

桂木直人と菊池真弓は、一年前に写真週刊誌で交際を取り沙汰されたという間柄だった。ふたりとも名のあるタレントだったので、事務所は迅速に対応し、当人にそれぞれ事情聴取をし報道が事実であると認めた上で別れさせたという過去があった。

トリプルクラウンの行政力を恐れたテレビ局は、以降、ふたりの交際などなかったことのように黙殺を決め込んでいたが、写真週刊誌をみた読者の反響は凄まじく、ネット上では百本を超えるスレッドが次々と立てられ、発見した事務所サイドが削除するというイタチごっこが半年あまりも続いた。

「ふたりが共演するとなれば、物凄い注目を集めることになるわ」

「それはそうでしょうけど、事務所が納得するわけ……」

「お待たせ。なにを揉めてるのかしら？」

フランソワーズが、葉巻の濃い紫煙をくゆらせながら悪戯っぽい笑みを浮かべた。

身長百七十センチ、体重七十キロ超えの恰幅《かっぷく》のよさが、葉巻とよく似合っていた。

「彼は、真弓ちゃんと桂木君の共演話はまずいと、騒いでいるんです」

「いえ……僕は別にその……」

内輪話を唯に暴露された三井が、慌てて場を取り繕おうとした。

「いいんだよ、別に。私もさ、最初、唯ちゃんからこの話がきたときに、『あんた、頭大丈夫？』って思ったからね」

フランソワーズが、葉巻の煙を撒《ま》き散らしながら豪快に笑った。

歯で嚙み千切り唾液でべったりと濡れた吸い口、紙巻をそうするように肺の奥まで入れる吸いかた……気取った葉巻愛好者からすれば最低のマナーだ。

体裁に囚われず自分流のやりかたを貫くフランソワーズに、唯は好感を抱いていた。

「ということは、社長は唯さんのオファーを受けられたんですか？」

三井が、恐る恐る訊ねた。

「ああ、受けたよ。シリーズ五百万部の超ベストセラーのドラマ化に、共演相手が高視聴率俳優の桂木直人だろ？　真弓が女優としてステップアップするのに、こんなチャンスはないからね」

「しかし、真弓さんは桂木君と、その……」

「過去の交際報道のことを気にしてるのかい？　たしかにそういうことはあったけど、終わった話だよ。女優はね、スキャンダルを肥やしにして大きくなっていくくらいじゃないとね」

ふたたび、フランソワーズが豪快に笑った。

「ただし、ドラマっていうのは相手あってのことだから、ウチがやる気満々でも先方の気持ちが問題だわね。ねえ？　唯ちゃん」

　フランソワーズが、唯に水を向けた。

「フランソワーズさんから正式にご許可を頂ければ、これからすぐにトリプルクラウンの板垣社長のもとへ向かって説得するつもりです」

「あの頑固男が、納得するかしらね？　報道されたときも、喚《わめ》き立てていたのはあっちだからね」

　フランソワーズの言う通り、一年前、桂木直人と菊池真弓の交際記事が掲載された際の板垣の怒りかたは尋常ではなかった。

　今回のウルトラCを思いついたときに、まっ先に考えなければならなかったのは「板垣攻略法」だった。

「その件なんですが、ひとつ、フランソワーズさんにご協力願いたいことがあるのですが……」

「なんだい？　私にできることなら、なんでも協力するよ」

　唯は、「奇跡の共演」を実現させるため最初の扉を、力強く開いた。

☆　　☆

「ふざけるんじゃない！」

中華料理店の個室に、板垣の怒声が響き渡った。

「いい話があるというから会食を早めに切り上げてやったというのに……ウチの直人の共演相手にあの泥棒猫を推薦したいだと⁉」

「落ち着いて、話を聞いてください。桂木君と真弓ちゃんの一件は、もちろん私も知っています。社長がキングハートにたいして不快な印象をお持ちなのも」

「あたりまえだ！　あの金髪ババア、あのとき俺になんて言ったと思う？　『自由恋愛』だから、しようがないじゃない？　なんてぬかしやがったんだぞ⁉」

板垣が、料理の残骸が載った円卓を拳で叩いた。

「よくも悪くも、あの報道は一般市民に強烈なインパクトを与えました。そのふたりがいま、話題の原作のドラマ化で共演するとなれば、視聴率四十パーセントも夢じゃありません」

唯は、熱っぽく力説した。

「そんなことは、言われなくてもわかってる。だが、ウチの大事なタレントに傷をつけるような女と共演させるわけにはいかん」

予想通り、板垣は頑なだった。

だが、それは予想の範疇《はんちゅう》であり、唯も板垣が興味を示す「手土産」を用意していた。

「社長が真弓ちゃんとの共演に首を縦に振れないのは、またふたりが縒《よ》りを戻す危険性があるからですか？　それとも、過去のフランソワーズ社長の対応のまずさにですか？」

「どっちもだ！　どんなに視聴率が取れても、あの金髪ババアとの仕事は……」

「撮影以外、ふたりにひと言も会話をさせないという条件、一年前の報道のお詫びとしてキングハートの女優が主役を張るドラマ三作の四番手以内にトリプルクラウンの若手を連続起用するという条件がついたら、どうしますか？」

唯は、板垣の言葉を遮り畳みかけた。

「そんな条件を、強欲な女が呑むわけがないだろうが！」

「ところが、呑んだんですよね」

「なんだって⁉」

鳩が豆鉄砲を食ったような顔とは、いまの板垣のような表情を言うのだろう。

「ここを訪れる前に、フランソワーズ社長にお会いして、確約を頂いてきました」

唯は、二枚の書類を円卓に置いた。

板垣に口頭で告げたふたつの条件を「覚書」という形で書式化したものだった。

文末には、フランソワーズの署名と捺印も貰ってあった。

「これは……本当にあの金髪ババアが書いたのか？」

「なんなら、フランソワーズさんの印鑑証明も貼付しましょうか？」

「いやいや、驚いたね、これは……」

今クール、来クール、来々クールで、キングハートの女優が主役を張るドラマは三作品ある。

そのすべてに、これから売り出そうとする若手を四番手以内でキャスティングできるというのだから、板垣にとっては夢のような好条件だ。

犬猿の仲と言われる同業者に、フランソワーズがそこまで約束するのも『サムライ刑事』のヒロイン役がお茶の間にどれだけ浸透するかをわかっているからだ。

四十パーセント近い視聴率を見込めれば、暮れの『紅白歌合戦』に毎週出演しているのと同等のインパクトを与えられるのだ。

「菊池真弓を桂木君の相手役に、考えて頂けますか？」

唯は、板垣に二枚の「覚書」を翳しながら、話を詰めた。

「わかった。今回は、君への貸しにしようじゃないか」

唯のぶら下げた「餌」に食らいついていながら、貸しとはお笑い草だ。

もちろん、それを口にするつもりはなかった。

「ありがとうございます。この借りは、視聴率でお返しします」

結果を出した者の勝ち。高視聴率を叩き出せば、板垣とのパワーバランスは逆転する。

「では、明後日の記者会見の準備でやることが一杯なので、失礼します」

唯は、板垣の気が変わらないうちにそそくさと席を立ち事務所をあとにした。

「板垣社長、陥落よ。菊池真弓の起用を認めたわ」

エレベータを降り、ビルの前に横づけされているアルファードに乗り込むなり唯は弾む声音で言った。

「それは、よかったですね」

三井が、素っ気なく受け流した。

「あれ？　快挙達成したっていうのに、嬉しくなさそうね」

「松山美春は、どうするんですか？」

三井が、低く押し殺した声で訊ねた。

「どうするって？」

「惚けないでください。境チーフから彼女にオファーを入れているのは知っているでしょう？　いまさら、どう説明する気ですか!?」

「別のコに決まったからって、そう言えばいいだけの話よ」

唯は、敢えてさらりと言い放った。

「そんな……彼女は、『サムライ刑事』のためにワンクール空けて待ってたんですよ！」

三井が、血相を変えて抗議した。

「だから？」

唯は、冷めた眼を三井に向けた。

――恩だとかなんだとか、お前は損得勘定でドラマ作りをしているのか⁉

眼を閉じた。

胸に突き刺さる父の声を、唯は氷壁の心に閉じ込めた。

19

その瞬間、紫煙で白く煙ったスタッフルームに、境の表情筋が凍てつく音が聞こえてきたような気がした。

「梨田君、いま、なんて言ったんだい？」

「『サムライ刑事』のヒロインを、キングハートの菊池真弓で決定したと言ったんです」

唯が断言すると、隣の席の三井が頭を抱え込んだ。

「な……」

境の手から、プラスチックのコーヒーカップが滑り落ちそうになった。

「なにを言ってるんだ、君は！　ヒロインの木ノ内栞役が松山美春に内定しているのは、君も知ってるだろうが！」

珍しく境が、声を荒らげた。

「ええ、知ってます。あくまでも、内定、ですよね？」

「内定と言っても、それは万が一のアクシデントに備えての対外的な表現であって、先方の事務所にはオフレコ事項で決定だと伝えてあるんだよっ。そんなこと、君もこの業界に長くいるんだからわかるだろう！」

「だから、その万が一が起こったんです。桂木直人と菊池真弓は、ご存知の通り過去に交際していたという経緯から、ドラマやCMは共演NGでした。そんなふたりが、話題の原作のドラマ化で並び立つんですよ？　番宣で煽れば、平均視聴率三十パーセント中盤、最高視聴率四十パーセント超えも十分に狙えます」

「視聴率も大事だが、松山美春の事務所にはどう説明するんだ⁉」

だから、境は出世しないのだ。

口には、出さなかった。

テレビ局に勤めていながら、それもドラマのプロデューサーという立場にありながら、視聴率よりも優先するものがあろうはずがない。

「行政が入ったと、説明すればいいんじゃないでしょうか」

——テレビ局は、視聴率の取れる「商品」をどれだけ抱えているかで勝負は決まる。有力なタレントをより多く揃えている事務所を優先するのは、当然の話だ。

いま、境が眼にしている自分の顔は、十年前の……あのときの仁科と瓜ふたつに違いない。

「そんな簡単なひと言で片づけられるか！　梨田君、君にはドラマ作りにたいする愛情ってものはないのか⁉　美春ちゃんは、仕込みじゃなくて『サムライ刑事』シリーズの愛読者だった。ドラマ化云々の話が出る一年以上も前のブログに熱烈な感想を綴《つづ》っているのを発見して、それでオファーを出したんだよっ。政治力のある大手事務所の言いなりになって、タレントありきのキャスティングが横行するようになってから、ドラマは衰退し始めた。いいか？　視聴者はわかってるんだよっ。そのドラマがストーリー性を重視しているのかタレントのために作っているのかをな！」

わかっている、わかっている、わかっている……。

誰よりもドラマを愛していた男の背中を、唯は追い続けてきた。

誰よりも行政に立ち向かっていた男の背中を、唯は追い続けてきた。

ドラマへの愛が、行政への反発が、男を死の淵へと追いやった。

「業界の大先輩に、失礼ながら申し上げます」

「唯さんっ」

よからぬ発言を察知したのか、三井が睨みつけてきた。

「どんなに腕のいい料理人がいても、受け入れてくれる店がなければ誰もその料理の味を知ることができません。『サムライ刑事』はサクラテレビが放映します。局が視聴率至上主義であるかぎり、私達はそれを受け入れなければなりません。拒否すれば、いいドラマ作り云々以前に、制作することもできないんです」

唯は瞳を潤ませ、境を見据えた。

孝史の無念が、唯の胸を締めつける。

テーブルの下で、きつく膝を握り締めた。

そうしなければ、涙が零れ落ちてしまいそうだった。

「つまり、妥協しろというのか？」

「妥協ではなく、戦略です。視聴者に感動を与えるドラマを作りたいのは、私も同じです。『サムライ刑事』に、私は賭けています。行政に押し切られて、大手事務所のタレントの学芸会にするつもりはありません。境さん。私を信じて、任せて頂けませんか？」

唯は、境の双眼を射貫くように思いを込めてみつめた。

「うーん……しかしなぁ……」

境が、困惑した表情で唸《うな》った。

「お願いします」

唯は、境の足もとに土下座した。

「唯さん……」

「梨田君！　そんなこと、やめたまえ！」

「私に任せてください……お願いします！」

唯は、声を振り絞って叫び、額を床に擦《こす》りつけた。

仁科を倒せば、孝史の正義を証明できる。

蛇の毒を解毒するには毒が必要なのと同じに、悪に対抗するには悪になるしかない。

孝史の信念を貫き通すためなら、日本中を敵に回しても構わなかった。

境の足もとに跪くことくらい、蚊に刺されたようなものだ。

「わかった……信じようじゃないか。だが、松山美春の事務所には、君のほうから事情を説明してくれよ」

「わかりました。ありがとうございます」

これで、舞台は整った。

仁科に「初めての敗北」を味わわせることになる舞台の……。

☆　☆

「よかったですねって、言うべきなんでしょうけど……」

スタッフルームを出ると、三井が複雑な表情で言った。

「無理して、祝福してくれなくてもいいわよ」

喫煙ルームに入り、唯は煙草に火をつけながら素っ気なく言った。

「だけど、なんだか、わからなくなってきたな、俺」

「なにが？」

「唯さんは、ドライな人なのかどうか……」

「一度しか、言わないわよ。クランクインのたびに、最高傑作を作る。そういう気持ちで挑むのが、プロデューサーのあるべき姿だと私は思うわ」

「唯さんって、本当は熱い人なんですね！」

三井が、嬉しそうに破顔した。

「勘違いしないで。理想だけではやってゆけないのも、事実なの。視聴率の取れない『最高傑作』なんて駄作と同じよ」

「ほう、ずいぶんとわかったようなことを言うようになったものだな」

皮肉っぽい笑みを浮かべた仁科が、喫煙ルームに現れた。

「あ、お疲れ様です」

「席を外せ」

挨拶をする三井に、仁科が高圧的に命じた。

「でも……」

「言う通りにしてちょうだい」

唯は、喫煙ルームのドアを開けながら三井を促した。

「大丈夫ですか？」

唯を案じる三井に、唯は頷いてみせた。

「やってくれたな」

三井が外に出るなり、仁科が押し殺した声で言った。

「は？　なんのことでしょう？」

「しらばっくれるな！　リー王子の件を新聞記者にリークしたのは、お前だろうが！」

仁科の怒声は、喫煙ルームの前を通りかかったスタッフが足を止めるほどだった。

「ああ、スポーツ紙に載ってた記事の件ですか？　私は、無関係ですよ」

熱《いき》り立つ仁科とは対照的に、唯は涼しげな顔で言った。

仁科にバレることを恐れているわけではない。

どれだけ否定したところで、仁科の中では犯人は唯だという答えが既に出ている。

だが、唯が認めないかぎり、または担当記者が口を割らないかぎり、それは憶測に過ぎない。

疑わしきは罰せず――司法裁判でも、決定的証拠か自供がないかぎり、被告人に有罪の判決を下すことはできないのだ。

テレビ業界において仁科の発言力は大きく、「尻尾《しっぽ》」を摑まれるとなにかと厄介な圧力をかけられる可能性が高くなる。

サクラテレビ内において、『サムライ刑事』が有力なコンテンツであることに変わりはないが、結果が出ていないいま、唯の発言力は皆無に等しい。

強力な立場を確保するまでは、「死んだふり」を演じるしかない。

「お前、自分がどれだけ大変なことをやったのかわかっているのか？　サクラテレビ一押しの企画を潰したんだぞ？」

「だから、私は無関係です。新聞記事をみて、初めて知ったんですから」

唯は、眉ひとつ動かさずに言った。

「わかった。お前の言うことを信じようじゃないか」

仁科のリアクションは、唯の想定外のものだった。

「ということは、犯人はあいつか……」

「え？」

「これまで一緒にやってきた楠木を解雇に追い込むのはつらいが、仕方がないな」

「け……いや、楠木プロデューサーが解雇？」

唯は、動揺が顔に出ないよう平静な声音で訊ねた。

「ああ。リー王子がウチのドラマに出演することを知っていたのは、俺と局長……それと楠木だけだ。もちろん俺は漏らしてないし、局長がリークするとも思えない。消去法でいくと、残るは楠木だけということになる」

「そうですか。でも、楠木プロデューサーも漏らしてないかもしれませんよね？　確認はしたんですか？」

唯は、さりげなく言うと仁科の顔色を窺った。

内心、狼狽していた。

圭介を巻き込んだ時点で、最悪、こうなることは覚悟していた。

だが、それを現実のこととして目の前に突きつけられると、心が揺れた。

「したよ。報道部の部長にね」

「報道部の部長？」

「楠木の元上司が、教えてくれたよ。奴が当時付き合っていた女性の名前をね」

思考が凍てついた。

仁科は、すべてを知っていたのだ。知っていながら、自分を試していたのだ。

「まったく、気がつかなかったよ。しかし、恐ろしい女だ。一度は愛した男を地獄に落としてまで、自分の出世に利用するんだからな」

仁科が、侮蔑するような眼を唯に向けた。

「まあ、でも、それくらいの心意気がなければ女だてらにこの業界で伸《の》し上がれはしない。いまはいがみ合ってると言っても、もとは俺の弟子でもあったわけだから、協力してやろうと思ってな。お前の望み通り、楠木を地獄に叩き落としてやるよ」

仁科が、吊り上げた唇の端に煙草を押し込んだ。

「私と楠木プロデューサーが交際していたのは事実です。でも、彼がドラマ部に移ってからは個人的に会ったことはありません。私がスポーツ紙にリー王子の件をリークしたという事実もなければ、楠木プロデューサーからリー王子の情報を聞いたという事実もありません。私達が交際していたというだけで、局にとっての功労者である優秀なプロデューサーを解雇するのはどうかと思いますが」

懸命に考えた末の、嘘だった。

「奴は認めたよ。パク・リーファンの情報をリークしたってな」

「楠木プロデューサーがなんと言おうと……」

「心配するな。お前との接触については全否定していた。自分が、新日本スポーツに電話をかけたって言ってたよ」

衝撃が、唯の胸を貫いた。

仁科から問い詰められ、自分とのやり取りを自白したと思っていた。

保身のために、元恋人を悪者にすることもできた。

じっさい、自分は圭介を利用して甚大な被害を与えた。

堂々と、梨田唯を仁科に「売る」ことができたはずだ。

しかし、圭介は……。

「惚れた女に裏切られて一生を棒に振るなんて、あいつもかわいそうな奴だ。こんな事件でクビになったんじゃ、拾ってくれる局もないだろうしな。少しも、胸が痛まないのか？」

唯の罪悪感を煽るように、仁科がチクチクと嫌味を言った。

「私には、どうすることもできません」

「たったひとつだけ、楠木を救える方法がある」

「なんです？」

唯は、身を乗り出していた。

「『サムライ刑事』のチーフプロデューサーを、俺にやらせるんだ。そしたら、楠木の件は俺の腹の中にしまっといてやる」

「なんですって!?」

「どっちみち、境なんて二流より俺が指揮を執ったほうが視聴率の取れるドラマ作りができる。お前の株も上がるし、元恋人を助けることもできる。一石二鳥だと思うがな」

仁科が吐き出した紫煙が、唯の顔の前で拡散した。

『サムライ刑事』を仁科に渡す……。

そんなことをすれば、これまでの苦労が無駄になる。いや、無駄になるどころか、仁科の手柄のために働いたようなものだ。

が、仁科の要求を呑めば、圭介の解雇を阻止できる。

圭介は、己を犠牲にしてまで自分を守ろうとしてくれたのだ。

唯は、吸さしの煙草を荒々しく灰皿に押しつけ、額に手を当てた。

「明日の正午まで、時間をやる。お前の決断ひとつに、楠木の人生がかかっているということを忘れないほうがいい」

勝ち誇ったような笑みを残し、仁科が喫煙ルームをあとにした。

唯は、糸が切れた操り人形のようにその場にしゃがみ込んだ。

20

喫煙ルームにしゃがみ込んだまま、唯は立ち上がることができなかった。

ほかの喫煙者が誰ひとりいないのが、せめてもの救いだった。

——心配するな。お前との接触については全否定していた。自分が、新日本スポーツに電話をかけたって言ってたよ。

脳裏に蘇る仁科の声が、唯の胃袋を収縮させた。

一切の罪を被り、元恋人を守り通そうとする男がいた。

一切の罪から逃れ、元恋人を嵌めようとする女がいた。


──『サムライ刑事』のチーフプロデューサーを、俺にやらせるんだ。そしたら、楠木の件は俺の腹の中にしまっといてやる。


いまならまだ、間に合う……すべてをカミングアウトし、圭介を救うことができる。

どうする？　どうする？　どうする？

「唯さんっ、大丈夫ですか！」

三井が、血相を変えて喫煙ルームに飛び込んできた。

罪のない圭介を犠牲にして仇を討ったところで、孝史は喜ぶだろうか？

「唯さんっ、唯さん！」

「あ、ああ……大丈夫……ちょっと眩暈《めまい》がしただけよ」

無理やり微笑みを顔に貼りつけながら、唯は立ち上がった。

「仁科さんに、なにを言われたんですか⁉」

義憤に駆られる三井をみて、唯は羨《うらや》ましく思った。

彼ほど純粋なら、どんなに楽だろう……と。

「なにも言われてないわよ。本当に、立ち眩《くら》みがしただけだから。さ、明後日の記者会見の準備とか大変だから、行くわよ」

話を一方的に断ち切り、唯は喫煙ルームをあとにした。

☆　☆

『待ってたわよ！　板垣は、桂木直人と真弓の共演、なんて言ってた？』

電話が繋がるなり、下平フランソワーズが貪《むさぼ》るように訊ねてきた。

メビウスの会議室。あと十分もすれば、社長の大村や境が明後日の記者会見の打ち合わせをするために現れる。

その前に、解決しておかなければならないことがある。

「了承を取りました」

『本当かい!?　あの偏屈男が、よく納得したわね！』

フランソワーズが、驚愕の声を上げた。

無理もない。

菊池真弓とのスキャンダルがスクープされたときの板垣の怒りようといったら半端ではなかった。

各テレビ局のプロデューサーに、今後一切キングハートのタレントを起用しないようにと圧力をかけたのだ。

並のプロダクションなら、簡単に潰されたことだろう。

が、連続ドラマの主役を張れるタレントが五人も六人もいる大手プロダクションを干すことのできる愚かなプロデューサーは存在しなかった。

芸能界で、トリプルクラウンが東の横綱なら、キングハートは西の横綱なのだ。

「もちろん、ただではありません。キングハートのタレントさんが主役を務めるドラマに、トリプルクラウンの若手俳優を三クール連続で起用するという例の話が条件です」

『相変わらず、抜け目のない男ね。まあ、いいわ。私だって、人のことは言えないからね。とにかく、ほっとひと安心だわ。月9のゴールデン、しかも話題の「サムライ刑事」のヒロインが転がり込んできたんだからね。梨田さん、あなたのおかげよ』

「いいえ、私なんてそんな……。それより、ひとつお願いがあるんです」

『なにかしら？』

「『サムライ刑事』の制作発表会見が、明後日開かれます。会見には、桂木直人君をはじめ、主要キャストが勢揃いします。是非、真弓さんにも出席して頂きたいと思いまして……」

『明後日⁉』

フランソワーズが、素頓狂な声を上げた。

「はい。会見は、新宿の『シカゴホテル』で午後五時から開かれます」

『悪いけど、それは無理よ。明後日は雑誌の取材が三件とＣＭの撮影が入ってるんだから』

フランソワーズの返答は、予想通りのものだった。

菊池真弓ほどの売れっ子になれば、向こう数ヶ月先までのスケジュールは埋まっていて当然だ。

「そこをなんとか、お願いできませんでしょうか？　この会見は、桂木君と真弓さんのふたりが揃ってこそ意味のあるものになるんです」

スキャンダル発覚以降、共演ＮＧのふたりが制作発表の場で肩を並べるシチュエーションは話題性十分だった。

それだけで、もう、『サムライ刑事』の初回視聴率三十パーセント超えは約束されたようなものだ。

『明後日なんて、無理なものは無理だって。せめて、二週間くらい先ならなんとか調整できるんだけどね』

「どれだけ無茶なお願いをしているかは、わかっているつもりです。ですが、この会見で奇跡のツーショットが実現すればマスコミの話題を独占するのは間違いありません。無理をしてでも出るだけの価値はあるかと思います」

唯は、懸命に訴えた。

『サムライ刑事』の主演が桂木直人というだけでも、かなりの話題にはなるだろう。

だが、まだ完全ではない。

仁科の心を完璧に折るくらいの視聴率を取るドラマを作るには、どうしても菊池真弓を引っ張り出す必要があった。

『三十分でこっちにきてくれる？』

「え？」

唯は、フランソワーズの唐突な言葉に首を傾げた。

『私に会うのがいやなの？』

「いいえ……そういうわけじゃないんですけど、いまから会議がありますし……三時間後くらいならなんとか」

『私に会いたくないわけじゃない。だけど、三十分でこっちにくるのは無理。わかった？あなたが私に言ってるのは、それと同じことよ』

フランソワーズが、婉曲《えんきょく》な物言いで唯を諭した。

「フランソワーズさん。お願いします」

『私の言っていること、聞いてなかった……』

「どうしても会見に出て頂けなければ、『サムライ刑事』のヒロインの話はなしということになります」

唯は、苛つくフランソワーズを遮った。

『あなた、私を脅す気？』

フランソワーズの声が、剣呑《けんのん》に震えた。

「どう取ってもらっても構いませんが、制作発表会見に出て頂けなければ、別の女優さんに当たります」

唯は、無感情に言った。

一か八かの賭け――下手をすれば、一切が水泡に帰す恐れがあった。

そうなったらなったらで本当に諦めて、別の女優を探すしかなかった。

沈黙が、息苦しかった。

ここは我慢比べだ。先に口を開けば、焦りを悟られてしまう。

「お疲れ……」

会議室に入ってきた大村に向けて、唯は人差し指を唇に立てた。

煙草に火をつけながら、続いて現れた境に会釈を投げた。

一本目が灰になり、二本目に火をつけようとしたときに受話口から場違いな笑い声が流れてきた。

『負けたわ。「サムライ刑事」の制作発表会見に、真弓を出しましょう』

フランソワーズが、「男らしく」さっぱりとした口調で言った。

「ありがとうございます……本当に、感謝致します……」

唯は、感激に詰まった声を送話口に送り込んでみせた。

『芝居がかったお礼はいらないわ。ここまで私を脅しておきながら、涙ぐむタマじゃないでしょう？　それより、結果を出してちょうだい。真弓の大事なスケジュールを飛ばしてまで会見に臨ませるんだから、高視聴率を叩き出さないと承知しないわよ』

冗談めかした口調ではあるが、フランソワーズの声は怒りを押し殺しているのがわかった。

「わかりました。最低ライン、三十パーセントの視聴率をお約束します」

唯は、きっぱりと言い切った。

『私はね、二言《にごん》がないのは男の専売特許じゃないと思ってるわ。あなたは、この芸能界において絶対的立場にいる下平フランソワーズを脅し、主力タレントのＣＭ撮影を飛ばさせたの。

それが、どれだけ常軌を逸した行為かわかってる？』

押し殺した声音で、唯をじわじわと追い込むフランソワーズ。

「はい、もちろんです」

『でも、私はそこらの男よりよっぽど自分を漢《おとこ》だと思っている。私の決断に見合う結果が出れば、あなたの無礼はきれいさっぱり水に流してあげる。だけど、約束が果たせなかった場合は、今回キングハートが払った犠牲に値する対価をあなたに求めるわ。梨田さん、「サムライ刑事」の視聴率が三十パーセントに届かなかったときに、あなたはどういうふうにケジメをつけてくれるのかしら？』

「『サムライ刑事』の視聴率が三十パーセントに届かなかったら、この業界から去ります」

唯の言葉に、大村が眼を剝き、境が顔色《がんしょく》を失い、三井が声を上げた。

『自惚れてるんじゃないわよ！　たかが一介の制作会社のプロデューサー如きの進退と私の存在価値が釣り合うと思ってるわけ⁉』

携帯電話が割れんばかりの怒声――フランソワーズのあまりの迫力に、唯は気圧された。

「どうすれば、納得して頂けますか？」

『ドラマの低視聴率の責任は、メインキャストに向けられるのがテレビ局なの。傷つけられた名誉を取り戻すには、どうすればいいと思う？　それは、同じ舞台で、同じ立場で、数字を取ること……つまり、連ドラのヒロインで失った信用は連ドラのヒロインで取り戻すしかないっていうことよ』

フランソワーズの思惑が読めてきた。

この老獪《ろうかい》な女社長は、ドラマを外した際の約束手形を自分に切らせようとしているのだ。

「もしものときは、一年以内に同規模のドラマのヒロインに真弓さんをキャスティングすることをお約束します」

間を置かずに、唯は「手形」を切った。

席に着いて事の成り行きを見守っていた大村が思わず身を乗り出した。

境は相変わらず、失血死寸前の患者のように蒼白な顔で固まっていた。

返事を濁せば、今度は逆にフランソワーズは真弓を引っ込めると言い出してくるに違いなかった。

分刻みの状況の移り変わり次第でころころと立場が変わるのは、芸能界という摩訶不思議な世界では珍しいことではない。

が、唯が即答したのはそれだけが理由ではなかった。

桂木直人、菊池真弓というふたりが揃ってさえいれば、絶対に「不渡り」を出さないという確信が唯にはあった。

『女にも二言はないのよ？　いまの台詞、しっかり録音したからね。じゃ、会見の詳細がわかったら連絡ちょうだいね』

自分の言いたいことだけ告げると、フランソワーズは電話を切った。

女だてらに、海千山千の兵《つわもの》が集う芸能界でトップを張っている理由がわかった。

終始、唯のペースで進んでいた「商談」を最後にはきっちりと引っくり返し、ゴールデン帯のドラマのヒロインを確約させる話の運びかたはさすがだった。

脅しているつもりが、最終的には脅されていた。

だが、結果、明後日の制作発表会見に菊池真弓を引っ張り出すことに成功した。

第一段階での目標は達成した——唯の中では、フランソワーズとの第一ラウンドは勝利したという自負があった。

「唯、一年以内に菊池真弓を連ドラのヒロインにって……なに勝手な約束をしてんだ！」

唯が電話を切るなり、大村が血相を変えて問い詰めてきた。

「そうだよっ。『サムライ刑事』の視聴率を条件に出すなんて……勝手なことをしてもらったら困るよ！」

境も、珍しく強い口調で抗議した。

「相談もなくやったことは謝ります。でも、制作発表会見を成功させるためには、こうするしかなかったんです」

唯は、悪びれたふうもなく言った。

「だからって、そんな空手形《から》を切ってもいいわけないだろうが！　連ドラの主役を、一制作会社が勝手に決めることなんかできないのはお前もよく知ってるだろう！」

そんな唯の態度が、大村の怒りに拍車をかけた。

「ご安心ください。『サムライ刑事』が三十パーセントの視聴率を取ればいいだけの話ですから」

「ただでさえ、テレビ業界全体がドラマ離れに苦労しているっていうのに、三十パーセントなんてそう簡単に取れる数字じゃないよ……」

さっきまでの威勢のよさはすっかり影を潜め、境は巣から落ちた雛鳥《ひなどり》のように震えていた。

この小心ぶりが、出世を阻んできただろうことは言うまでもない。

「この原作、このキャスティングで三十パーセントを取れないのなら、今後、どんな作品を手がけても無理でしょうね。社長、境さん。『サムライ刑事』は三十パーセントどころか、四十パーセントも狙えます。そのために、制作発表会見で仕掛けるんです。私を、信じてください」

「なにを根拠に……」

「社長。唯さんを、信じましょうよ」

大村を遮り、三井が唯を擁護した。

「お前になにがわかる⁉　余計な口を出すんじゃない！」

「実現不可能と言われた『サムライ刑事』のドラマ化、実現不可能と言われた桂木直人と菊池真弓の共演……やりかたの強引さはおいといて、唯さんは不可能を実現してきました。僕は、唯さんの言葉を信じます」

三井の熱弁に、大村が考え込む表情になった。

「彼女の行動力は認めるが、視聴率ばっかりは蓋を開けてみなければ……」

「制作発表会見で、どんな仕掛けを考えているのか聞かせてもらおうじゃないか」

境のネガティヴ発言に被せるように、大村は唯を促した。

21

サクラテレビの受付ロビーのソファで、唯はノートパソコンを開き、明後日に行われる、『サムライ刑事』の制作発表会見の進行台本を作成していた。

桂木直人と菊池真弓にどういうセリフを言わせるのかが、最重要ポイントだった。過去の交際に触れる発言がほしいところだが、両所属事務所からのＮＧは必至だ。

かといって、当たり障りのない発言に終始するのは面白くない。

板垣やフランソワーズが納得した上で、なおかつ記者や視聴者の期待を裏切らないやり取りをさせなければならない。

ただでさえ集中力が必要な作業だったが、唯の意識は目と鼻の先にあるカフェに向いていた。

彼がスタッフと思しき男性とカフェに入ってから、まもなく一時間が経とうとしている。

進行台本を作るのならば、もっと落ち着いて作業を進められる場所はいくつもある。

だが、唯は、今日のうちにどうしても彼と会っておきたかった。

「あれ？　梨田君」

頭上から降り注ぐ声——唯の見上げた視線の先に、意外な人物に出くわしたという顔をしている局長の伊沢がいた。

「あ、お疲れ様です」

唯は、内心でため息を吐きながら立ち上がり挨拶をした。

まずいタイミングで、まずい人間にみつかってしまった。

短時間で、話を切り上げる必要があった。

「噂は聞いてるよ。桂木直人に菊池真弓……あのふたりをキャスティングするなんて、凄腕じゃないか」

「いいえ、たまたまです」

「またまた〜、謙遜しちゃって。たまたまじゃ、あの奇跡のキャスティングはできないって。いったい、どんな手を使ったんだい？」

伊沢は、上機嫌だった。というより、それは唯限定だ。

パク・リーファンのドラマが潰れたことで、仁科にたいしてはこの恵比須顔が般若《はんにゃ》の如き面相になったに違いなかった。

結果がすべてのテレビ局——視聴率が三十パーセントを超えれば、唯への態度はもっと遜《へりくだ》ったものになる。

反対に、仁科にたいしての風当たりはさらに強くなるだろう。

「それぞれの事務所に、普通に、オファーをかけただけです」

「本当に、君は遠慮深いね。本来なら、鬼の首を取ったような顔で手柄をアピールするものだよ」

まるで、溺愛している孫をみるかのように、目尻を下げて頬肉を弛緩《しかん》させる伊沢。

唯が高視聴率を得るために動き回っているのは、伊沢に褒められたいからでも金一封がほしいからでもない。

望みはただひとつ……局内での仁科の権威を失墜させ、権力の座から引き摺り下ろすことだ。

「いえいえ、私ひとりの力じゃありませんから」

言いながら、唯は伊沢の肩越し——カフェから出てくるふたり組の男性に視線を移した。

「君のような優秀なプロデューサーと組めて、境にもようやくツキが回ってきたようだな」

ふたり組のうちのひとりは、唯の待ち人だった。

「あの、局長。明後日の制作発表会見の進行台本を仕上げなければならないので、また、改めて諸々のご報告に伺わせて頂きます」

唯は伊沢に言うと、ソファに腰を戻しノートパソコンを開いた。

横目で、彼の動きを見失わないように追った。

「ああ、邪魔して悪かったね。期待してるよ」

最後までご機嫌の伊沢は少年のように手を振り、エレベータに向かった。

伊沢の姿がエレベータの中に消えるのを見届け、ふたたび腰を上げた唯は正面玄関の回転扉を抜けた彼のあとを追った。

「待って」

唯は、タクシーに手を上げた彼……圭介を呼び止めた。

「唯……」

振り返った圭介は、切れ長の眼を少しだけ見開き呟いた。

眼の下にうっすらと浮く隈《くま》は、「リー王子」の一件と無関係ではないのだろう。

「今回は……大変だったわね」

二時間以上も待って出てきた言葉の月並みさに、唯は自分を罵《ののし》った。

「あ、ああ、まあ、仕方がないよ」

力なく笑う圭介の横顔をみた唯の胸には、錐《きり》で突かれたような疼痛《とうつう》が走った。

「局には、残れるの？」

「あんなことをしでかしたんだ。それは無理じゃない？」

圭介が、他人事のようにあっさりとした口調で言った。

「しでかしたって……私が仕掛けたことじゃない。あなたは犠牲者なのよ？」

「いや、僕は犠牲者なんかじゃないよ。自分の意思で、リー王子の情報を漏らしたんだ。君に教えないという選択肢もあったんだから」

「お客さん、乗らないの？」

後部座席のドアを開いたタクシーの中から、運転手が焦《じ》れたように訊ねてきた。

「もうちょっと、待ってください。なぜ、私のことを言わなかったの？　そしたら、局を追い出されることはなかったと思うわ」

唯は運転手に告げ、圭介を問い質《ただ》した。

今度の一件は、彼が心優しき人間云々のレベルで語れるものではなかった。

彼の決断は、十数年かけて積み上げてきたキャリアを無にするというとんでもない代償を払う結果になるのだった。

「君に話した時点で、僕がサクラテレビにたいして大きな背信行為を犯したという事実に変わりはない。これは、僕自身の問題なんだよ」

「いまなら、まだ、間に合うわ。私に恫喝されたと言えば、情状酌量の余地はあるはずよ」

真実を知れば、圭介に向けられていた怒りの矛先が唯に集まるだろうことは目にみえていた。

『サムライ刑事』の担当プロデューサーを、外しにかかるに違いなかった。

だが、いくらサクラテレビの局長であっても、それは無理な話だ。

なぜなら、切り札である原作者——河田泰三を押さえている自分を外すということは、『サムライ刑事』の放映を諦めることと同義語なのだ。

当然、仁科は伊沢を焚《た》きつけてくるだろうが、局長の立場としてはこれだけ強力な「武器」をみすみす手放すわけがない。

いまの唯は、あの仁科を以《もっ》てしても簡単に潰すことのできない力を得たのだ。

「決めたんじゃないのか？」

圭介が、唯の瞳をまっすぐにみつめてきた。

「え……？」

「鬼になることを決めたのなら、情なんて出すなよ。そんなヤワな気持ちで、仁科さんを倒すことなんてできはしない」

圭介は厳しい口調で言い残し、タクシーの後部座席に乗り込んだ。

「最後に、もうひとつ。僕への同情のつもりだろうけど、君のかけた優しさは侮辱に等しい。僕にだって、意地はあるんだよ」

ドアが閉まり、タクシーが発進した。

唯は、遠ざかるテイルランプを虚ろな瞳で見送った。

22

新宿シカゴホテル――『サムライ刑事』の制作発表の場である銀杏《いちょう》の間は、会見までまだ一時間以上あるというのにテレビ局のワイドショー班、スポーツ紙、週刊誌など報道陣でごった返していた。

「唯さん、益子さんが呼んでます」

控え室通路に続くドアを薄く開けて会見場の様子を眺めていた唯の背後から、三井が硬い声で囁いた。

益子は、桂木直人が所属するトリプルクラウンのチーフマネージャーであり板垣の右腕的存在である。

桂木も真弓も、既に会見場入りしていた。

唯は、いやな予感を胸に桂木の控え室へと走った。

「失礼します」

ノックし、唯はドアを開けた。

紫煙で白く覆われた室内……椅子に踏ん反り返りテーブルに足を投げ出した桂木は、グラビア誌を開いていた。

「こいつ、最近、よく出てるよな。やりてぇな」

桂木が、扇情的ポーズを取るグラビアアイドルをみながら、やに下がった顔で呟いた。

熱血、誠実な雨竜新太郎刑事が聞いて呆れる。

全国の熱狂的な桂木直人ファンにはみせられない姿だった。

「彼女は、なにをやってるんだ？」

グラビアアイドルに夢中になる桂木の横――パリッとしたピンストライプ柄のイタリアンスーツに身を包み佇む益子が、ノーフレイムの眼鏡の奥の瞳に剣呑ないろを湛えつつ厳しい口調で唯に訊ねた。

「いま、ヘアメイクに入ってます」

「ヘアメイクだと⁉　挨拶にもこないなんて、いったい、どういうつもりだ⁉」

益子が気色ばんだ。

「メイクさんが到着するのが少し遅れたので、バタバタしてるんだと思います」

「マネージャーがいるだろう⁉　マネージャーが！」

益子がヒステリックな怒声を上げた。

そう、益子の言う通りだ。

どれだけバタバタしていようが、まっ先に格上のタレントの控え室に挨拶に行くのが業界の慣わしだ。

ただし、その気があれば、の話だ。

桂木が今回のドラマで菊池真弓と共演する代わりに、キングハートは自社枠のドラマ三クールにトリプルクラウンの若手男優を使うという条件を提示した。

フランソワーズからすれば、「借り」どころか「貸し」だという気でいるのだ。

が、桂木サイドは、永遠の王子様を売りにしている大事なタレントのイメージを傷つけた憎き相手との共演を呑んでやったという思いが強く、その恨みは相当なものだ。

もっとも、フランソワーズにしても、タレントに傷をつけられたという思いは同じだ。

これが仲のいいプロダクション同士ならば話し合いで円満解決といくのだろうが、芸能界を二分する「犬」と「猿」にはそれを望めはしない。

「準備が遅れていて、パニクッているみたいなんです」

苦しい言い訳——さっき覗いてきたときには、真弓もキングハートのスタッフもスナック菓子を摘《つま》みながら呑気にダベッていた。

「馬鹿にされたもんだよな。俺、テンション下がるわ。会見中、むっつり喋んなくてもいい？」

グラビア誌を捲《めく》りながら、桂木が話に割って入ってきた。

「いえ、それは困ります。『サムライ刑事』の制作発表会見なので、雨竜刑事のイメージでさわやかに……」

「だったら、真弓を連れてこいよ。あの女、たいした視聴率も取れないくせに、何様だと思ってんだ」

吐き捨てるように言うと、桂木が雑誌を床に叩きつけた。

「わかりました。ちょっと、様子をみてきますので」

唯は心で舌打ちをし部屋を出ると、真弓の控え室に向かった。

「あ、唯さん。河田先生が、桂木君と菊池さんが挨拶にこないっておかんむりですよ」

三井が、唯の前に立ちはだかり逼迫《ひっぱく》した表情で言った。

「もう、どいつもこいつも挨拶挨拶って、うるさいわね！ 境チーフは、どこにいるのよ⁉」

「腹が痛いって、トイレに籠もってます。ゴールデンのドラマでこれだけの注目作は初めてだから、緊張してるんじゃないですかね」

「そんなこと言ってる場合じゃないでしょ！ 引っ張り出して、河田先生の相手をさせといてっ」

唯は言い残し、真弓の控え室をノックした。

「どう？ 益子のヒステリー男、挨拶にもこないってカリカリしてるんじゃない？」

ドアを開けて唯の顔をみるなり、フランソワーズが悪戯っぽく笑った。

「その件なんですが……桂木君の顔を立てて、挨拶に行って頂けませんか？」

室内に入り後ろ手でドアを閉めながら、唯は切り出した。

「どうして、真弓が出向かなければならないのよ⁉」

予想通り、それまでの穏やかな顔から一転してフランソワーズが気色ばんだ。

ヘアメイクを終えた真弓は、マニキュアを塗ってもらいながらファッション誌を読んでいる。

「やはり、先方は過去のことを根に持ってまして……」

「そんなの、こっちだって同じよっ。だいたいね、色恋ゴシップが流れて損するのは女のほうなんだからね！　しかも、くだらない青二才達にドラマ三本もくれてやってるっていうのに、どこまで図々しい事務所なの！」

フランソワーズの言う通り、タレント同士のスキャンダルによって傷つくのは女のほうであり、男のほうは遊びも「芸の肥やし」的意味合いで寛容に受け取られる場合が多い。

だが、それはそのタレントの知名度が同等においての話だ。

真弓が桂木との交際をすっぱ抜かれたときは、無名の新人だった。

ワイドショー、スポーツ新聞、週刊誌は、天下の桂木直人の恋人ということで菊池真弓の名前を連日大々的に取り上げた。

そう。真弓は、桂木との交際スキャンダルによって現在の地位を築いたのだった。

板垣がフランソワーズを目の敵にするのは、真弓の売名行為に利用されたという思いがあるからだった。

「お気持ちはわかります。ですが、『サムライ刑事』の主役は桂木直人ですし、業界でも先輩です。ここは、顔を立てて頂けませんか？　真弓さんが無理だというのなら、マネージャーさんでも構いませんから」

「社長ぉ、この人の話聞いてると、なんだか具合が悪くなってきちゃいましたぁ」

ネイルに息を吹きかけながら、真弓が気だるそうに言った。

「ほらっ、会見前の大事なときに変なことを言うから！　出て行ってちょうだいっ」

声を荒らげるフランソワーズは、我が子を溺愛する過保護な母親さながらだった。

「わかりました。では、河田先生にはご挨拶をお願いします。先生の控え室は廊下の突き当たりです。五分後にお待ちしています」

それだけ言い残し、唯は控え室をあとにした。

方向転換――これ以上粘っても無理な話だ。

「失礼します」

真弓の部屋を出た足で、ふたたび桂木の控え室に戻った。

「なんだ？　連れてきたんじゃないのか⁉」

　益子が、目尻を吊り上げた。

「お話はしてきました。納得して頂けました。ただ、その前に、河田先生へのご挨拶お願いします。先生、主役が原作者のところに挨拶にこないとは何事だ、と不機嫌気味でして……」

　唯は言いながら、手に持った携帯電話のボタンを押した。

「まったく、物書き風情が発表会見にしゃしゃり出てきやがって。作家は作家らしく、部屋に閉じ籠もって小説を書いてりゃいいんだよっ」

　益子が、吐き捨てるように言った。

「あ、間違って押してしまいました」

　唯は惚けた口調で言うと、携帯電話のメモ機能の再生ボタンを押した。

『まったく、物書き風情が発表会見にしゃしゃり出てきやがって。作家は作家らしく、部屋に閉じ籠もって小説を書いてりゃいいんだよっ』

　たったいま益子が吐いた毒舌が携帯電話の受話口から流れると、益子の顔色がさっと変わった。

「きさまっ、録音したのか……」

「挨拶がどうのこうのの件は言いっこなしです。真弓さんと、うまくやってください。このお願いを聞いてくだされば、この声が河田先生の耳に入ることはありません。では、三分後に先生の控え室でお待ちしています」

　唯は一方的に告げると、益子に頭を下げて背を向けた。

☆　　　☆

　約束の五分まであと一分というところで、廊下の向こう側から仏頂面の真弓を引き連れたフランソワーズが現れた。

　ほぼ同時に、廊下の途中にある桂木の控え室のドアが開いた。

　瞬時に、空気が凝結した。

「あら、久しぶり。一着九千八百円のスーツを着ていた人が、ずいぶんと垢抜《あかぬ》けたじゃない」

　先制パンチを放ったのは、フランソワーズだった。

　タレントの前で馬鹿にされた益子の顔が、恥辱にみるみる赤らんだ。

「今回は、ウチの桂木のドラマの脇を固めてくださり、ありがとうございます」

　益子も負けじと、痛烈な皮肉を返した。

「俺のおかげで、仕事が増えてよかったな」

「あなたはただのきっかけに過ぎないわ」

　フランソワーズと益子の争いが伝染したように、桂木と真弓も舌戦を開始した。

るわけ？」

「言うようになったわね。マルチ商法上がりの詐欺師が、私と対等な立場になったと思ってるわけ？」

「なんだと！」

フランソワーズと益子の争いが激しさを増した。

「ちょっと、なにをやってるんですか」

唯は、いがみ合うふたりの間に割って入った。

「みなさん、ここは先生の控え室の前ですよ。場所柄をわきまえてください」

唯の言葉に、四人が渋々ながら従った。

犬猿の仲なのは勝手だが、大事な制作発表会見を台無しにされるのはたまったものではない。

「じゃあ、入りますから」

唯は、河田の控え室のドアをノックした。

「待ってたよ、遅いじゃない」

ドアが開き、境がほっと安堵した顔で唯を迎え入れた。

「失礼します。出演者の、桂木直人さんと菊池真弓さんがいらっしゃいました」

六畳ほどのスペース——ひとり掛けソファにどっかりと腰を下ろす河田に言いながら、桂木と真弓を促した。

「先生。このたびは、『サムライ刑事』に起用してくださりありがとうございます。憧れていた雨竜刑事を僕が演じさせて頂けるなんて夢みたいです」

桂木が、控え室での横着さが嘘のように「好青年」を演じていた。

「はじめまして。菊池真弓です。私みたいな新人が、あの『サムライ刑事』に出演できるだなんて……人生で一番の感激です」

真弓もまた、見事に別人のような純真なキャラに成り済ましていた。

「トリプルクラウンでチーフマネージャーをやっている益子と申します。キングハートさんとがっちりスクラムを組んで素晴らしいドラマにしたいと思っておりますので、よろしくお願いします」

「キングハートの下平です。先生の作品は、すべてとは言いませんが半分以上は読破しております。真弓はまだまだのひよっこですが、演技的に至らないところがありましたら遠慮なしに指導してやってください」

四人の河田への対応をみて、唯は呆れるのを通り越し感心した。

牙を剝いていい相手とそうでない相手をしっかりと見極めて態度を使いわけているのは、さすがだった。

唯の不安は、杞憂《きゆう》に終わった。

「みなさんには申し訳ないんだが、『サムライ刑事』をドラマ化するという話はご破算だ。今日は、それを伝えにきただけだ」

初めて河田が口を開いた瞬間、唯の視界が真っ黒に染まった。

23

河田の衝撃的なひと言で、完成間近のパズルのピースがバラバラに崩されたように唯の頭の中は混乱した。

「先生、ご冗談が過ぎます。みなさん、話題作の会見を前に緊張しているんですからあまりイジめないでください」

唯は、凍りつく空気の中で懸命に作り笑いを浮かべながら場を和ませようとした。

そう、冗談でなければならない。

いまさら、『サムライ刑事』の制作が中止になるなどありえない話だ。

「冗談ではない。私は本気だ」

河田のダメ押しに、フランソワーズと益子が血の気を失った顔を唯に向けた。

「先生、なにをおっしゃってるんですか⁉　一時間後には、会見が始まるんですよ？　そんな無茶なことができるわけないじゃないですか！」

「無茶をしたのは、君のほうだろう⁉　君は、『サムライ刑事』のドラマ化にあたって、私になんと約束した？　私をトータルプロデューサーに迎え、会議のときには必ず参加させるという話はどこへ行った⁉　逐一私の意見を採り入れながらドラマ作りを進めるという話はどこへ行った⁉　それが、蓋を開けてみたらどうだ？　あのなんたらとかいう脚本家の作ったシナリオも滅茶苦茶じゃないか！　原作のどこに、雨竜新太郎の恋愛が描いてあるんだ⁉こんな安っぽいメロドラマにするために、君にドラマ化を認めたわけじゃないぞ！」

原作では主人公の年齢設定が四十代ということもあり、恋愛的要素は薄かった。

河田泰三の世界観に心酔している読者が選ぶ……という前提の小説での話ならばそれでも成り立つ。

しかし、テレビドラマの場合は、小説でいうところの読者——視聴者に、選ばせるところから始めなければならない。

河田泰三のファン以外の心を摑むストーリーにしなければ、高視聴率は見込めない。

もちろん、脚本の内容を知ったら河田が激怒することはわかっていた。

だからこそ、制作チームにはクランクインまでは箝口令《かんこうれい》を敷いていた。

河田がどれだけ騒いだところで、撮影が動き出したドラマを中止させることまではできはしない。

いったい、誰が河田にトップシークレットの「情報」を漏らしたのか？

動転する脳内で、唯は「犯人捜し」を始めた。

「話はそれだけだ」

「先生っ、待ってください！」

「河田先生っ」

河田は一方的に言い残すと、追い縋《すが》る益子とフランソワーズを振り切り控え室を出た。

「梨田君、これは……いったいどういうことなんだ⁉」

「そうよっ。制作発表の日にドラマが取り止めだなんて、ありえないわ！」

さっきまでいがみ合っていたふたりが、息もぴったりに唯を責め立てた。

桂木と真弓は急展開についてゆけずに呆然と立ち尽くし、三井はおろおろとするばかりだ。

「制作発表会見は、河田先生抜きで予定通り行います」

唯は、ふたりの気を静めるために懸命に冷静さを装った。

「予定通り行うって……原作者がドラマを中止だって言ってるのに、どうするつもりなのよ！」

フランソワーズが、今日の会見の進行表を床に叩きつけ熱《いき》り立った。

「君は、ウチの直人に大恥をかかせる気か！」

益子が、愛玩犬のように甲高い声で吠え立てた。

「三井君、桂木さんと真弓さんを控え室に」

三井がふたりを促し出て行くのを、唯は口を噤《つぐ》みじっと待った。

益子もフランソワーズも、唯の意図が伝わったのだろう怒りをぐっと嚙み締めた表情で沈黙した。

「クランクインまでには、必ず河田先生に納得して頂きますから」

唯は、ドアが閉まった直後に話を再開した。

「だから、どうやって⁉　制作発表会見は開きました、ドラマは流れました、では、プロダクションの信用問題に関わるんだよ！　第一、こんなに押し迫るまでの間、河田先生にきちんとした説明をして許可を貰ってなかったのか！」

ようやくGOサインを出された犬のように、益子がふたたび吠え始めた。

「原作者の許可なんていちいち待っていたら、いつまで経ってもクランクインなんてできません。いいえ、一九七〇年代のストーリー展開ならご満足頂けたでしょうね」

「あなた、開き直ってるの⁉　私達にこんなに迷惑をかけながら、よくもそんな態度が取れるわね！」

フランソワーズも負けずに、ヒステリックに喚き立てた。

「開き直ってなんかいません。事実を言ったまでです。河田先生の意見を尊重していたら、桂木君の雨竜刑事も真弓さんのヒロインも実現しなかったんですよ？」

本当のことだ。

河田泰三の世界観は三十年は遅れている。

現代のドラマの視聴率や映画の興行成績は、T層と呼ばれる十三歳から十九歳の男女をどれだけ取り込めるかにかかっていると言っても過言ではない。

「梨田く……」

「それが開き直りって言うんだろうが！」

部屋に入ってきた境が、益子の怒声に声を失った。

「おふたりとも、『サムライ刑事』のドラマ化を実現させたいんですか？　させたくないんですか？」

唯は、あくまでも冷静な声音で問いかけた。

「そんなの、実現させたいに決まってるじゃない！」

フランソワーズが眼を剝いた。

「だったら、私を信じてください。そして任せてください」

唯は、益子とフランソワーズの眼を交互に見据え、力強く言った。

正直、方策があるわけではなかった。

口から出任せ、と言ってもいい。

だが、いまはそうするしかなかった。

明日までにこの場にアフリカゾウを連れてきてみせる。

スポンサーやプロダクションの人間がそれを求めるなら、手段を考えるのは後回しにしてYESと即答するのがプロデューサーの仕事だ。

その場凌ぎのでたらめも、有言実行になれば「敏腕」の称号が与えられ次々と仕事のオファーが舞い込んでくる。

しかし、成し遂げられなければただの「大ボラ吹き」となって誰からも相手にされなくなる。

プロデューサーと詐欺師の違いは、「結果」を出すか、出さないで逃げるかだ。

「わかった。とにかく、今日は君の言う通り直人を会見に出してもいい。その代わり、条件がある。明日までに、河田先生を翻意させられるという約束ができたらの話だ。そっちは、どうですか？」

益子が、フランソワーズに伺いを立てた。

「ええ、それでいいわ。あなた、約束できるの？」

フランソワーズが、いぶかしげな眼を唯に向けた。

「はい。約束します」

ここでも、当然即答だ。

少しでも躊躇《ちゅうちょ》することは即ち、フランソワーズと益子の不安の芽に養分を与えることになる。

「万が一、約束を果たせなかったら、ウチとキングハートが総力を挙げて君をこの業界から追放するからな」

捨て台詞を残し、益子が背を向けた。

「因みに、私も同意見だから」

フランソワーズが、唯の耳もとで囁くと益子とともに控え室をあとにした。

「な、梨田君……あんな約束をして、大丈夫なのか⁉」

境が、唇を震わせて訊ねてきた。

「仕方ないでしょう。それとも、いま、ドラマの制作が中止になってもいいんですか？　それより、誰が河田先生に脚本の内容を伝えたんですか？　まさか、境チーフ……あなたが？」

「そんなわけないだろうっ」

「なら、誰が？」

「どうやら、印刷所の社員が脚本を外部に持ち出したようなんだ」

「それは、ありえません。だいたい、印刷所の社員が河田先生にそんなことをして、どんなメリットがあるんですか？」

「河田先生に『サムライ刑事』の脚本をみせたらメリットのある人間が、印刷所の社員を買収したのさ」

「メリットのある人間……まさか……」

唯の脳裏に、ある男の顔が浮かんだ。

「そう、そのまさかだ。少し前に、仁科が印刷所に顔を出したそうなんだ。仁科の抱えているドラマはいま、準備稿を刷る段階にまで行ってない。つまり、彼が印刷所に足を運ぶ必然性がいまはないんだ。あくまでも憶測だが……」

境の言葉を最後まで聞かずとも、唯は確信した。

彼の「憶測」が、「憶測」ではないということを。

「あ……梨田君……どこへ行く⁉　会見まで、あと一時間もないんだぞ！」

無意識に、唯は駆け出していた。

河田を翻意させるのは、いましかない。

どうしても、会見前に河田を捕まえる必要があった。

24

「先生、待ってください」

ホテルの地下駐車場——車に乗り込もうとしていた河田の背後から、唯は声をかけた。

「もう、君と話すことはなにもない」

「いいんですか？　視聴者の前で悪者になっても」

唯に吐き捨てて車に乗り込もうとした河田が、険しい表情で振り返った。

「私が悪者？　どういう意味だね？」

「『サムライ刑事』のチーフプロデューサーの境さんと対立関係にある仁科プロデューサーと癒着して、クランクイン間近の話題作のドラマを原作者の立場を利用した強権発動で制作中止にしたということを会見で話したらどうなるでしょうね？」

唯は、淡々とした口調で言った。

「なんだと⁉　君は、私を脅迫する気か！」

河田の怒声が、寒々とした地下スペースに木霊《こだま》した。

「先生のなさろうとしていることは、脅迫以上です。もう、三十分後には『サムライ刑事』の制作発表会見が始まろうとしてるんですよ？　主役の桂木君もヒロインの真弓さんも、このドラマの撮影日程に合わせてほかの仕事を断っているんです。それを、一方的にドラマの制作中止を告げるなんて……ひどいと思いませんか？」

「そんなの知ったことかっ。だいたい、約束を破ったのは君のほうじゃないか⁉　君は、私の作品の世界観を壊さないと言ったじゃないか！」

「もちろん、努力はしています。でも、プロダクション関係者、サクラテレビのプロデューサー、監督、脚本家……ドラマを作り上げるには、多くのスタッフの協力が必要なんです。みんな、どうしたらいいドラマになるかを懸命に考えています。その中で、私は、先生の世界観を守るために戦ってきました」

嘘――端《はな》から、原作の世界観を壊すつもりだった。

また、それをしなければドラマの成功はない。

「笑わせるな！　君は私の作品を引っ掻き回して滅茶苦茶にしたっ。大事な子供に怪我をさせられて黙っている親がどこにいる！」

「子供が、怪我をさせられたと思っていなかったら？　先生。親離れをすることで子供はひと回りもふた回りも大きく成長するものです」

「君と議論する気はないっ。とにかく、ドラマは中止……」

「人情と正義感を描かせたら右に出る者のいない河田先生が、行政の権力闘争の片棒を担いだとなると、かなりの読者が離れるでしょうね」

唯は、河田を遮り淡々と言った。

「君達が私の世界観を台無しにした。それを読者はわかってくれるはずだ」

「先生は、わかってらっしゃらない。たった二分、情報番組である小説を紹介しただけで売れ行きが数十倍も変わるんですよ？　よくも悪くも、テレビの影響力は物凄いものがあります。『サムライ刑事』のドラマ化に心血を注いでいた桂木直人と菊池真弓の涙の画《え》、『権力者』に潰された哀れなふたりの会見を観た視聴者の眼には、間違いなく河田泰三は悪魔に映ります。視聴率十五パーセントに達するワイドショーの影響力は、広告料に換算すると一億近い費用対効果があります」

唯が言葉を重ねるたびに、河田の顔がみるみる青褪めていった。

ハッタリではなかった。

テレビの力は恐ろしい。

みせかたひとつで、ひとりの人間を「ヒーロー」にも「極悪者」にもできる。

それが、人気絶頂の桂木直人と菊池真弓の「哀しみの訴え」という構図になればなおさらだ。

「あれだけの話題作がクランクイン寸前に中止になるんです。話題性には事欠きませんし、ワイドショー的には最高の素材です。連日、先生のお宅にはマスコミが押しかけるでしょうね。先生がご自分を守ろうと釈明すればするほどに、悪者になっていくでしょうね」

「梨田君……君という女性は恐ろしい人だ。君のほうこそ、悪魔だよ」

「ドラマを成立させるためなら、喜んで悪魔にでもなります。先生。もう一度、考え直して頂けないでしょうか？　原作通りとはいきませんが、『サムライ刑事』を素晴らしいドラマに仕上げ、河田泰三の商品価値を上げてみせますから」

唯は、河田の双眼を射貫くようにみつめ、力強く訴えた。

返事は、聞くまでもなかった。

☆　　☆

午前十時――メビウスの事務所にはまだ誰も出勤していなかった。

デスクに座るなり唯はコンビニエンスストアで買い込んできた、五紙のスポーツ新聞の芸能欄を次々に開いた。

五紙すべてが、昨日行われた『サムライ刑事』ドラマ制作発表会見をトップ記事として扱っていた。

シリーズ五百万部突破の大ベストセラーのドラマ化、最も旬な若手俳優……桂木直人の起用、桂木の元恋人の菊池真弓がヒロイン。

これだけ話題豊富な制作発表会見が、トップ記事にならないほうがおかしい。

ノンカフェのホットコーヒーを啜《すす》りながら、テレビのリモコンのスイッチを入れた。

朝のワイドショーでは、昨日の記者会見の模様を流していた。

『菊池さんとの共演について、お気持ちを聞かせてください』

『顔を合わせるのは、どのくらいぶりなんですか？』

『今回オファーがあった際に、おふたりの胸にわだかまりとかはなかったんですか？』

『真弓さん、久しぶりに会った桂木さんの印象を教えてください』

『桂木さん、真弓さんは昔と変わられましたか？』

報道陣の質問は、ドラマとは関係のないものばかりだった。

益子とフランソワーズが血相を変えて質問を遮っている姿をみて、唯の口もとは思わず綻《ほころ》んだ。

端から、こうなることはわかっていた。

報道陣の興味は桂木直人と菊池真弓の熱愛スキャンダル、破局以来の顔合わせに集中していた。

かわいそうなことに、ふたりの脇を固めるベテラン男優と女優は完全に刺身のつま状態で存在さえ忘れられていた。

だが、それでよかった。

競馬に興味のない者が一頭のアイドルホースのサクセスストーリーをきっかけに嵌まってゆくように、格闘技に興味のない者が一選手の栄光と挫折を追ったドキュメンタリーを観たことをきっかけに嵌まってゆくように、「入り口」はなんだっていいのだ。

肝心なのは、『サムライ刑事』というドラマが始まることを認識させ、興味を抱かせることだ。

その意味において、昨日の制作発表会見は大成功だったと言える。

「おお、やってるな」

大村が、満面の笑みを湛えて入ってきた。

「おはようございます。これ、みてください」

唯は、芸能面を開いた五紙のスポーツ新聞の置かれたデスクに手を投げた。

大村は、昨日の会見場にいたので「熱気」を肌で感じ取っていた。

「大変な盛り上がりをみせてるじゃないか？　平均視聴率三十パーセントも夢じゃないな」

「正直、ここまで漕ぎ着けるのに苦労しました」

唯は、渋面で桂木の隣に座る画面の中の河田をみながら言った。


――いったい、どんな手を使ったんだ⁉

――あんた……やるじゃないか。口だけじゃないようね。


河田を連れて会見場に戻った唯に、益子とフランソワーズが驚きを隠さずに言った。

「仁科も、ここまできたら諦めるだろう。もう、全国の視聴者に『サムライ刑事』のドラマ化が知れ渡ったわけだし、ここで妨害したら彼が世間を敵に回すことになる」

「油断は禁物です。仁科は、そう簡単に引き下がる男じゃありません」

本音だった。

パク・リーファンを日本の連ドラに引っ張り出すという超ウルトラCを実現寸前で潰された恨みを……なにより、己に復讐を誓う存在を、仁科が見逃すわけがない。

屈辱にはらわたを煮えくり返らせながらも、虎視《こし》眈々《たんたん》と牙を研いでいるに違いない。

「慎重だな。まあ、いいことだ。敵と味方が日捲りカレンダーのように変わるようなこの業界では、なにが起こるかわからないからな。用心するに越したことはない」

「そろそろ、出かけてきます。十一時から、桂木君の衣装合わせなんです」

唯は、コーヒーを片手に立ち上がった。

「あれ？　来週じゃなかったっけ？」

「変更しました。トリプルクラウンの所属タレントの衣装合わせは、いつも大揉めですから」

「たしかに。板垣社長まで乗り込んできて、あーだこーだ衣装にいちゃもんをつけて大変だもんな」

大村が、苦虫を嚙み潰したような表情で言った。

以前、別のドラマで桂木が主演したときの衣装合わせでは、結局、三回もダメ出しをされて四回目にようやく板垣の「許可」が出たのだ。

衣装合わせを一週間早めたのは、ダメ出しの日を計算してのことだ。

「無事に、乗り切れるといいな」

心配そうな表情で、大村が呟いた。

大村は、衣装のことばかりを指しているのではなかった。

衣装合わせは、文字通りドラマで着用する衣装を選ぶ場だが、監督と出演者の初顔合わせという側面もある。

監督はドラマにたいしての考えを説明し、役者を自分色に染めようとする。

平たく言えば、「俺はこの役はこれこれこういうイメージを持っているからよろしくな」ということだった。

が、ぽっと出の新人ならいざ知らず、過去に連ドラの主役を何本も演じている桂木クラスの売れっ子を相手には相当に気を遣う。

しかし、舐められたら終わりだ。監督よりも役者がイニシアチブを握っている現場を、これまでに唯はたくさんみてきた。

百戦錬磨のベテラン俳優ならば監督の想像を上回る芝居も期待できるが、人気に実力が伴わないアイドル俳優がそれをやってしまうと、独り善《よ》がりの演技が鼻につく悲惨な現場になってしまう。

つまり衣装合わせは、撮影現場でどちらが主導権を握るかの重要な前哨戦でもあるのだ。

「乗り切らせるのが、プロデューサーの仕事ですから」

唯は大村に片目を瞑り、「戦場」へと向かった。

☆　　☆

代々木に立つビルの一階フロア——関東衣装の十畳ほどのスペースには、いまふうのスリムなフォルムのスーツが三十着前後吊るされていた。

室内には、カーテンで仕切られた臨時更衣室やドレッサーが設置してあるので、実際に動けるのは六畳ほどだった。

ただでさえ手狭な空間は、監督、助監督、局P、局AP、衣装、メイク、照明、小道具、脚本家、カメラマン、そして制作会社からは唯と三井が立ち会っているので、鮨詰め状態で移動するにも身体を横にしなければならない。

しかも、普通の役者の場合よりも三倍近い衣装を用意しているのでなおさら狭くなっていた。

主人公は刑事なので、登場シーンのほとんどはスーツだが、通常なら多くても十着程度だ。

桂木は……というより、トリプルクラウンの社長の板垣は異様なまでに衣装に拘る。

それは、彼がもともとファッション誌のモデルだったということが関係しているに違いない。

「まるで、ファッションショーだな、こりゃ」

今回『サムライ刑事』のメガホンを取る田辺が、皮肉っぽい口調で言った。

彼の手には、第一話と第二話のカット割りの台本が握られている。

カット割りの台本とは、一冊まるまるの通し台本のことではなく、シーンごとに細かく切られた台本のことだ。

監督は、シーンのイメージと役のイメージを頭の中で照合させつつ衣装、髪型、メイクを決めてゆく。

衣装のイメージは、あくまでも役柄を優先させなければならないのだが、うるさい事務所……モデル系の事務所などはタレントのイメージを優先させようとする。

監督にとっては、自分の意見を主張できるか事務所サイドに押し切られてしまうかの大勝負だ。

たとえば、キャバクラ嬢が主人公のドラマがあったとする。

監督は、夜の女のイメージで髪は明るく染め、メイクは派手め、服装は露出の多いセクシーな感じを要求する。

しかし、事務所サイドは、このコは清楚系のイメージで売っているから、髪は黒でナチュラルメイク、服装もおとなしいものがいい、などと主張する。

監督は、夜の商売にそんな清楚な女のコは不自然だ、とやり返す。

事務所サイドは、十年前じゃあるまいし、キャバ嬢イコール派手派手女というのは時代錯誤も甚だしい、と意見を押し通そうとする。

ここで、どちらの言いぶんが正しいかは問題ではない。

ドラマは本来、あくまでも監督の世界観によって作り上げられるべきものなのだ。

つまり、監督が白と言えば白、黒と言えば黒だ。

昔のドラマ界は監督の意見が影響力を持っていたが、最近では事務所サイドの発言力が増し、トリプルクラウンなどの主役級を何人も抱えた大手にたいしては言いなり状態になる場合が多い。

意見を曲げなかった監督が制作から外されるということも珍しくはない。

それもこれも、視聴率至上主義の弊害だ。

高視聴率を出すには、人気タレントの出演が絶対条件になる。

役者の演技力やドラマの世界観などは二の次だ。

局のプロデューサーの頭にあるのは、「売れっ子」が数多く所属している事務所の機嫌をいかに損なわないか……それに尽きると言ってもいい。

当然、監督や脚本家と大手事務所が衝突したら、プロデューサーが切るのは前者のほうだ。

「シッ！　聞こえたら、どうするんですか！」

境が、条件反射的に唇に人差し指を立て血相を変えた。

業界最大手の看板タレントの衣装合わせということで現場にはいつにないピリピリムード

が漂っていたが、中でも境の気の張りようは半端ではなかった。

彼もまた、「大手事務所の犬」のひとりだ。

「聞こえるもなにも、遅刻だよ」

田辺が、眉間に縦皺を刻み腕時計を指差した。

衣装合わせの時間は午前十一時。時計の針は、既に開始時間を十五分過ぎていた。

「梨田君、なにか連絡入ってる？」

境が、不安そうな視線を向けてきた。

「いいえ。こちらからも二、三度マネージャーに連絡を入れてるんですが、電話に出ないんです」

「電話に出ない？」

境が、鸚鵡返しに訊ねてきた。

「ええ。コール音は鳴るんですけどね」

「俺らは待たせて当然、って感じですかね」

助監督の国枝が、呆れたように肩を竦めた。

桂木の入りは十一時だが、助監督、衣装、メイクなどのスタッフは一時間以上前からスタンバイしているのだ。

「あとがないからいいようなものの、勘弁してほしいよな」

田辺が吐き捨てるように言った。

ほかの出演者の衣装合わせは来週から行われる。

なにかとリクエストの多い桂木サイドのために、彼だけ予定を一週間繰り上げたのだった。

だからこそ、この遅刻はスタッフの不満を募らせた。

「もう一度益子さんに電話して」

渋い表情で腕時計に視線を落としていた三井に唯は命じた。

「梨田君。事務所のコントロールは大丈夫なのかい？　衣装合わせからこんなんじゃ、先が思いやられるよ」

境が、他人《ひと》任せの不満を口にした。

たしかに、出演者の所属事務所の管理も制作会社のプロデューサーの仕事のうちだ。

だが、主役クラスの役者の所属事務所とのやり取りは、普通、局のプロデューサーがやるものだ。

「大丈夫です。今回のことも、あとできっちりマネージャーに言っておきますから」

「境さんさ、桂木君の髪、かなり明るかったよね？　雨竜新太郎のイメージからして、今回は黒でいきたいんだけど、なんとかなる？」

田辺が、他人事のように言った。

「なんとかなるって……私が事務所に言うんですか？　監督がそうしたいんなら、ご自分で言うべきでしょう」

境が、振られた話を押し戻した。

「事務所との交渉は、あんたの仕事でしょうが」

煩い事を押しつけ合うふたり……どっちもどっちだ。

「そんな無責任なっ。監督はあなた……」

「私が、交渉してみます」

唯は、情けない監督とプロデューサーの口論に割って入った。

ふたりのためではない。

下手に切り出されて板垣の逆鱗に触れ、ドラマの進行の妨げにしたくなかっただけの話だ。

「えっ！　なんですって⁉」

携帯電話を耳に押し当て絶叫する三井に、衣装室にいたスタッフ全員の視線が集まった。

「どうしたの？」

唯はうんざりした顔で三井に訊ねた。

また、益子が無理難題を押しつけてきたに違いない。

「か、桂木さんが暴漢に襲われて救急車で運ばれたそうです……」

失血死寸前の患者さながらに青褪めた表情で告げる三井に、室内の空気が凍てついた。

25

境、田辺、三井、益子が通夜の参列者さながらの暗い顔で桂木が横たわるベッドを取り囲んでいた。

青紫に腫れ上がった瞼、歪《いびつ》に曲がった鼻、裂けた上唇、折れた前歯……寝息を立てる桂木の崩壊した顔には、天下のイケメン俳優の面影はなかった。

両腕は、ギプスで固定されて吊るされていた。

「いったい、誰がこんなことを……」

唯は、干《ひ》涸《から》びた声で呟いた。

全治三ヶ月の重傷。半月後にクランクインする『サムライ刑事』の撮影には、とても間に合いそうにもなかった。

「事務所から出たら、いきなり四人の男に襲われて……」

益子も、桂木ほどではないにしろ左眼の周囲に青痣《あおあざ》を作っていた。

「男達に、見覚えは⁉」

唯は、益子の腕を摑み訊ねた。

益子が、力なく首を横に振った。

「記者発表をやったのに、どうすれば……」

「とにかく、みなさん、外に出て打ち合わせをしましょう」

うろたえる境を制し、みなを促して唯は病室を出た。

五人は、一階の外来フロアの待ち合いソファに揃って腰を下ろした。

重苦しい沈黙が漂った。

俯《うつむ》いたまま、誰ひとり口を開こうとしなかった。

撮影を直前に控えた主役俳優のアクシデントに、みな、どう対処していいのかわからないのだ。

「主役を、代えなければなりませんね」

沈黙を破ったのは、監督の田辺だった。

「ちょっと、待ってくださいっ。直人は、雨竜新太郎役にかけていたんですよ！」

「クランクインは半月後ですよ⁉　あんな状態で、どうやって撮影に入るんですか！」

田辺が、声を荒らげて反論した。

彼はもともと、桂木にたいしてはいい感情を抱いてはいなかったのだ。

「なら、ウチの大河内純也に代役を……」

「彼には、桂木君のあとはまだ荷が重過ぎます」

たしかに、田辺の言う通りだった。

大河内純也は、トリプルクラウンの期待の新星で赤丸急上昇の若手だ。

だが、桂木の実績と人気には遠く及ばない。

しかも、元恋人の菊池真弓との共演という話題性が使えないのは痛い。

「いまから代役を探すとなれば大変です。純也は直人ほどでないにしろ、ぐんぐんと実力をつけてきています。それに、もともとウチのタレントが主役を張るはずだったわけですから、代替もトリプルクラウンのタレントから選ぶのが筋だと思いますがね」

さすがは泣く子も黙る大手プロダクション……益子に引き下がる気はさらさらないようだった。

「そんな、勝手な……。もとはと言えば、そちらの不注意で引き起こしたアクシデントでしょう!?　あなた方のせいで、こちらは大変な迷惑を被ってるんですよ!?」

堪忍袋の緒が切れたのだろう、田辺が語気を強めて責め立てた。

「なんだ、その言い草は！　あんた、ウチに喧嘩売ってんのか！」

逆切れする益子が田辺に詰め寄った。

「すみません。お静かに願えますか」

外来受付の看護師が、カウンター越しに咎めるように言った。

「もう、クランクインまで時間がない。梨田君、どうする⁉」

境が、声をひそめて唯に話を振った。

境には、自分でなんとかしようという選択肢はないようだ。

「境さんは、どうしたいんですか？」

「どうしたいって……わからないから、訊いてるんじゃないか」

境が、開き直ったように吐き捨てた。

この時期に話題作のドラマの主人公の降板……しかも、制作発表会見を開きマスコミの注目度も大だ。

深夜枠に左遷された二流プロデューサーの手に負える問題ではない。

「警察は、動いてるんですか？」

三井が、いらついたように貧乏揺すりのリズムを取る益子に訊ねた。

「ああ。だけど、全員サングラスにマスクをかけていたから、人相もわからないし……」

「ヤクザですかね？　恨みを買ってる相手とか、覚えはありませんか？」

「そんなの、この商売やってれば敵は多いさ。だけど、ヤクザに狙われるようなトラブルなんて抱えてなかったよ。しかし、いったい、誰がこんな……」

益子が、途方に暮れた表情で髪の毛を掻《か》き毟《むし》った。

「ちょっと、社長に報告の電話を入れてきます」

益子がよろよろと立ち上がり、真綿の上を歩いているような頼りない足取りで病院の外に出た。

「犯人捜しは警察に任せましょう。それより、いまは桂木君クラスのキャストを押さえることが先決です」

唯は、みなの顔を見渡しながら努めて冷静な声音で言った。

本当は、叫び出したいほどに動転していた。

トリプルクラウンには連ドラの主役級は何人もいるが、桂木直人を凌ぐ人材はいない。

ほかの事務所まで選択肢に入れれば、桂木クラスの俳優がいるにはいる。

しかし、それだけの売れっ子のスケジュールが空いているわけがない。

桂木のときも、向こう何ヶ月の仕事を飛ばさせてようやく確保したのだ。

「監督。ここは、益子さんの言うようにトリプルクラウンの役者を起用するしかないんじゃないですか？　たしかに大河内君は桂木さんに比べると知名度で劣るかもしれませんけど、勢いなら負けてませんよ。中学生あたりまで年代が下がれば、むしろ人気は逆転してるかもしれません。それに、彼クラスの男優をほかで押さえるとなると、いまからではちょっと無理だと思います」

三井の進言に、田辺が腕組みをして考え込んだ。

「まあ、それも一理あるかもな。境さんは、どう思う？」

「うーん……梨田君は、どう思う？」

どこまでも、自分というものがない男だ。

「私は絶対に反対です」

唯は、きっぱりと言った。

「ほう、なぜ？」

田辺が、唯のほうに身を乗り出した。

「勢いがあろうとも、これからの有望株だろうとも、大河内君は現時点の知名度と話題性で桂木君よりもワンランク下がります。盛り上げるだけ盛り上げておいて、二番手を出されたら視聴者は興醒めしてしまいます。そう、二番手、というイメージだけは絶対に避けなければなりません。その意味でも、トリプルクラウンの役者を使うのは賛成できません」

「まあ、俺もその意見には賛成だが、現実問題として、ほかの事務所で桂木君と同等の役者をいまの時期から押さえるのは不可能だよ」

「監督の言う通りですよ。駆け出しの役者ならいざ知らず、トップクラスの……」

「役者ならね」

唯は、三井を遮り言った。

「……というと？」

おどおどと事の成り行きを見守っていた境が、唯の言葉の続きを促した。

「芸人に狙いを絞るんです」

「芸人⁉」

田辺、境、三井が揃って素頓狂な声を上げた。

唯は、涼しげな表情で頷いた。

「いま、テレビ界は空前絶後の芸人ブームです。同じ超売れっ子でも、芸人なら連ドラ主役ということにステータスを感じてくれて、少々の無理はきいてくれると思います」

「お笑いとドラマは視聴者層が違う。餅は餅屋だ。いくら人気芸人でも、この世界じゃ通用しないよ」

田辺は顔前で手を振り、取り合う姿勢をみせなかった。

「そうだよ、百メートルの金メダリストでも一万メートルでは勝負にならないだろう？」

境が、田辺に同調した。

責任のかかる発言は尻込みするくせに、こういうときばかりはしゃしゃり出てくる。それが、境という男だった。

「一万メートルなら、そうかもしれません。私は、役者と芸人の世界がそんなに開いているとは思いません。百メートル走のスプリント王なら、二百メートル走までなら十分に勝負ができます」

「一応、参考のために聞いておくが、君がオファーをかけたいと思っている芸人っていうのは？」

田辺が、半分呆れた表情で訊ねてきた。

「和田翔太です」

「なんだって⁉」

「和田翔太って、あの『バッドプリンス』のツッコミの和田のことか⁉」

田辺と境が、眼を剝いた。

バッドプリンスは若手芸人で断トツの人気を誇るふたり組だ。

ふたりは、一昨年、コンビ結成一年目で芸人の「レコード大賞」と言われる「T—1グランプリ」で優勝を果たすという快挙を成し遂げた。

去年の暮れには芸人初の武道館ライブを行い、超満員の大盛況をおさめた。

バッドプリンスは歯に衣着《きぬ》せぬ毒舌と軽快なトーク……そして、アイドルも顔負けのイケメンぶりで中高生の女の子から絶大な支持を集めていた。

とくに、和田はいまどきのあっさりとした甘いルックスで、「好きな芸人」のアンケート調査ではぶっちぎりのトップだ。

「和田君は、人気と知名度の面ではそこらの役者より遥かに上です。だけど、ギャラは安く桂木君クラスの役者の三分の一程度で済みます」

「そりゃそうだけど……梨田君、雨竜新太郎が熱血刑事だということを忘れてはいないか？」

境が、鬼の首を取ったような顔で言った。

「境さんは、暴走族上がりという彼らのイメージを気にしているんですよね？」

ふたりは十代の頃にかなりやんちゃをしていたらしく、週刊誌に暴走族時代の写真を掲載されたことは一度や二度ではなかった。

もっとも、コンビ名からわかるように、ふたりは過去を隠しているわけではなく、逆にウリにしていた。

「わかってるなら、どうして……」

「元暴走族の人気絶頂の芸人が刑事役でドラマデビューを果たす。私には、マイナスどころか話題性十分にしか思えませんが」

和田なら、桂木の穴を埋めることができるという確信があった。


――将来は、俳優にも挑戦してみたいっすね。


トーク番組に出演したときの、和田の言葉が脳裏に蘇った。

「いやいや、どう考えても暴走族が刑事を演じるのは違和感がある。私は反対だね」

「和田翔太か……面白いかもしれないな」

田辺が、唯のアイディアに同調した。

「かもじゃなく、私には確信があります。監督。和田翔太に、交渉させてもらえませんか？」

唯は、まっすぐに田辺の瞳を見据えた。

「ああ、すぐに動いてくれ。こりゃ、もしかすると、もしかするぞ」

覇気を失っていた田辺の顔に、生気が戻ってきた。

「監督までそんな……」

「早速、行ってきます」

境の意見を最後まで聞かず、唯は外来フロアを飛び出した。

慌てて、あとに三井が続いた。

掌《てのひら》の中で、バイブ機能に切り替えていた携帯電話が震えた。

「はい、もしも……」

『てめえ、自分から頼んできといて「サムライ刑事」からウチの事務所を外すとは、どういうつもりだ！』

受話口から流れてくる板垣の怒声に、唯の足は凍てついた。

26

「落ち着いてください、板垣社長」

『これが、落ち着いていられるか！　お前は、恩というものを知らないのか⁉　自分からオファーしてきておいて、状況が変われば掌返しか⁉』

板垣の怒りは凄まじく、携帯電話の受話口が壊れるのではないかというほどの勢いだった。

「恩義は感じています。ただ、私がオファーをかけたのは桂木さんにであって、トリプルクラウンさんのタレントにではありません。それに、今回の一件は、そちらのミスです。私達制作サイドが、どれだけ被害を受けているのかおわかりですか？」

謝るどころか、逆に唯は板垣を責め立てた。

視聴率至上主義のテレビ界において、何人もの主役級の数字の取れるタレントを抱えているトリプルクラウンに楯突くということがなにを意味するか、わからない唯ではなかった。

だが、桂木直人で打ち上げた以上にスケールの大きい「花火」はトリプルクラウンには……いや、若手俳優の中にはいない。

ライオンの対戦相手にトラの出場を期待していた観客の前に、ヒョウやジャガーを出しても満足してもらえないのと同じだ。

その意味で、ドラマという畑違いのリングに芸人界期待のホープ……和田翔太を起用するのは、シャチやサメを引っ張り出してきたインパクトを与えるに違いない。

もちろん、シャチやサメがいくら強くても陸の戦いでは通用しない。

境が和田翔太の起用に難色を示したのは、そういうことだ。

だが、陸での戦いを海に変えることが可能になったら……奇跡が起こっても不思議ではない。

『お前、誰にものを言ってるのかわかってるのか？　この先、業界で仕事をやっていけなくなってもいいのか？』

剣呑なオーラを含んだ声音で、板垣が恫喝してきた。

「わかってます。でも、相手がどんな方であろうと、間違っていない判断を覆す気はありません」

汚れてしまった自分の体内にも、まだ、流れていた……強大な権力を持った敵の前でも、一歩も退かずに戦った父の正義の血が。

『吐いた唾を……』

「やることがありますので、これで失礼します」

板垣の捨て台詞を遮り、唯は一方的に電話を切った。

間を置かず、三井の番号を呼び出した。

「車を正面玄関に回して」

『え、どこへ……』

「大東芸能よ」

唯は短く告げると、終話ボタンを押した。

「大変だな」

不意に、背後から声をかけられた。

「どうして、ここに？」

唯は、狐につままれたような表情で仁科をみつめた。

「どうしてって、親交の深いプロダクションの看板タレントの一大事に駆けつけるのは当然だろう？」

人を食ったような顔の仁科をみて、唯の背筋に悪寒が走った。

「まさか……」

脳裏に、とんでもない恐ろしい疑念が過《よぎ》った。

いや、いくらなんでも、それはありえない。

さすがの仁科も、業界の雄であるトリプルクラウンのエースに危害を加えることはしないはずだ。

そんなことがバレてしまったら、仁科とはいえテレビ界で生きてゆけなくなる。

「ん？　なにがまさかなのかな？」

惚けた表情で首を傾げる仁科に、唯は真意を測りかねていた。

「仁科さん。あなた、もしかして桂木君を……」

敢えて、ストレートに切り込んだ。

「おいおい、なにを言い出すかと思えば、勘弁してくれよ。俺が、そんなことするわけないだろう。へたすりゃ、名誉毀損ものだぞ」

呆れたように、仁科が笑った。

「迂闊《うかつ》な発言でした。すみません」

唯は、素直に詫びた。

今回ばかりは、行き過ぎた邪推だった。

「わかってくれればいいさ」

仁科が背を向けるのと同時に、三井が運転する迎えの車が現れた。

「あ、そうそう、梨田君」

車に乗り込みかけた唯の背中を、仁科が呼び止めた。

「その獲物を仕留めなければ飢え死にするのなら、ライオンだろうとトラだろうと排除する。それが俺って男だ」

意味深な仁科の発言に、唯の背筋はふたたび凍てついた。

病棟の中に消えてゆく仁科の後姿を、唯は金縛りにあったように固まったまま見送った。

☆　☆

「仁科さんと、なにかあったんですか？」

移動の車内で、唯の様子を窺っていた三井が怖々と訊ねてきた。

車に乗り込んでから約十五分、唯は押し黙ったままひと言も言葉を発していないのだから無理もなかった。

「桂木君に暴漢を差し向けたのが仁科だったら……って、考えられる？」

唯は、ずっと頭の中で戦わせていた疑問を口にした。

「え⁉　まさか、それはないでしょ⁉」

三井が振り返り、裏返った声を出した。

仁科が最後に発した意味深な言葉を、鵜呑みにするのは短絡的過ぎるかもしれない。

彼の性格なら、挑発目的で根拠のないことを言い出す可能性は十分にありえた。

だが、タイミングが気になった。

『サムライ刑事』のクランクインが間近に迫っているというこの時期に起こったアクシデント……果たして、偶然なのだろうか？

「そうね。考え過ぎね」

唯は、おぞましき疑念のスイッチをオフにした。

いまは、ほかに意識を集中させなければならないことがある。

「到着です」

唯はフロントウインドウ越しに、大東芸能東京支社のビルを見上げた。

壁に連なる数々の芸人達の写真を横目でみながら、唯は廊下を進んだ。

「しかし、こうしてみると凄い数のスター達が生み出されているんですね」

三井が、ため息交じりに言った。

☆　☆

人間国宝の域に達してきた芸歴五十年の大御所、菊家笑太郎、バラエティ界を席巻し週に九本のレギュラーを持つ大東芸能の看板コンビのハーレム、千の顔を持つ男と言われモノマネ番組の常連として活躍するカメレオン、双子キャラの癒し系であり冠番組こそないもののゲストパネリストとして各局から引っ張り凧の合わせ鏡、そして、いま最も旬で飛ぶ鳥を落とす勢いでテレビでみない日はないというほどの売れっ子のバッドプリンス……現在のバラエティ番組に出演する芸人の七十パーセントは大東芸能の所属タレントだ。

なので、局としては、トリプルクラウンやミストラルなどの主役級がゴロゴロいる芸能事務所と同じように、大東芸能にたいしては気遣いを怠らない。

予算も安く視聴率の取りやすいバラエティ番組が全盛のいま、大東芸能のほうがより重要な「クライアント」なのかもしれなかった。

「ようやくわかった？　いまや、和田翔太の商品価値は桂木直人にも劣らないわよ」

唯は言いながら、廊下の最奥に位置する「第一会議室」に向かった。

「でも、今日の今日でよくアポが取れましたね。島村専務と言えば、東京での活動を一手に任されていて次期会長候補なんでしょう？」

「ひとつだけ、貸しがあるの」

「貸し？」

「うん。六年ほど前に、ある二時間ドラマのキャストに、カメレオンさんを使ったことがあるのよ」

「あ、それ、再放送で観ましたよ！『舞鶴警部シリーズ』の『湯の道芸人殺人事件』でしょう？」

興奮気味に言う三井に、唯は頷いた。

当時、ドラマ界進出の足がかりとして、大東芸能はハーレムやカメレオンなどの人気芸人を各テレビ局のドラマ制作のプロデューサーに積極的に売り込んでいた。

が、そのときはいまほどの芸人ブームではなく、どこの局の反応もつれないものだった。

唯は、近い将来に必ず芸人の第三期黄金時代が到来することを見越し、難色を示す局のプロデューサーを説得してカメレオンを二時間ドラマに押し込んだのだった。

以降も、脇役クラスではあるが、何人かの芸人をキャスティングしてきた。

「なるほど。そのときの貸しが、今日生きる、ってわけですか」

「まあ、そういうことね」

たとえ貸しがなくても、『サムライ刑事』の雨竜新太郎役ならば飛びついてくるだろう。

「あとは、半月後にクランクインっていう、スケジュールの問題だけですね。バッドプリンスは冠番組こそまだありませんけど、仕事の数は半端じゃないですからね」

「大丈夫。島村専務は、きっと受けるわ」

希望的観測ではなく、唯には確信があった。

飛ぶ鳥を落とす勢いといっても、それはあくまでもバラエティ界での話であり、ドラマ界では一新人の扱いだ。

「さあ、新しい雨竜新太郎誕生の瞬間よ」

三井に茶目っ気たっぷりな笑顔を向け、唯は「新たな戦場」に続くドアをノックした。

☆　　☆

「久しぶりやな、さあ、座ってや」

細身の身体を芥子《からし》色のスーツに包んだ島村が、関西人特有の明るいノリで唯と三井に白い円卓の椅子を勧めた。

「はじめまして。私、メビウスのアシスタントプロデューサーの三井と申します」

「島村です。唯はんには、ほんま、世話になっとります。なあ、いつ以来やろか？」

三井と名刺交換を終えた島村が、唯の正面の椅子に腰を下ろしながら懐かしそうに訊ねてきた。

「一昨年、ドラマの打ち上げでご一緒して以来ですかね」

「ほう、もうそんなんなるんか。しかし、相変わらずタレント顔負けのべっぴんさんやな」

ただでさえ細い眼をいっそう細くした島村が、出っ歯気味の前歯を剝き出しに笑った。

「いえいえ、私なんて、おばさんですよ。相変わらず、お上手ですね」

「なに言うてんの。お世辞やなく、本音やで。ところで、今日は、どないしたん？」

ひとしきりの社交辞令を終えた島村が、本題を促した。

大東芸能の東京の心臓部の役割を果たしている島村に、面会を求める者はあとを絶たない。

「率直に申し上げます。私が担当しているサクラテレビの『サムライ刑事』の主人公に決まっていた桂木直人君が、大怪我をしてしまいクランクインに間に合わなくなりました。そこで、是非、バッドプリンスの和田翔太君に、雨竜新太郎役をお願いしたく思いまして……」

「ウチの翔太に、ゴールデンの主役を？」

島村が、素頓狂な声を上げて眼を剝いた。

予想通りのリアクションだ。

それはそうだろう。

名のある役者でさえ簡単には手に入らない月9の主役の座を、若手芸人に差し出そうというのだから、島村が興奮するのも無理はない。

いままでのような、単発ドラマの脇役とはわけが違うのだ。

「クランクインは半月後です。売れっ子の和田君のことですからスケジュール調整が大変なのは百も承知でお願いにあがりました。どうか、お願いできませんでしょうか？」

島村の虚栄心をくすぐるために、敢えて唯は下手に出た。

本来ならば、やるの？　やらないの？　といった上から目線で進められる話だ。

唯が言ったように、和田翔太のスケジュールは既に、ライブやバラエティ番組の収録で埋まっているはずだ。

しかし、そのすべてを断ってでもお釣りが十分にくる仕事を唯は運んできてやったのだ。

万にひとつも断られる要素は見当たら……。

「ほんまありがたい話やけど、お断りしますわ」

島村のありえない回答に、唯のお茶に伸ばしかけた腕が氷結した。

27

「島村さん。よく考えてください。月9ですよ？　和田君にとっても、『サムライ刑事』の主役は役者として大きなステップアップになるのは間違いありません。第一線の俳優さん達でも、望んで座れる席じゃないですから」

唯は、力を込めて訴えた。

島村は、「月9」の価値をわかっていない。

大手といっても、しょせんは芸人が中心のお笑いの事務所だ。

「わかってるがな。私かて、喉から手が出るほどほしい仕事ですわ」

「なら、どうしてです？　先約の仕事があるのはわかりますが、それらを断っても十分にお釣りのくる仕事だと思います」

「おたく、仁科はんと揉めてはるやろ？」

「……え？」

島村の口から思わぬ人物の名前が出たので、唯は言葉に詰まった。

「仁科はん、各事務所にお触れを出して回っとるんや。あんたのオファーに協力した事務所の所属タレントは、サクラテレビの番組への出演を見合わせるってな」

「そんな……」

唯は絶句した。

仁科が、そこまで手を回しているとは思っていなかった。

桂木直人が出演できなくなったことで、唯が新しい主役を探すというのを見越しての手回し……単なる偶然か？

それとも、すべてが計算に基づいてのシナリオか？

「『サムライ刑事』はサクラテレビのドラマですよ⁉　同じ局内なのに、そんなのおかしいですよ！」

「同じ局内言うても、『サムライ刑事』は仁科はんの担当やないからな。同じ局内やからこそ、仁科はんは脅威に感じるんやないか？」

「力のない事務所なら、圧力に屈することもあるでしょう。でも、大東芸能さんは看板タレントを何人も抱えていらっしゃるじゃないですか⁉」

唯は、声高に疑問をぶつけた。

テレビ局と芸能プロダクションの力関係は、視聴率の取れるタレントを抱えているか抱えていないかで変わる。

その点、島村に言ったように、売れっ子芸人を複数抱えている大東芸能は局にたいしてイニシアチブを握ることのできる立場にある。

「そらまあ、売り出したい若手をバーターで捩《ね》じ込むなんて日常茶飯事やわ。でもな、貸し借りにはバランスっちゅうもんがある。いくらウチに看板タレントがぎょうさんおる言うてもやな、無名の芸人をひっきりなしにキャスティングできるわけやない。仁科はんは、ドラマ班、バラエティ班にかかわらず影響力を持ってはる人や。敵には回したくないんや」

大手芸能プロの幹部を牽制できるとは……仁科の力は唯が考えている以上に強大なものになっていた。

「でもな、条件次第によっては考えんこともないんやがな」

島村が、含みを持たせて言った。

「どんな条件です？」

「雨竜新太郎の所属する太陽署の亀谷署長の役を、ウチの『春児夏児』の春児師匠にやらせてほしいんや」

「亀谷署長を、春児師匠に⁉」

唯は思わず大声を上げた。

春児夏児は大東芸能創設時からいる立役者であり、昭和の漫才ブームを牽引《けんいん》した大御所コンビだ。

だが、それは過去の栄光であり、いまは若手芸人達に「生きた化石」などと陰で揶揄《やゆ》されている。

「そうや。春児師匠は若い頃は役者を目指していて、舞台経験も豊富なんや。ええ芝居するでぇ」

唯は、すべてを理解した。

和田翔太を『サムライ刑事』に出せないとごねたのも、この条件を呑ませるためだったのだ。

春児はベテラン芸人という顔とは別に、大東芸能のフィクサーという側面を持ち、大株主でもある。

創業者の息子であり大東芸能の現社長の大松も、なにか重要な決め事をする際には必ず春児の意見を仰ぐという。

一芸人がこれほどまでに権力を持つ理由は、春児の黒い交遊関係にある。

春児は関西最大手の広域暴力団、立心会の会長と幼馴染みでじっこんの仲なのだ。

立心会は大東芸能の興行にまつわるトラブルを一手に引き受けているのだが、それは春児の口利きだった。

そういう経緯から、大松をはじめとする幹部連中の誰ひとりとして春児には逆らえないのだ。

「たしかに、春児師匠が出演されるとなれば話題になると思います。しかし、亀谷署長の役は既に決まっていまして……」

嘘――旬を過ぎた落ち目芸人の出演が話題になるはずがない。

それに黒い噂がつき纏う春児をキャスティングしたらスポンサーにそっぽを向かれる恐れがあった。

亀谷署長の役が決まってなくても、唯は島村の申し出を拒絶しただろう。

「ウチの翔太に出てほしいんと違うん？」

島村は、ソファに深く背を預けると扇子を取り出し扇ぎ始めた。

「ええ。でも、ほかの役者に決まっている配役を引っくり返すことはちょっと……」

唯は、極力、島村に臍を曲げさせないように気をつけた。

「クランクインまで半月いう急なオファーを一番の売れっ子にかけておいて、そういうことだけ常識持ち出すのは納得いかへんな」

「無理を申しているのは、重々承知しております。それ以外のことであればなんでも受けますので、亀谷署長の配役の件だけはご勘弁ください」

「二百万」

身を乗り出し、島村が唐突に言った。

「え？」

「翔太のギャラや。一話につき二百万払うてくれるなら、春児師匠の出演の件はなしでもええ」

島村が、煙草のヤニで黄褐色になった歯を剝き出しにした。

芸能界を見渡しても、連ドラ一話のギャラが二百万に達する役者など数えるほどしかいない。

桂木でさえ、一話ぶんの出演料は百万なのだ。

金勘定が得意な島村が、ドラマ界の相場を知らないわけがない。

無理を承知で吹っかけてきているのはみえみえだった。

呑めるはずのない高額なギャラを要求し、最終的には春児の出演を認めさせようという魂胆に違いない。

「どうするんですか？」

三井が、不安そうに訊ねてきた。

「ほら、彼も心配しとるで。一話につき二百万のギャラを払うか？　それとも春児師匠のキャスティングを受け入れるか？　さあ、どないするねん？」

王手をかけた棋士が詰む寸前の対戦相手を余裕の表情で眺めるように、島村が心地よさそうに扇子を扇いだ。

「どちらも、お断りします」

唯は、毅然とした口調で言った。

「は？　いま、なんて言うたんや？」

島村の余裕の表情が一転して気色ばんだ。

「どちらの条件も呑めないと言ったのです」

唯は、背筋を伸ばし島村の瞳を見据えた。

「そないなこと言うたら、翔太を『サムライ刑事』に出せんゆうことはわかっとるんやろうな？」

島村が、予想通りの「伝家の宝刀」を出してきた。

「はい。わかってます。残念ですが、呑めないものは呑めないのです」

勝算はなかった。

だが、島村が突きつけてきたふたつの要求のどちらを呑んでも、和田翔太を出演させるというサプライズが帳消しになってしまう損害を被ってしまう。

桂木の「穴埋め」を一からやり直すのはきついが、島村に言ったように無理なものは無理なのだ。

プロデューサーは、先の先まで読んで動かなければならない職業だが、ときとして「開き直り」も必要だ。

「ほうか。ほなら、もう、話すことはなにもないわ。帰ってくれ」

突き放すように言うと、島村がソファから腰を上げて背を向けた。

「唯さん……」

蒼白な顔を向ける三井を無視して、唯も立ち上がった。

「お騒がせしました。失礼します」

唯は島村の背に頭を下げ、ドアへと足を踏み出した。

「待たんかい！」

唯がドアノブに手をかけたときに、島村の苛ついた声が追ってきた。

「なんでしょう？」

振り返る唯の強張った全身の筋肉が、一気に弛緩してゆく。

「ほんまに、強情な女やで」

呆れ笑いを浮かべた島村に、唯は弾ける笑顔を返した。

☆

☆

「テープ回りましたー。本番入りまーす、みなさん、お静かにしてくださーい！」

助監督の声が、早朝のロケ現場に響き渡った。

日曜の神保町界隈は閑散としていた。

それでも、偶然通りかかった野次馬が数人、遠巻きに現場を眺めていた。

「はい、本番！」

『サムライ刑事』の初テイクを告げる監督の声に現場の緊張感が一気に高まった。

「3、2、1……スタート！」

「正義感だけでは、刑事はやってゆけないんだよ」

「刑事に、正義感以外になにが必要だとおっしゃるんですか？」

カメラは、古書店の前の路上で向き合う雨竜新太郎役の和田翔太と元刑事役の石野徹のツーショットを捉えていた。

「俺も、そう思っていた。正義感さえあればいい刑事になれるとな。違った。俺は正義感を貫き通したために、警察を辞めるはめになった……」

石野が、苦渋に満ちた顔で唇を噛んだ。

「聞きました。大麻を所持していたロックアーティストの交遊関係を追っているうちに、当時、現職の大臣だった三宮宗助の長男に行き当たった。ほとんどの刑事が腰を引く中、先輩は大臣の長男に事情聴取を行った。結果はシロ。先輩は責任を取らされる形で辞表を提出した……でしたよね？　僕は、先輩の行動は間違ってないと思います。大臣の長男がシロだったというのはあくまでも結果論であって、取調べを行って初めてわかったことです。彼の父親がサラリーマンだったら、先輩が責任を取らされることはなかったでしょう。おかしいと思いませんか？　『真実』を究明するのに、政治家の息子もサラリーマンの息子も関係ありません。僕達のやるべきことは、まっさらな状態で『真実』を解き明かすことだけです」

雨竜新太郎を演じる和田翔太が、拳を握り締め熱く訴えた。

「なかなかいいじゃない、彼」

モニターを覗き込んでいた境が、唯の耳もとで囁いた。

なにをいまさら……。

唯は心で呟いた。

唯には、和田翔太の好演は想定内のことだった。

雨竜刑事のキャラクターは、熱血と正義。

演じる役者が単なる二枚目なら嘘っぽく鼻につく恐れもあったが、人間臭さを併せ持った芸人の彼なら嫌みなく視聴者に受け入れられるだろうというのが、唯の狙いだった。

「本当ですね。この調子なら、桂木君の穴も十分に埋まりますよ」

三井が、興奮気味に言った。

「まあ、穴が埋まるかどうかはこれからの彼の頑張り次第だけど、話題にはなるでしょうね。でも、あとひとつ、なにかが足りないのよね」

唯は、腕を組んで思案した。

「あとひとつ？」

三井が首を傾げた。

「そう。もうワンパンチ……なにか話題がほしいのよね」

売れっ子芸人が人気の原作の連続ドラマで主演を務めるというのは、それなりに話題性はある。

だが、元恋人同士だった桂木直人と菊池真弓が共演するというようなビッグインパクトには欠ける。

「はい、カットぉー！　移動になりますので、和田さんは車で待機しててください」

唯は、画策に思考の車輪を巡らせながら和田に近づいた。

「ドラマ、初めてだと思えませんね」

唯は、車内に乗り込もうとする和田に声をかけた。

「あ、お疲れ様です。雨竜刑事のイメージ、ぶち壊していませんかね？」

和田が、不安そうに訊ねてきた。

「大丈夫ですよ。熱血刑事の雰囲気、凄くよく出てましたよ」

「ありがとうございます」

頭を下げる和田。

さすがは、腰の低い芸人だ。

プライドの高い桂木ならこう素直な態度は取らないだろう。

「あの……」

唯は、ドライバーズシートにいる男性マネージャーに声をかけた。

「今日の撮影終わったら、真弓さんを交えて打ち合わせをしたいのですが、少しお時間頂けますか？」

「今日は二十二時に終了予定でしたよね？　打ち合わせは、どのくらいかかります？」

マネージャーが、システム手帳を開きながら訊ねてきた。

歳の頃は三十前後……色白の顔にノーフレイムの眼鏡が神経質そうなイメージを与えた。

「一時間もかかりません。最後のロケ現場の近くにホテルがありますから、そこの喫茶ラウンジで打ち合わせしましょう」

「翌日も翔太は五時入りなので、十一時には上がれるようにお願いします」

「わかりました。では、のちほど」

唯は笑顔を残し車を離れ、撮影スタッフを避けるように近くのコンビニエンスストアに入ると携帯電話を取り出した。

電話帳から、ある携帯電話の十一桁の番号を呼び出し通話ボタンを押した。

コール音が五回鳴ったところで、留守番電話のメッセージに切り替わった。

まだ午前八時……だが、職業柄、寝ていても不思議ではない。

「お久しぶりです。唯です。至急、電話ください」

唯はメッセージを残し、コンビニエンスストアを出た。

本当に、いいの？

三井の待つ車に向かう唯に、「良心の声」が問いかけてきた。

☆　　　☆

「新太郎って、猟犬みたい」

「猟犬？」

午後八時三十分。

ロケ現場は、神保町から赤坂の小洒落《こじゃれ》たレストランに移っていた。

今日のラストカットは、菊池真弓演じるヒロイン栞と幼馴染みの雨竜刑事のツーショットの撮りだ。

朝から晩まで仕事に明け暮れる雨竜刑事にたいして、栞が不満をぶつけるシーンだった。

和田も初ドラマとは思えない適応力を発揮し、撮影は順調に「巻いて」いた。

このシーンを撮り終えれば、本日の撮影ぶんは終了する。

唯の意識は、ふたりの演技よりも別のところに向いていた。

監督とともにモニターを覗き込む初老の男……河田泰三の横顔は、遠目にも険しいことがわかった。

「うん。瞳に映るのは獲物だけ。耳に入るのは主人の声だけ。それ以外は、なにもみえないし、なにも聞こえない」

真弓が、ワイングラスに寂しげな視線を落とした。

「なんだよ？　急に、どうしたんだよ？」

和田が、口もとに運ぼうとしたパスタのフォークを止めた。

「急にじゃないっ。新太郎が、私の気持ちに気づかなかっただけでしょう！」

「し、栞……落ち着いて……」

真弓がテーブルを叩き詰め寄ると、和田があたふたと動揺した。

「はいカットぉー！　おふたりとも、いまの感じで本番お願いします！」

「直し入りまーす」

ヘアメイクの女性ふたりが、本番前に和田と真弓の髪型とメイクのチェックに入った。

唯は、このメイク直しの時間に起こるだろう事態を予期して足を踏み出した。

「原作の雨竜刑事は、あんなに情けなくない。だいたい、こんな恋愛シーンは物語に不必要……」

「まあまあ、先生」

カットが入るのを待ち構えていたように監督に抗議する河田に、唯は笑顔で歩み寄った。

「梨田君。いったい、どうなってるんだ！　こんな恋愛ごっこみたいなシーンは『サムライ刑事』には必要ない！」

顔を朱に染めた河田は、怒りの矛先を唯に変えた。

境は離れた位置から傍観者を決め込んでいる。

監督が、困惑したように唯に「救い」を求める眼を向けた。

「とりあえず、役者さんに聞こえるとまずいのでこちらへ……。監督は、予定通り進行してください」

　唯は監督に言い残し、河田の腕を取ると撮影現場のレストランから連れ出した。

「なにが予定通りに進行だ！　私が納得できないと言ってるのが聞こえなかったのか！」

「先生、落ち着いてください。今回のドラマ化の目的は、原作のファン以外の低年齢層の視聴者を確保することです。十代の子達の心を摑むには、恋愛的要素は必要なのです」

「しかしな……」

「考えてみてください。これまで四十代より上の読者層だけでシリーズ五百万部を売っていた作品に、若年層の読者がプラスされたら一千万部超えも夢ではありません」

「物語の質を下げてまで部数を伸ばそうとは思わん」

「そこです。先生は勘違いなさってます。原作通りにいけば『サムライ刑事』のイメージは保たれると思ってらっしゃいますが、逆ですよ。脚本を書いているのは先生じゃありません。大作家の先生の世界観を、真っ向勝負でテレビドラマの脚本家の筆力で再現できると思いますか？　直球勝負が無理なら、変化球で勝負しなければなりません。はっきり言います。恋愛要素を入れるのは、逃げです。先生のように百五十キロの速球で打者を打ち取ることができないので、フォークやカーブで三振を取りに行くしかないんです！　『サムライ刑事』のイメージを守るためにも、ここは堪えてください」

熱い口調——潤む瞳で唯は訴えた。
苦虫を嚙み潰したような顔ではあるが、河田が反論してくる気配はなかった。

28

『サムライ刑事』の世界観は河田泰三以外では再現できない——魔法の台詞。

このひと言は、河田の怒りを鎮静させる力がある。

「君は、不思議な女だ。言いくるめられている、とわかっていても、君の話を聞いているとなぜだか納得してしまうんだな」

「言いくるめているなんて……」

神妙な顔で首を横に振りながら、唯は心で歓喜していた。

プロデューサーにとって、こんなに嬉しい「褒め言葉」はない。

「毎度毎度私が折れる結果になって不愉快極まりないが、乗りかかった船だ。君の言う通り、ドラマ版の『サムライ刑事』はまったくの別物と考える。だから、今後一切、現場に顔を出すことはしないし、口も出さない。その代わり、絶対に平均三十パーセントの数字は取ってもらう。視聴率、視聴率、視聴率……高視聴率を取るという一念のためだけに、君は私の大事な作品を滅茶苦茶にした。まさか、自信がないとは言わないよな？」

河田が、有無を言わさぬ口調で唯を見据えた。

「もちろんです」

桂木直人主演のときなら、言葉と心が一体になれたに違いない。

だが、クランクイン直前に主役が交代した。

和田翔太は、悪いチョイスではない。今日のロケをみても、大化けする可能性がある。

しかし、安心して数字を読めるという点では桂木には敵《かな》わない。

「その言葉、ドラマの放映が終わるときまで忘れるんじゃないぞ」

河田は恫喝に近い台詞を残し、現場をあとにした。

どんな手を使っても、平均三十パーセントの数字を取らなければならない。

唯は、改めて強く心に誓った。

☆　　☆

赤坂プリンセスホテルのロビーは、観光客で溢れていた。

「どこにいるの？」

携帯電話を片手に、唯はロビーに視線を巡らせた。

『逆ですよ、逆。ラウンジとは反対方向です。後ろを向いてください』

唯は、言われるがまま振り返った。

エレベータホールの人ごみに紛れて佇んでいた、カーキ色のTシャツを着た男……尾藤が小さく右手を上げた。

すっかり気配を消しているあたりは、さすがだった。

「真ん中のエレベータの前で待機してて」

『了解です』

唯は腕時計に視線を投げた。

午後九時二十五分。もうすぐ、約束の時間だ。

『本当に、いいんですね？』

尾藤が、念を押してきた。

「何度同じことを訊くつもり？」

『いやいや、確認も仕事のうちです。あとから、やっぱり気が変わったなんて言われても困りますからね』

「その心配はないわ。万にひとつも、心変わりすることはないから安心して」

『そうですか。なら信じます。それにしても……』

尾藤が、言い淀んだ。

「なに？」

『いや……昔から、そうだったかな、と思いまして……』

「言いたいことがあるなら、はっきり言ってよ」

尾藤が自分のことをどう思っていようが興味はなかったが、モヤモヤのあるままだと命じた仕事に支障が出ないかが心配だった。

『初めて仕事したときもドライでクールだなと思いましたけど、まさかここまでやる人とはね』

尾藤と初めて会ったのは三年前……担当していたドラマのヒロインの取材現場でだった。

そのときの尾藤は雑誌社に所属するカメラマンで、ヒロインの表紙の撮影を担当した。

無口で皮肉っぽい男だったが、カメラの腕は超一流だった。

それから、唯は取材があるたびに尾藤を指名した。

深く付き合ってみると、皮肉っぽいのは相変わらずだったが決して無口な男ではなかった。

くる日もくる日もグラビア撮影ばかりの仕事にたいしての不満や、本当は報道カメラマンを目指していたことなどを熱っぽく語った。

一年前に、尾藤が在籍していた雑誌社を辞めてフリーになってからもふたりの関係は続いた。

だが、今回のような内容の仕事の依頼は初めてであり、尾藤が戸惑うのも無理はなかった。

「軽蔑した？」

『いいえ、仕事ですから』

尾藤は、お得意の皮肉な言い回しに終始していた。

彼の本音は窺えなかったし、また、知りたいとも思わなかった。

いままでの尾藤がそうであったように、きっちりと仕事さえしてくれればいい。

「そう。じゃあ、頼んだわよ」

唯が電話を切るのとほぼ同時に、三井に促された和田と真弓がそれぞれのマネージャーを伴って現れた。

「お疲れのところ、申し訳ありません」

唯は、和田と真弓に頭を下げた。

「打ち合わせって、今夜じゃなきゃいけなかったんですかぁ？」

真弓が、不機嫌なオーラを丸出しに訊ねてきた。

「すみません。雨竜刑事と栞の関係性について、河田先生から意見が出たものですから」

嘘──不満たらたらながら、河田はドラマのストーリー展開については唯に一任したばかりだ。

「また？」

真弓が、嫌悪感たっぷりに眉をひそめた。

和田のほうは愛想を振り撒くのが染みついているのか、にこにこと笑顔を絶やさなかった。

「すみません。原作あってのドラマですから」

唯は、白々しい自分を心で唾棄《だき》しながら真弓を諭した。

「なるべく、早く終わらせてくださいね」

「あ、お部屋を取ってありますから、こちらへどうぞ」

ラウンジに向かおうとした真弓を唯は引き止め、エレベータに促した。

「え？　ラウンジじゃないんですか？」

真弓の女性マネージャーが、怪訝そうに訊ねてきた。

「その件で、お話があります。おふたりは、ちょっとここでお待ちください」

唯は、和田と真弓をエレベータの前に残し、尾藤を視界の端に捉えつつふたりのマネージャーをロビーの端に呼び寄せた。

「あなたもよ」

その場に残ろうとする三井に、唯は手招きした。

三井がそこにいるのといないのでは、まったく意味合いが違ってくる。

「ラウンジには、写真週刊誌の記者が張っている可能性があります。いま、おかしな記事を書かれたらドラマにケチがつきますから」

三井が和田と真弓から離れたのを確認し、唯は声をひそめて言った。

もちろん、尾藤の動きは横目で追っていた。

「写真誌の記者がいるんですか⁉」

和田のマネージャーが、頓狂な声を上げた。

「いえ、いま言ったようにあくまでも可能性です。こういう問題については、慎重になり過ぎて悪いことはありませんからね」

「写真誌に撮られたほうが、話題になってドラマの行き足がよくなるからいいんじゃないんですか？」

真弓のマネージャーが、軽口を叩いた。

もちろん、本音ではない。

「とんでもない。ふたりの純愛がドラマのもうひとつの見どころですから、スキャンダルは絶対に避けなければなりません」

なかなか、わかってるじゃない。

唯は、熱い言葉とは真逆の心の声を真弓のマネージャーにかけた。

掌の中で、携帯電話が震えた。

「失礼します」

唯は、携帯電話のディスプレイに浮かぶ受信メールを開いた。


バッチリ、ツーショットが撮れましたよ！


唯は、綻びそうになる口もとを引き締め、尾藤からのメールを削除した。

「ということで、打ち合わせはお部屋でお願いします」

「写真週刊誌の記者が張ってるかもしれないってことを、タレントに聞かせたらまずいんですか？」

唯の目論見《もくろみ》を知らない三井が、わざわざマネージャーをタレントから引き離したことに疑問を呈した。

「ええ。いまは、ドラマに集中してほしいから。動揺させたくないの。さ、行きましょう」

唯は、三井の問いに淡々とした口調で答え、ふたりのマネージャーを振り返り笑顔で促した。

正面に顔を戻した唯の瞳には、ぞっとするほどに冷たい光が宿っていた。

☆

☆

『サムライ刑事』のクランクインから、十日が経った。

今日のロケ地は千葉……断崖絶壁に、雨竜刑事が犯人を追い詰めたシーンの撮影が行われていた。

「証拠は上がってます。滝田さん。もう、逃げ通すことはできません。奥様を失った気持ち……滝田さんの憤りは察します。ですが、殺人を見過ごすわけにはいきません。罪を贖《あがな》い人生をリセットし、一からやり直しましょう」

和田が、犯人役の滝田を演じるベテラン俳優の戸田英治に、熱っぽく訴えた。

ドラマでは、滝田は妻を死に追い込んだ男に復讐して殺したという設定になっていた。

「俺の気持ちがわかるだと？　詩織はな、兄貴の借金の連帯保証人に無理やりさせられて……朝も昼も夜も取り立てに追い立てられて、精神的におかしくなったんだっ。眼には眼をだ！　俺は、詩織の仇を討っただけだっ。それを、殺人を見過ごすわけにはいかない？　お前みたいな若造に、なにがわかるんだ！」

戸田の演技は、鬼気迫るものだった。

伊達に、役者稼業を三十年もやってはいない。

「それでも、人を殺していいということにはならないんですっ」

眼を赤く潤ませた和田も、必死の演技をみせていた。

役者初挑戦の割には、和田は大健闘していた。

「唯さん、ちょっと……」

モニターを覗いていた唯の隣に、強張った顔の三井が現れた。

「なに？」

「みせたいものがあるんです」

硬い声で言うと、三井は唯を撮影現場から三十メートルほど離れた岩陰に促した。

「みせたいものって？」

唯が問いかけると、三井がページを開いた写真週刊誌を唯の顔前に差し出した。

スクープ！　人気芸人「バッドプリンス」の和田翔太と人気女優の菊池真弓、ホテルで密会
見出しの活字を、唯は視線で追った。

カメラは、ホテルのエレベータの前で佇むふたりをまるでこれから部屋に上がるとでもいうふうに捉えていた。

尾藤の腕は、さすがだった。

「あのホテルに、やっぱり記者はいたんですよ。ふたりのそばから、離れるべきじゃなかった……」

唇を噛んだ三井が、後悔の言葉を絞り出すような声で口にした。

「どうして？」

唯は、誌面を眺めながらあっけらかんとした口調で訊ねた。

「どうしてって……OA前にこんなスキャンダルまずいですよっ。和田君と真弓さんは、『サムライ刑事』ではピュアな恋愛関係にあるんですよ⁉　唯さんも、そう言ってたじゃないですか」

「ああ、あれは建前よ。いまの視聴者は、ドラマの中の話と外の話をきちんと区別してるわ。主役とヒロインのふたりが私生活でも交際してるほうが、話題になっていいんじゃない？」

唯は、無責任とも取れる軽々しさで言った。

「そんな……もしかして、これは……」

三井が、言いかけた言葉の続きを唾液とともに呑み込んだ。

それは、頭に過った疑問を慌てて振り払うような感じだった。

「私が、スクープを撮らせたと言いたいの？」

「あ、いえ……そんなつもりじゃ……」

三井が、しどろもどろになって否定した。

「そう、あなたの予想は当たってるわ」

「え……？」

三井が、宇宙人にでも出くわしたような顔を唯に向けた。

「このスクープは、私が雇ったカメラマンに撮らせたのよ」

唯は、平然とした口調で打ち明けた。

「な、なんですって!?　どうして……そんなことを！」

「元恋人同士の桂木直人と菊池真弓の共演というインパクトを超えるには、現在進行形でふたりが交際しているというシチュエーションがどうしても必要だったのよ」

「だからって、こんなのヤラセじゃないですかっ」

三井が、いままでみせたことのないような怒りの形相で食ってかかってきた。

「マネージャーも交えて四人で食事しているところを、タレントふたりだけの画を抜いてスクープにするというやりかたは、写真週刊誌じゃ昔から使われている手よ」

「僕が言っているのは、それをヤラせたのが唯さんだってことなんです！　いくら視聴率のためだからって、こんなの……ありえませんよっ」

三井の瞳には、うっすらと涙が浮かんでいた。

「軽蔑した？」

唯は、煙草に火をつけた。

「あたりまえじゃないですかっ。お父さんのことで、唯さんが非情になったのはわかります。でも、こんなの詐欺師と同じですっ。唯さんには、幻滅しました……あなたには、プロデューサーとしての誇りはないんですか！」

肩を小刻みに震わせた三井が、唯の手から奪い取った写真週刊誌を地面に叩きつけた。

——君には、プライドはないのか！

父、孝史が仁科に浴びせたセリフが、唯の鼓膜に蘇った。

——馬鹿馬鹿しい。プロデューサーに必要なのはプライドなんかじゃなく、金とタレントを集める能力だ。プライドなんか持って、なんの役に立つんだよ？　え？

あのとき、唯は仁科を軽蔑した。いや、いまも軽蔑している。

だが、わかったことがある。

それは、孝史の言っていることも仁科の言っていることも真実だということ。

そして、伸し上がるためには、仁科の考えかたこそ実戦的であるということ……。

「私がほしいのは誇りより数字よ。悪いけど、現場に戻るから」

唯は冷徹に言い残し、足を踏み出した。

「あなたは、いったい、どこまで堕《お》ちるんですか⁉」

追ってくる三井の声が唯の背中を貫いた。

止まりそうになる足——立ち止まらずに歩を進めた。

仁科を潰すまでは、一瞬たりとも足踏みするわけにはいかなかった。

29

祝　『サムライ刑事』第一話放送分　視聴率三十五パーセント突破！
快挙　『サムライ刑事』第一話三十七・二パーセント！

『サムライ刑事』本年度局内最高視聴率！

『サムライ刑事』同クールドラマNo.1視聴率

サクラテレビの廊下の壁は、『サムライ刑事』の高視聴率を祝う貼り紙で埋め尽くされていた。

「よしっ！　よしっ！　よしっ！」

並んで立っていた境が、握り締めた拳を何度も下に引いた。

和田翔太と菊池真弓のスクープ記事が写真週刊誌に掲載されてから、ワイドショーはどの局もこぞってふたりを取り上げるようになった。

話題は、ふたりが恋人役として出演する『サムライ刑事』に移行し、放映前にいい感じに盛り上がった。

「私の言った通りでしょう？　どうです？　担当したドラマが三十五パーセント超えでスタートしたご気分は？」

唯は、顔を上気させ興奮する境に訊いた。

「いやいや、梨田君には本当に感謝してるよ。クランクインまでハラハラドキドキの連続だったが、君と組んでよかった……ありがとうな」

境が、唯の手を両手で握り締め、感極まった表情で礼を述べた。

眼には、うっすらと涙まで浮かべていた。

無理もなかった。

深夜枠専門の二軍プロデューサーが、月9のゴールデン帯の人気枠を担当しただけでなく、初回放送分で四十パーセント近い数字を叩き出したのだから夢のような気持ちに違いない。

「本当に、梨田様様ですよね」

アシスタントプロデューサーの野尻が、唯を持ち上げた。

「いえいえ、私はただ材料を用意しただけです。うまく調理したのは、境さんの腕ですよ」

唯は、境を立てた。

撮影はまだ、半分を残している。

彼には、気分よく現場で立ち回ってもらわなければならない。

「僕の腕なんてとんでもない。原作を変えることを河田先生に納得させ、クランクイン直前に起きた桂木君のアクシデントに対しても、代役に売れっ子芸人を抜擢《ばってき》するという奇抜なアイディア……並みの苦労じゃなかったと思うよ」

「ありがとうございます」

境が言うように、『サムライ刑事』を着地させるまでに、いくつもの難関があった。

だが、高視聴率スタートの一番の要因は、桂木直人のピンチヒッターの和田翔太と菊池真弓の熱愛報道を「演出」したことだ。

「三井君も、素晴らしい上司を持って鼻高々だろう？」

境が、虚ろな瞳で貼り紙をみつめている三井の背中を上機嫌な顔で叩いた。

「え、ええ……」

三井が、強張った笑みを浮かべた。

「やあやあやあ、集まってるねぇ」

タータンチェックのジャケットを羽織った局長の伊沢が、喜色満面で大股に歩み寄ってきた。

「お疲れ様です」

弾かれたように、境と野尻が頭を下げた。

「境ちゃ〜ん、やったじゃないか」

三十五パーセント超えが相当に嬉しいのだろう、伊沢が境の肩を抱き締めた。

「い、いえいえ、と、とんでもありません。ラ、ラッキーなだけです。こ、これだけの作品なら、私じゃなくても数字は取れますよ」

褒められることに慣れていない境は、おかしなほどに恐縮していた。

「ラッキーなだけではこの数字は取れないさ。もっと、胸を張りたまえ」

「それなら、梨田君を褒めてあげてください。彼女は、企画からキャスティングまで本当によく頑張ってくれました。梨田唯の働きなくして、今回の成功はありません」

本来は自分の手柄にしていいものを、境はプロデューサーとしては珍しく欲のない男だった。

その欲のなさが、仁科に大きく水をあけられた原因でもある。

「もちろん、梨田君の功績はわかっているよ。本当に、よくやってくれた」

伊沢が、唯の手をガッチリと握り締めた。

『サムライ刑事』の担当プロデューサーは仁科にすべきだと気にしていた伊沢の姿はどこにもなかった。

「ありがとうございます。でも、ドラマはまだ始まったばかりです。最終話まで通してこの勢いを落とさないことが重要だと思います。平均視聴率、三十パーセントが私の目標です」

「ほう、頼もしいね。で、その目標は達成できそうかね？」

「怪我の功名で、桂木君のピンチヒッターの和田翔太君の雨竜新太郎刑事が嵌まってます。二枚目なんですけど芸人さんなので嫌みがなく、ドラマも初出演なので一生懸命さがモニターを通して伝わってきます。お茶の間に好印象を与えた結果が、この数字に繋がっていると思います。和田君に驕《おご》りさえ出なければ、勢いが止まることはないでしょう」

唯は、自信満々に答えた。

本音だった。

たしかに、桂木直人は全国区の人気を誇っていた。

しかし、彼のファン層は圧倒的に十代から二十代の女性が占めており偏っている感は否めない。

その点、和田翔太は若い女性の人気では桂木直人に劣るが、男女年齢問わず子供から年寄りまで親しまれているという幅の広さが強みである。

「なるほど。言われてみれば、和田君は親しみやすいキャラで好感度が高そうだね。この調子で、高視聴率をキープしてくれたまえ。最後まで勢いが落ちずに突っ走ることができたなら、ふたりにそれなりのボーナスを出させてもらうよ」

伊沢の言葉に、境の顔がパッと輝いた。

「ありがとうございます」

唯と境は、ほとんど同時に礼を述べた。

褒美……金一封もなにもいらない。

ほしいのは、あの男の「凋落《ちょうらく》」だけだ。

「じゃあ、引き続き頼んだよ」

伊沢が、いまにもスキップしそうな弾んだ足取りで立ち去った。

「私達も、昼飯でも食って現場に向かおう」

境が、興奮冷めやらぬ顔を唯に向けた。

和田と真弓のテレビ雑誌の表紙撮影とインタビューを午前中に入れたので、今日の撮影は珍しく午後からだった。

先週から今週にかけて、ふたりをテレビや雑誌の番宣活動に駆り出していた。

幸いなことに、撮影は順調に消化しているので余裕を持った日程を組めた。

唯、境、野尻の三人はドラマ制作部のある十一階フロアから、食堂のある十六階に上がった。

昼時とあって、食堂は局員やプロダクション関係者で込み合っていた。

「テラス席しか、空いてないな。しようがない」

この季節、クーラーの効いていないテラス席は誰もが避けるのでガラ空きだった。

汗ばんだ首筋に手を当てながら食堂に足を踏み入れる境に続こうとした唯の視界の端を、見覚えのある人影が掠《かす》めた。

振り返った唯は、年配の男性に頭を下げて食堂から出て行く男性の背中を視線で追った。

「境さん、私、用事を思い出したので先に食べててください」

「え？　梨田君は食べない……」

境の声を振り切るように、唯は食堂を飛び出した。

いまさら、会ってどうするつもり？

気紛れ？

好奇心？

未練？

頭の中で渦巻く自責の声を無視して、唯は「彼」を追った。

「待って」

声をかけたのは、「彼」がサクラテレビを出て客待ちをするタクシーに乗り込もうとしたときだった。

「唯……」

後ろを振り向いた圭介が、驚いたように眼を見開いた。

☆　☆

「なんだか、一年ぶりに会ったような気がするね」

サクラテレビから程近い喫茶店。注文したコーヒーをブラックのまま啜りながら、圭介が穏やかに笑った。

以前より少し痩せたような気はしたが、柔らかで優しい眼差しはそのままだった。

仁科が極秘に交渉を進めていた韓国のスーパースター、パク・リーファンの日本のドラマ初出演というビッグサプライズを、圭介から聞き出した唯がスポーツ紙にすっぱ抜かせたことで、彼はサクラテレビを追われた。

「今日は、引継ぎかなにかで？」

唯は、アイスティーをストローでクルクルと掻き回しながら平静を装って訊ねた。

「昔世話になった報道局の上司に、挨拶にきたんだ。ろくに事情も説明しないまま、退社しちゃったからね」

「ごめん……」

もちろん、圭介が自分を責める意味で言っているのではないことはわかっていたが、謝らずにはいられなかった。

「どうして唯が謝るんだよ？　これは、自分の意思で決めたことなんだから」

「わかってる……わかってるけど……でも……私……」

張り詰めていた気持ちが、崩れそうになる。

唯は、唇をきつく嚙み締め溢れ出そうになる言葉の続きを吞み込んだ。

「貼り紙、みたよ。凄いじゃないか！　ドラマ離れが囁かれている中で、初回から三十七パーセント台を叩き出すなんてさ。絶対に、敵にしたくないタイプだよ」

場の空気を和ませようとする圭介。いつだって、彼はそうだった。

「唯、おめでとう。僕も、誇らしいよ」

唯に向けられる子供のように澄んだ瞳……彼の心には、微塵《みじん》の邪気もない。

「圭介……」

唯は、言葉を失った。

耳を疑った。

元恋人を利用し、裏切った果てに手に入れた成功を、祝福するというのか？

「どうして……どうして怒らないの⁉」

唯は、涙声で問い詰めた。

「私は、あなたを局から追い出した張本人よ⁉　なのに……おめでとうだなんて……」

唇を嚙んだ唯は、肩を震わせた。

「私を、許せるはずない……あなたは、偽善者よ！」

唯の絶叫が、店内に響き渡った。周囲の客の視線が、一斉に集まった。

「僕は君を愛している。それだけで、どんなことでも許せるさ」

圭介の柔らかな声が、カラカラに干涸びた唯の心に染み込んでゆく。

「こんなひどい女を……こんな汚れた女を……私は、視聴率を取るために何人もの人達を騙し、傷つけ……」

「唯。もう、いい、もういいよ。これ以上自分を傷つけるのは、やめよう」

圭介が、唯の手を優しく掌で包み、囁くように言った。

彼の尽きることのない愛情が、唯の涙をとめどなく溢れさせた。

☆　　☆

「カット！　はい、ＯＫでーす！」

監督の声がサクラテレビのスタジオに響き渡った。

「このシーンをもって、『サムライ刑事』の全行程を終了とします！」

境が、捜査一課のセットに足を踏み入れ、和田翔太に特大の花束を手渡すとスタッフから一斉に拍手が沸き起こった。

ヒロインの菊池真弓はひと足先にクランクアップしており、刑事部屋にひとり居残り始末書を書くシーンを撮っていた和田だけがスタジオに残っていた。

境をはじめ、監督、助監督、音響、照明、ヘアメイク、スタイリスト……どのスタッフの顔にも微笑みが絶えなかった。

初回視聴率三十七・二パーセントを皮切りに、二回目が三十五・六パーセント、三回目が三十六・四パーセント、四回目が三十八・一パーセント、五回目が三十六・九パーセント、六回目が三十七・七パーセントと、ちょうど折り返し点まで放映が終わった段階ですべて三十五パーセント超えというハイレベルな数字を残しているので、撮影現場の雰囲気も最高だった。

この調子で行けば、全話が終了した時点で平均視聴率三十五パーセント超えも夢ではなかった。

だが、唯の表情だけは優れなかった。

初回の放映が終わった直後、サクラテレビを解雇された圭介に会ってから、微妙に意識が変わった。

自分を追い出した張本人の唯にたいして圭介は、恨み言を言うどころかどこまでも優しく包み込んでくれた。

狙い通り、『サムライ刑事』は最高の結果を出している。

同じクールで仁科が担当しているドラマは、ひと桁台連発で大苦戦を強《し》いられている。

業界内でも梨田唯の評判は鰻登りに上昇し、女性敏腕プロデューサーとして語られるようになった。

怨讐の仇である仁科に決定的な差をつけ、本来なら狂喜乱舞してもいいくらいだ。

しかし、唯の心は晴れなかった。

いまの成功は、汚い手段によって手に入れたものに過ぎない。

仁科と、なにも変わらない。

あの、忌み嫌い軽蔑していた仁科と……。

「今回の高視聴率の立役者である和田君に、ひと言貰いましょう！」

境に促された和田が、照れ臭そうにスタッフの輪の中央に立った。

「まず、最初にスタッフのみなさんにお礼を言わせてください。演技初心者の未熟な自分を導いてくださりありがとうございました！」

好感度満点の和田の挨拶に、ふたたび津波のような拍手が鳴り響いた。

唯は、目立たぬようスタジオから抜け出した。

和田の次は、自分にスピーチが回ってくるのが目にみえていたからだ。いまは、『サムライ刑事』の成功についてスタッフと喜びを分かち合う気にはなれなかった。

喫煙ルームに入ろうとした唯は、先客の存在に気づいた。

「クランクアップ、おめでとう」

仁科が、煙草を挟んだ唇を皮肉っぽく歪めながら手を叩いた。

唯は引き返そうかどうか迷ったが、結局は喫煙ルームに足を踏み入れた。

「平均視聴率三十五パーセント超えか。凄いな。端数でいいから、わけてほしいくらいだよ」

皮肉を続ける仁科を無視し、唯は煙草に火をつけた。

「ひと桁台の視聴率しか取れないプロデューサーとは、口も利きたくないってか？」

「なぜでしょう？」

唐突に、唯は口を開いた。

「なにがだ？」

仁科が、いぶかしげに眉をひそめた。

「あなたに勝っても、嬉しくない。虚しさだけが、残るんです」

「な、なんだと……⁉」

仁科の顔色がさっと変わった。

「こんなはずじゃ、なかったのに……」

唯は唇を噛み、独り言のように呟いた。

「なに勝手に浸ってるんだ！　お前、俺に勝ったつもりでいるのか⁉　ふざけるな！」

声を荒らげた仁科が、灰皿台に拳を叩きつけた。

「別に……気に障ったのなら、謝ります」

唯は、素っ気なく言った。

仁科に勝ったか負けたかに、もう興味はなかった。

「たかがドラマ一本で、しかも放映半ばで少しいい数字が取れただけで、この俺を超えられるとでも思ってるのか！　笑わせるな！」

喫煙ルームのガラス壁を、仁科の怒声が震わせた。

「仁科さんを超えたなんて、思っていません。たとえ超えていたとしても、いまの私にとってはどうでもいいことです」

「やっぱりお前は、親父と同じだ」

唯は、口もとに運ぼうとした煙草を持つ手を止め、仁科をみつめた。

「たいした実力もないくせに、一流プロデューサーを気取りやがって……あいつの偽善が許せなかった。行政は悪いだなんだと奇麗事を並べちゃいたが、あいつのやっていたことは俺となにも変わりはしない」

「父は、私や仁科さんとは違います」

唯は、強い口調で言った。

「いいや、同じだ。たしかに、あいつは大手プロダクションの所属タレントのキャスティングを積極的に行ってはこなかった。主に起用していたのは、弱小プロのタレントばかりだ」

「弱きを助け強きを挫《くじ》く。この業界では、損な生きかただったと思います」

「勘違いするな。まだ話は終わっちゃいない。あいつがなぜ、弱小プロばかりと付き合っていたかを教えてやろう。金だよ、金」

仁科が、薄笑いを浮かべつつ言った。

「お金？」

「そうだ。奴は、力のないプロダクションに所属している新人をドラマに起用する代わりに、金を貰ってたんだよ。たしかに俺は、どっぷり行政に浸っていたさ。だがな、賄賂《わいろ》を貰ったことなんか一度もない。大手に従う俺も情けないかもしれないが、金に転ぶ守銭奴よりましだと思うがな」

侮蔑のいろを湛えた瞳で、仁科が唯を見据えた。

「嘘です……でたらめを、言わないでくださいっ。父が、そんな汚いことをするわけないじゃないですか！」

唯は声を荒らげた。

「でたらめなもんか。嘘だと思うなら、ライラックプロの社長に訊いてみるがいいさ」

自信満々の顔で、仁科が言った。

ライラックプロは、いまでこそ主役級のタレントを抱える中堅プロダクションとして認知されているが、孝史が現役時代は無名の新人ばかりの弱小プロダクションに過ぎなかった。

いまのライラックプロがあるのも、現在エースとして二時間ドラマで活躍しているベテラン俳優の吉成一彦を孝史が売れない時代から起用し続けてきたからだ。

吉成にかぎらず、孝史がライラックプロの所属タレントを数多くキャスティングしてきたのは事実だ。

だが、それは大手プロダクションが行政支配するテレビ業界に一石を投じる目的でやってきたことであり、私腹を肥やすためであるはずがない。

「そんな話、絶対に信じません」

「なら、賭けようじゃないか。もし嘘だったら、俺はサクラテレビを辞めてもいい。だが、その代わり、本当だったらメビウスを辞めることができるか？」

「え……」

仁科の思わぬ発案に、唯は返答に詰まった。

「どうだ？　この賭け、受けることができるか？　それとも親父の醜い真実を知るのが怖いか？」

仁科が、挑発的な二者択一を求めてきた。

「父はそんな卑劣な人間ではありません。でも、馬鹿馬鹿しい賭けを受けるつもりはありません」

唯は仁科のくだらない提案を突っ撥ねた。

孝史を、疑っているわけではなかった。

仁科に言ったように、こんな馬鹿な賭けに乗る筋合いはないというだけの話だ。

「では、戻らなければならないので失礼します」

唯は煙草の吸さしを灰皿に落とし、喫煙ルームの出口に向かった。

「楠木のことはサクラテレビから追い出しておいて、自分はあくまでもこの業界にしがみついていたいってわけか」

仁科の言葉が、唯の背中を貫き胸を抉《えぐ》った。

「なんですって⁉」

唯は、血相を変えて仁科を振り返った。

「結局お前も、自分の身が一番かわいい親父と一緒の姑息な人間……」

「いいわ。その賭け、受けましょう」

唯は仁科が浴びせかけてくる「侮辱」を遮った。

「父の潔白を証明して、お望み通りあなたにはサクラテレビを辞めてもらいます」

やはり仁科は、潰しておかなければならない存在だった。

唯は無表情に、逆に挑戦状を叩きつけた。

30

恵比寿の駅前にあるガラス壁のビルの六階から八階に、ライラックプロは入っていた。

十年前までは、薄汚れた雑居ビルの中の十坪にも満たない事務所だったことを考えるとかなりの成功を収めたと言ってもいいだろう。

唯は、エントランスを横切りエレベータに乗ると八階のボタンを押した。

六階が俳優のプロモーション業務をこなす第一営業部になっており、七階が文化人やスポーツ選手のプロモーション業務をこなす第二営業部になっている。

唯の向かう八階フロアは来客用の応接スペースと社長室があった。

エレベータの扉が開くと、電話が置かれた無人のカウンターが視界に飛び込んできた。

カウンターの背後の壁には、看板タレントの吉成一彦のポスターが貼られている。

吉成は、二時間ドラマの『私立探偵・京本大吾』シリーズでお馴染みのベテラン俳優だ。

ゴールデン帯の連ドラに出演しているような若手人気俳優に比べると地味な感は否めないが、中高年を中心に根強い人気を誇っている。

このシリーズ以外にも、単発ばかりではあるがかなりの本数のドラマに出演しており、一週間に一回はテレビで顔をみかけるほどだ。

唯は、カウンターの電話の受話器を取り、社長室の内線ボタンを押した。

『社長室です』

「メビウスの梨田と申します。二時に梶社長とお約束をしているのですが……」

『メビウスの梨田様ですね。少々お待ちくださいませ』

——奴は、力のないプロダクションに所属している新人をドラマに起用する代わりに、金を貰ってたんだよ。

保留のメロディに、仁科の声が重なった。

孝史がライラックプロのタレントに仕事を与える代わりに賄賂を受け取っていたなどありえない。

嘘に決まっている。

きっと仁科は、『サムライ刑事』の高視聴率の腹癒《はらい》せにでたらめを言っているのだ。

『梨田様。お待たせしました。いま、係りの者がお伺いしますので、もう少々お待ちくださ い』

社長の梶とは、孝史の代からの繋がりで半年に一度のペースで仕事をしていた。

いまや大御所俳優と呼ばれる吉成一彦も、唯が頼めば友情出演で出してくれる。

「やあ、お待たせ」

フロアに続くドアから出てきたのは、社長の梶だった。

「あ、わざわざ申し訳ありません」

梶自らの出迎えに、唯は恐縮して頭を下げた。

「いやいや、大恩人の娘さんだから、これくらいの礼儀は当然だよ」

梶が、おどけた調子で言った。

大恩人、という言葉が唯の胸を鋭く抉った。

「さ、こちらへどうぞ」

奥へ促す梶に無理に作った笑顔を返しながら、唯は足を踏み出した。

☆　☆

「今日はまた、どうしたんだい？　ウチの吉成に『サムライ刑事』出演のオファーかな？」

社長室のソファに向かい合い座るなり、梶が軽口を飛ばしてきた。

もちろん、本気ではない。

吉成一彦はあくまでも二時間ドラマだからこそ支持を受けているのであり、客層と演技がまったく異なる連ドラに出演することが決してプラスにならないことを梶は知っている。

プラスにならないどころか、ベタな演技が身に染み付いている吉成がイケメン若手俳優中心の作りになっている連ドラに出たならば間違いなくマイナスだ。

「いえ、今日は、父の件でお訊ねしたいことがありまして……」

「お父様の件で？」

「ええ。単刀直入にお訊ねします。父が、梶社長からお金を受け取っていたというのは、本当ですか？」

　ストレートに切り込む唯に、梶が驚いたように眼を見開いた。

「どうしたんだい？　藪《やぶ》から棒に？」

「あるプロデューサーさんに言われました。父が、ライラックプロさんのタレントをキャスティングする代わりにお金を受け取っていたって……」

「誰が、そんなことを？」

　梶が、煙草に火をつけながら訊ねてきた。

　ライターを持つ手が微かに震えているのを、唯は見逃さなかった。

「そんなことより、その事実があったかどうかだけ教えてください。どんなことを聞いても、驚きませんから……」

　明らかに困惑した表情になった梶が、無言で煙草を吸った。

　煙草がフィルターまで灰になっても、梶は口を開こうとしなかった。

「黙っていらっしゃるということは、本当なんですね？」

　唯は、沈黙に耐え切れずに追い討ちをかけた。

「それが、そんなに重要なことかな？」

　ようやく、梶が重い口を開いた。

「お金を……受け取っていたんですね……？」

唯の声は震えていた。

「もう一度言うが、たとえそうだとしてもそんなことは重要な……」

「答えてください！　父は……父はお金を受け取っていたんですか⁉」

梶の言葉を、唯は大声で遮った。

「君のお父様が健在の頃、ウチはまだ弱小プロダクションだった。芸能界というところは、強きを助け弱きを挫く世界だ。看板タレントもおらず人脈もないウチにとって、所属タレントをドラマに出すというのは至難の業《わざ》だった。タレントのクオリティには、自信を持っていた。だが、『演技力の有無』より『貸し借り』ができるかできないかというのが重視される世界では、役を貰うなんてことは夢のまた夢だった。ろくに演技もできない大手プロダクション所属のタレントばかりが順番にキャスティングされてゆく現状を眼にするうちに、だんだんと馬鹿らしくなってきた。芸能事務所などやめようか……そう思い始めた頃に、葉山さんから吉成にドラマのオファーが入った。二時間ドラマの六番手。たしか台詞は三つくらいだったが、それまでエキストラに毛が生えたような仕事しか入ってこなかったウチには夢のような話だったよ」

梶が新しい煙草の先をライターの炎で炙りながら、懐かしそうに眼を細めた。

「行政でだめになったドラマ界を建て直したい。葉山さんは口癖のように言っていた。吉成の演技を気に入ってくれた葉山さんは、その後も何度か声をかけてくれた。五番手、四番手と、吉成の番手も上がっていった。あるスペシャルドラマの準主役のオファーをかけてきたときに、彼はこう言った。『今度のドラマは、病院が舞台です。主役は不治の病を患った若い女性で、大手プロの新進女優に決まっています。準主役は医師で、かなりの演技力が必要とされる重要な役です。なのに、いま挙がっている名前は、主役の女優と同じ大手プロの役者です。彼では、その役は無理です。私は、是非、医師役を吉成君にやってもらいたいと思ってるんです』とね。二番手と言っても、ほとんど主役のようなものだ。私は、小躍りしたい気分だった。しかし、その後の葉山さんの言葉で、私の浮かれ気分は吹き飛んだ。『ただし、今回は条件があるんです。準主役の座を確保するために、百万が必要なんです』と彼は遠慮がちに切り出してきた。なんでも、最終の決定権を持っている編成局長を納得させるために必要な金だったらしい。当時のライラックプロに百万はおいそれと出せる金額ではなかったが、私はふたつ返事をしていた。百万は痛い出費だが、弱小プロのタレントが準主役を買ったと思えば決して高い金額ではないからね」

太腿の上に置いていた唯の指先が、皮膚に食い込んだ。

呼吸が乱れ、膝が震えた。

孝史が現役でいた当時の局長は、伊沢ではなく室伏という男だったが去年、咽頭癌でこの世を去っていた。

真実をたしかめようにも、もう、ふたりともいない。

「一度だけ……ですか？」

そう訊ねるのが、精一杯だった。

「いや……。二番手が百万、主役が二百万。これが、局長と葉山さんの間で取り決められていた契約だった。でもね、お父様を悪く思わないでほしい。名もない事務所の名もないタレントが地上波のゴールデンタイムの主役級の役を取るには、仕方のない代償なんだよ。それに、いやなら私が断ればいいだけの話だったんだからね」

梶の言葉は、途中から唯の耳に入らなくなっていた。

父が、梶からキャスティングのたびに百万単位の大金を……。

局長の手に渡っていたとしても、父が金で「役」を売っていた事実に変わりはない。

行政の海にどっぷりと浸かっていた仁科と、金で行政枠を買っていた父……ふたりの間に、いったい、どんな差があるというのだ？

——大手に従う俺も情けないかもしれないが、金に転ぶ守銭奴よりましだと思うがな。

仁科の嘲笑う声が、唯の脳内に暗鬱《あんうつ》にこだましていた。

31

ライラックプロを出た唯の足は、靴底に鉄を詰め込んだように重かった。

地下鉄の駅までの十数メートルが、遥か遠くに感じられた。

通りを走っている車の排気音もゲームセンターから流れてくる耳障りな電子音も鼓膜からフェードアウトしてゆく。

――二番手が百万、主役が二百万。これが、局長と葉山さんの間で取り決められていた契約だった。

梶の声が、生々しく蘇る。

仁科の言っていた通りだった。

父は、役を与える代わりに弱小プロダクションから金を受け取っていた。

——お父様を悪く思わないでほしい。名もない事務所の名もないタレントが地上波のゴールデンタイムの主役級の役を取るには、仕方のない代償なんだよ。


悪く思う思わないの問題ではない。

唯にとっての父、孝史は、特別な存在だった。

たとえそれが力なきプロダクションのタレントに役を与えるためだとしても……当時の局長が金を交換条件に出してきたとしても、屈せず、戦うのが父のはずだった。

悪魔に魂を売ってまで、理想を成し遂げて、それになんの意味があるというのか？

たしかに、いま、自分も悪魔に魂を売っている。

だがそれは、清廉潔白の父を地獄に叩き落とした仁科への復讐のため……。

微かに、なにかが聞こえる。

しばらくして、それが携帯電話の着信音だということに気づいた。

「はい……」

相手が誰かディスプレイをみる余裕も、仕事用の声を出す余裕も唯にはなかった。

『死人みたいな声だな』

受話口から流れてくる仁科の嘲笑にも、唯の心は反応しなかった。

『梶社長から電話があったよ。どうして、彼女にバラすんだって』

仁科の声は、この世の至福とばかりに弾んでいた。

『聞いたんだろう？　お前の親父が金を受け取ってキャスティングしていたって？』

返す言葉がない……というより、言葉を返す気力がなかった。

『さあ、どうする？　この仕事から足を洗うって、約束だろう？　もちろん、守るんだろうな？』

唯は、電話を切った。

返事に窮したからでも、約束を破るつもりだからでもない。

唯の頭は、ショート寸前でなにも考える余地はなかった。

ふらふらと意志を持たない足取りで、唯は歩き続けた。

無意識に、唯の指は携帯電話の番号ボタンを押していた。

クラクションの嵐と急ブレーキの音が、唯の全身に突き刺さった。

「なにやってんだお前！」

「馬鹿か！　危ねえだろうが！」

「死にたいのか！」

携帯電話を耳に押し当てたまま道路の中央に立ち尽くす唯に、ドライバー達の怒声が浴びせられた。

『もしもし、唯？』

圭介の優しい声に、理性が消失した。

「会いたい……いますぐ、会いたい……」

罵声とクラクションの中、唯は屈み込み、ずっと抑制していた「素直な思い」を口にした。

☆　☆

忘れていた彼の体温が凍えた心を溶かし、首筋に触れる唇が皮膚を薄桃色に染める……。

無我夢中で圭介の背中に腕を回し、薄く開いた唇から吐息を漏らす。

しなやかで逞しい腕が、唯の全身の骨を軋ませる。

圭介の唇が首筋からじょじょに下がり、乳房の先端を優しく含んだ。

太くはないが長い指が、恥ずかしいほどに潤む秘部に滑り込む……唯は首を仰《の》け反らせ喘ぎ声を漏らした。

指が抜かれた代わりに、圭介の唇が乳房から脇腹、脇腹から下腹部に下がってゆく……。

折り曲げた両の太腿の間に、圭介の頭が沈んだ。

敏感な突起を舌先が弾くように舐め上げる……太腿で圭介の顔を挟み、彼の髪の毛に十指を滑り込ませた。

突起を舐め上げられるたびに、唯の身体はビクン、と反応した。

圭介の頭がふたたび上がり、耳朶《じだ》を甘噛みされた。

身体中の表皮に悦楽の鳥肌が広がった。

圭介の手が優しく髪の毛を撫で、頬にそっと唇が触れた。

瞬間、脱力した下半身を甘美な衝撃が貫いた。

骨盤から背筋……そしてうなじに強烈な電流が流れた。

声を上げようと開いた唇が圭介の唇に塞がれた。

薄く開いた瞼からみえる圭介のぼやけた顔が上下に揺れる……引き潮のあとに岩場に打ちつける荒波の如く、断続的に衝撃が脳天に突き抜けた。

肉と肉のぶつかり合う音が、室内に鳴り響く。

唯の両手の指先……爪が圭介の頭皮に食い込んだ。

懐かしさと快楽に唯は、母性と獣性の狭間を彷徨《さまよ》った。

シーツの海に溺れる唯の身体から、理性と魂が抜け落ちてゆく……。

法悦の声を上げた唯の目尻からこめかみにかけて、熱い雫《しずく》が轍《わだち》を作った。

☆　　☆

まどろみに、唯の瞼が重くなる。

身体の奥で疼《うず》く甘美な余韻が、睡魔とともに唯の全身の筋肉を弛緩させた。

「僕はいま、君を抱いたことを後悔している」

予期せぬ言葉に、睡魔が一度に吹き飛んだ。

見開いた眼で、天井に虚ろな視線を向ける圭介の横顔をみつめた。

「別れた相手だものね……」

力なく、唯は呟いた。

「ううん……そういうことじゃないんだ。僕の中で、君と別れたことは一度もない。ただ……」

圭介が言葉を切り、天井から唯に視線を移した。

とても、哀しげな瞳だった。

「ただ……？」

「純粋に僕に抱かれたいと思ってくれたなら、どんなに嬉しかったことだろう……」

「なにが……言いたいの？」

唯は、掠《かす》れた声で訊ねた。

質問の答えを、既に唯の心はわかっていた。

「なにから、逃げているんだい？」

圭介が、すべてを見透かすような瞳で唯の双眼を射貫いた。

「え……？」

「現実逃避の相手……僕は、君にとってそんなに都合のいい人間に成り下がったのかな？」

自嘲の笑みを浮かべ、圭介は上体を起こし背を向けた。

「……違う……そんなんじゃない……」

唯も身を起こし、圭介の背中に訴えた。

「仁科さんと戦うために、お父さんの仇を討つために僕と別れたんじゃないのかい？」

圭介の肩が、震えていた。

「僕は君を部屋に招き入れ、欲望に負けた……だけど、それは最愛の女性が相手だったからさ。だけど、君は違う。ここへきたのは、僕に会いたかったからじゃない。すべてを忘れて逃げ込むのに、ちょうどいい場所だった。違うかい？」

肩だけではなく、声も震えていた。

圭介は怒っていた……哀しいほどに、怒っていた。

「ごめん……」

消え入るような声で、唯は詫びた。

「甘ったれるな！」

圭介が振り返り、涙に赤く充血した眼で唯を睨みつけた。

「君の決意は、そんな中途半端なものだったのか⁉　そんな弱いものだったのか⁉　なにがあったか知らないが、いまの君は最低だ。君には、失望したよ。悪いけど、いますぐ出て行ってくれ。君の顔は、もう二度とみたくない！」

圭介も、泣いていた。

馬鹿な人……。

呆れるほどに不器用で、優し過ぎる人……。

「わかった……帰るね」

唯は、シーツを胸に巻いてベッドから下りた。

手早く下着と衣服を身につけ、バッグを手に取り部屋の出口に向かった。

「ありがとう……」

唯は立ち止まり涙声で言うと、ふたたび足を踏み出した。

気が変わらないうちに、マンションを飛び出した。

　エレベータに乗ったときには溢れ出ていた涙が、扉が開いたときには止まっていた。

　薄闇に包まれた住宅街のアスファルトをヒールで刻みながら、携帯電話を取り出した——着信履歴の最新の番号をクリックした。

『約束を守る気になったか？　それとも、命乞いでもするつもりか？』

　仁科の勝ち誇ったような声が、耳奥に不快に流れ込んだ。

「なんのことかしら？」

　唯は、惚けた口調で言った。

『おいおい、知らん振りなんて子供騙しが通用すると思ってるのか？　まあ、相応の手土産を差し出せばもう一度チャンスをやらんこともない』

「手土産？」

『ああ。たとえば……そうだな、「サムライ刑事」の担当を俺に譲れば、約束はなかったことにしてやってもいいがな』

「そんなこと、できるわけがないでしょう」

『ドラマの担当プロデューサーが途中で替わるのは、よくあることだ』

「そうじゃないわ。私が、あなたに『サムライ刑事』を譲るわけないってことを言ってるのよ」

『だったら、約束通りテレビ界から……』

「薄汚い男との約束なんて、守る必要があると思って？」

仁科に最後まで言わせず、唯は挑発的な言葉を浴びせかけた。

『な、なんだと⁉』

「二度と憎まれ口を叩けないように、徹底的に潰してあげるわ」

静寂な空気を切り裂くような唯の高笑いが、夜の街を駆け抜けた。

32

第七話　視聴率三十六・五パーセント　またもや、三十五パーセント超え！

サクラテレビのドラマ制作部前の廊下の壁……『サムライ刑事』の高視聴率を称《たた》える貼り紙の前に、唯と境……そして少し離れた位置に三井が立っていた。

『サムライ刑事』の第七話の視聴率は、第六話より落ちたとはいえ、上出来の数字だった。

普通、二回目以降の視聴率は下降線を辿《たど》ることが多いが、それも五パーセント前後はマイナスになってもおかしくない。

とくに、三十五パーセントを超えた高視聴率ものは、十パーセントダウンも珍しくはない。その中で、『サムライ刑事』は七回目でも初回より一パーセント以内のダウンで食い止めているので驚異的なものだ。

「これは、平均視聴率三十五パーセント超え、もしかしたら、もしかするぞ、梨田君っ」

境が、顔を紅潮させて興奮口調で言った。

「まだまだですよ。第八話は、四十パーセントを狙いますよ」

「四十パーセント⁉　そりゃまた、夢がでっかいね」

「ドラマ不況と言われるいまだからこそ、チャンスなんです。最近は、タレントの知名度に頼ったストーリー無視のドラマが氾濫しています。視聴者も、タレントイメージばかりを優先したドラマ作りに辟易《へきえき》としています。その点、『サムライ刑事』は原作がしっかりしていますし、『本物』を提供できる強みがあります」

「なるほどね。まあ、でも、この勢いなら本当に行っちゃう気がするんだよね。頼りにしてるよ、梨田君」

境が、唯の肩を叩きスキップでも始めるのではないかという弾んだ足取りでスタッフルームに消えた。

「わかってないわね」

唯は、境の背中を見送りながら呟いた。

たしかに、『サムライ刑事』のいまの勢いなら、高視聴率はキープできるだろう。

だが、それはドラマの放映前に和田翔太と菊池真弓のスキャンダルを捏造《ねつぞう》して写真週刊誌にすっぱ抜かせたという行為があってのことだ。

そのスキャンダルも、鮮度という意味では日が経つにつれなくなってゆくので、なにか新しい仕掛けが必要になってくる。

「今日の和田君の番宣のスケジュールは？」

唯は、無表情に立っている三井に声をかけた。

三井との関係は、和田と真弓の「写真週刊誌事件」からずっとギクシャクしたままだった。

「午後三時からのワイドショーと八時からのバラエティ番組です」

「車を回しておいてくれる？」

返事もせずに、三井は地下駐車場に続くエレベータに向かった。

気にはしなかった。いまは、三井の青臭い正義感に構っている暇はなかった。

やるべきことは、新たな仕掛けだ。唯は、携帯電話を手に取り番号ボタンをプッシュした。

一回目のコール音で、電話が取られた。

「お久しぶりです、梨田です」

『おお、唯ちゃん、電話かけてくるなんて、珍しいじゃないか。なんか、役くれるの？』

鶴崎が、軽口を叩いてきた。鶴崎は、鶴崎プロダクションという所属タレントを十名ほど抱えている弱小芸能プロダクションの社長だ。

「ええ、オファーはオファーでも、ちょっと変わったオファーなんです」

『というと？』

「電話じゃちょっと……。いまから、事務所にお邪魔してもいいですか？」

『ああ、いいよ。じゃあ、待ってるから。期待してるよ！』

「では、二、三十分で伺います」

唯は、携帯電話の終話ボタンを押した。

これを実行してしまえば、確実に三井との関係は壊れてしまうだろう。

だが、ここで立ち止まるわけにはいかない。

唯は、迷いを吹っ切るように足早にエレベータに向かった。

☆　　☆

「ほう、大輔に痴漢の役ね。で、それは二時間スペシャル？」

鶴崎の、瓶の底を彷彿させる度の強い眼鏡の奥の眼が光った。

煙草のヤニで黄ばんだ壁紙、剝《は》がれかけたタレントのポスター、指紋が付着したガラステーブル……高円寺にある鶴崎プロダクションは、繁盛しそうにない典型的な事務所だった。

「いいえ、違います」

唯は、首を横に振った。

「まさか……連ドラ⁉」

鶴崎が身を乗り出してきた。

「それも、違います」

「だよな、ウチの大輔が連ドラに出られるわけないよな」

鶴崎が伸びたラーメンのような伸び放題のくせっ毛を搔き毟りながら、テーブルの上に開いたファイル……鹿島大輔の宣材写真に眼をやった。

よく言えばあっさり顔、悪く言えば影の薄い顔、よく言えば優しい眼、悪く言えば眼力のない瞳……決してブ男ではなく一般人としてなら可もなく不可もなくといったタイプの青年だが、役者にしては華がなさ過ぎる。

現にいままでも、芸歴五年でこなした仕事と言えばエキストラに毛が生えたような役ばかりだ。

その「エキストラに毛が生えたような役」のほとんどは、唯が回した仕事だった。

「じゃあ、WEBドラマか衛星放送かな？　なんにしろ、仕事を貰えるのはありがたいことだよ」

「違います」

「え？　なら舞台……」

「本当に、鹿島さんに痴漢をしてほしいんです」

唯は、鶴崎を遮り意を決して言った。

「は……？」

鶴崎の顔が、ストップモーションの映像のように静止した。

「鹿島さんに、演技ではなく本当に痴漢をしてほしいんです」

唯は、無表情に繰り返した。

「な、なにを言ってるんだ……まったく、人を担ぐのはやめてくれよ。そんな悪い冗談に付き合うほど、暇じゃないんだからさ」

鶴崎は、唯に、というより自分に言い聞かせているようだった。

「冗談ではありません。本気です。被害者の女性役は、私がやります」

淡々とした口調で、唯は言った。

「な、なにを言ってるんだっ。いい加減にしないと、いくら唯ちゃんでも怒るぞ！」

鶴崎が熱り立った。自社のタレントに痴漢を働けと言われたのだから、無理もない。

「電車で鹿島さんが私の身体に触る。ある男性がそれを取り押さえ車掌室に連行する。涙ながらに平謝りする鹿島さんの姿をみて、私は被害届けを出すことを思い止《とど》まる。もちろん、ギャラはお支払い致します」

唯は、バッグから用意してきた封筒を取り出しテーブルに置いた。

「二十万入ってます。痴漢して車掌室で謝り解放されるまで二時間ってところでしょう。二時間で二十万。悪い仕事じゃないと思いますが」

「馬鹿にするな！　たしかにウチは貧乏プロダクションだが、所属タレントに痴漢させてまで金を稼ぐほど落ちぶれちゃいない！　第一、そんなことしてどんな意味があるんだ⁉」

鶴崎が、テーブルを叩き立ち上がった。

「理由は言えません。ただし、警察に行くことはないし、新聞に実名が載ることもありません。ただ、痴漢役に徹してくれればいいだけです」

「ふざけるなっ！　誰がそんな馬鹿な話に乗るもんか！」

「もろもろの足しにしてください」

唯は鶴崎の怒声を受け流し、三十万の札束を二十万入った封筒の上に重ねた。最初から、五十万の「必要経費」は計算済みだった。

「な……」

鶴崎の視線が、札束に吸いつけられた。

彼が、複数の消費者金融から借金をしているという噂は有名だった。

僅か十万円の事務所の家賃を滞納していることも、管理会社から聞き出していた。

「なにがなんだか、まったく意味がわからないよ。どういうことか、説明してくれないか？」

ソファに腰を戻す鶴崎の口調は、明らかに柔らかくなっていた。

「繰り返しになりますけど、理由は言えません。私の身体に触れて男性に車掌室に連行され平謝りする。それだけやってくだされば五十万をお支払いします」

あまりにも一方的で無茶な「商談」だが、唯には鶴崎が受けるという確信があった。

金は冷静な思考力を麻痺させ、倫理観を打ち壊す魔力を持っている。

沈黙――唇を引き結んだ鶴崎は、眼鏡を外して目頭を人差し指と親指で摘んだ姿勢で固まった。

溺死寸前の脳みそで、必死に理由を考えているに違いない。

自社のタレントに、「痴漢犯」になることを納得させる理由を……。

そう、鶴崎の頭の中は、もはや唯の申し出にたいする憤りでなく正当化を模索することで占められているに違いない。

「……本当に、警察沙汰にはならないのか？」

眼鏡をかけ直した鶴崎が、怖々と訊ねてきた。

「『被害者』の私が届け出ないと言ってるんですから、間違いありません」

「だが、その男性というのが……」

「大丈夫です。その男性も私の知り合いです。私の目的は、鹿島さんが捕まってしまえば達成できないことです。だから、心配はいりません」

唯は言うと、テーブルに置いてあった鶴崎の携帯電話を手に取り鼻先に突きつけた。

「さあ、どうなさいます？　無理にとは言いません。ほかの事務所に、話を持っていくだけですから」

しばらく考え込んでいた鶴崎が、眼を伏せたまま唯の手から携帯電話を取ると番号ボタンを押した。

「大輔か？　俺だが……いまから、ちょっと出てこられるか？」

鶴崎の苦悶《くもん》の表情を横目に、唯も携帯電話を取り出し和田翔太のマネージャーの番号を押した。

「梨田です。大事な話があるのですが、三時過ぎにサクラテレビで打ち合わせできますか？」

次のハードルをクリアできれば、視聴率四十パーセントが「夢」でなくなる。

ぞっとするような冷徹な眼で鹿島に電話する鶴崎を見据えながら、唯はシナリオの続きに思惟《しい》を巡らせた。

☆　　☆

「鶴崎プロダクションの社長に、どんな用事だったんですか？」

サクラテレビに戻る車中の重々しい沈黙を、ステアリングを握る三井が破った。

「まあ、いろいろとね」

助手席の唯は、言葉を濁した。

「最近、秘密主義ですね。僕に隠れて、なにを企んでるんですか？」

「別になにも。もし、企んでいたとしても、あなたに言わなければならない義務があるわけ？」

唯は、敢えて突き放すように言った。

シナリオを話してもよかった。

三井に理解を求めようとは思わないし、また、理解できるとも思っていない。

それより唯が警戒しているのは、妨害だ。

三井が唯を信用できなくなっているように、唯もいまの三井を信用できない。

唯の画策を知ったなら、三井は必ず妨害してくるだろう。

「あなたのことが、本当にわからなくなりました。やりかたが強引でも多少の嘘はあっても、仁科さんのことがあるからだと自分を納得させてきました。それもこれも、僕なりに唯さんという女性を知っているからです。強気で頑固で、だけどとても純粋でまっすぐで……そんなあなたを尊敬していました」

三井の声が震えていた。

窓ガラスの向こう側の景色の流れがゆっくりになった――車が、路肩に寄せられた。

「唯さん。お願いします。なにをやろうとしているかわかりませんが、もう、これ以上、自分を傷つけるのはやめてくださいっ。悪の道に染まってゆく唯さんを、みたくはありませんっ」

唯のほうに向き直り熱の籠もった口調で訴える三井の眼は真っ赤に染まっていた。

「じゃあ、みなければいいじゃない」

唯は、三井とは対照的に冷たく素っ気なく言った。

「え……？」

「別に、私は自分を傷つけてはいないわ。ナルシストな気分になって、勝手に私という人間を決めつけるのはやめてくれる？」

「唯さん……」

「はやく、車を出して」

なにかを言いかける三井を制止し、唯は顔を正面に向けた。

「ご自分で、運転してください」

三井は言うと、ドライバーズシートのドアを開けた。

「仕事を放棄するのね？」

「パートナーに秘密にするような仕事を、僕はやりたくありません」

吐き捨てるように言い残し、三井は車から降りた。

「足手纏いはいらない」

唯は、シートベルトを外しながら呟いた。

☆　　☆

午後三時からのワイドショーの生出演……『サムライ刑事』の番宣を終えた和田翔太が、好感度の高い笑顔をスタッフに振り撒きながらスタジオから現れた。

いまや高視聴率俳優の仲間入りを果たしたというのに、相変わらずの腰の低さは芸人特有のものだった。

「お疲れ様でした」

スタジオの外で待機していた唯は、和田とマネージャーの島谷を出迎えた。

「あ、梨田さん、お疲れ様です。今日は、撮影かなにかですか？」

歩を止めた和田が、直立不動の姿勢になって唯に訊ねてきた。

和田にとっての唯は、役者への道を切り拓《ひら》いてくれた恩人だった。

「ううん、和田君に用事があって待ってたの。島谷さん、先ほどは失礼しました。お時間ありますか？」

和田の隣でにこやかな表情で立ち尽くす島谷に、唯は視線を移した。

「六時から一件雑誌の取材が入っているので、小一時間くらいなら大丈夫です」

夜の八時からはふたたび番宣でバラエティ番組に出演しなければならないので、この時間はタレントを休ませたいはずだったが、島谷もまた唯には足を向けては寝られないはずだった。

「じゃあ、会議室を取ってあるので、こちらへどうぞ」

唯は、ふたりを先導してエレベータへ向かった。

廊下を通り過ぎるドラマ班のスタッフが、唯を認めては微笑みかけ、また、声をかけてくる。

その中には、顔も知らない人間もいた。

『サムライ刑事』の放映前までは、みられない光景だった。

いまや、梨田唯の名前は記録的高視聴率の仕掛け人として、サクラテレビの隅々にまで知れ渡っていた。

どちらかと言えばテレビ局において軽視されがちな制作会社のプロデューサーが、「雇い主」的立場にある局スタッフに一目置かれるようになったのも、すべて視聴率のおかげだ。

「どうぞ、お入りください」

唯は、グレイで統一された二十坪ほどの無機質な空間にふたりを招き入れた。

この会議室も、約二ヶ月前までなら借りられなかった。

「引っ張り凧ですね」

唯は、和田と島谷に席を勧めながら唇に弧を描いた。

「梨田さんのおかげですよ。改めて、ありがとうございます」

島谷が、慇懃《いんぎん》に頭を下げた。

「いえいえ、和田君の実力ですよ。ただし、油断は禁物です」

「え？」

和田と島谷が、揃って首を傾げた。

「どの局も、大物タレントをゲストに迎えたり、あの手この手で数字を取りにきます。このままぶっちぎりのペースで行くには、ここらで起爆剤が必要です」

「起爆剤が必要？」

和田が、鸚鵡返しに訊ねた。

「そう、起爆剤です。残り五回、緩やかな下降線を描きながら、結局は二十パーセントを死守するのがやっとというのはいやでしょう？　やっぱり、和田翔太には荷が重過ぎた……なんて陰口を叩かれたりね。調子がいいときは持ち上げるだけ持ち上げといて、数字が悪くなれば掌を返したように叩いてくるのがテレビというものです。いまはすべてにおいて味方でいてくれるスタッフが、数字次第では全員敵になるということも考えられます」

「でも、『サムライ刑事』は三十五パーセント以上の数字を取っているわけですし、万が一落ちても二十パーセント後半の視聴率は残せると思います」

島谷が、表情を硬くする和田を安心させるように言った。

「裏番組の日東テレビは、視聴率ひと桁台続きの『イケメン高等学校』の打ち切りを早々と決め、再来週から『お台場大捜査線』シリーズを四週連続でやるという噂です」

「『お台場大捜査線』……」

島谷の顔色が、さっと変わった。

『お台場大捜査線』シリーズは、パート2が興行収入百七十億という邦画史上最高記録を樹立し、歴代興行収入ベスト10のうち、ベスト6までに四作品すべてがランクインしているという怪物映画だ。

「いくら高視聴率を取っているとは言え、同じ刑事もので、一作品に平均十億円を投入している怪物映画に太刀打ちできるわけがありません。視聴率二十パーセント台どころか、へたをすれば視聴率十パーセント台に急落する可能性があります。視聴者が四週もチャンネルを合わせなければ『サムライ刑事』はその間に終わっています。DVDになってから観ようと思うでしょう。そうなる前に手を打っておかなければまずいんですよ」

日東テレビが『お台場大捜査線』を四週連続で放映するのは事実だ。

だが、それは再来週からではなく来クール……つまり、『サムライ刑事』の放映が終わってからの話だ。

島谷も、いずれそれに気づくことだろう。

構わなかった。

和田が唯の描いたシナリオを演じ切るまでの間、騙し通せればそれでいい。

「なぜ、このタイミングに……」

島谷が、深刻な顔で唇を嚙んだ。

「『サムライ刑事』に独走させないためでしょうね」

「『お台場大捜査線』に視聴者を奪われないようにするには、どうすればいいんでしょうか?」

信心深い求道者のように、島谷が縋る瞳を唯に向けた。

「私の言う通りにやってもらえれば、視聴率四十パーセント超えは確実です。ただし、その方法はかなり衝撃的なものです。どんなことでもできると、約束できますか?」

「多分、大丈夫だと思います」

「多分じゃだめです。数字のためならなんでもできると約束して頂かないと、教えることはできません」

唯は、毅然とした表情で言った。

「わかりました。『サムライ刑事』は、翔太にとって今後の役者人生を左右する大舞台です。視聴率のためなら、なんだってやります」

意を決したように、強い眼差しで島谷が唯を見据えた。

「和田君。ちょっとごめんね」

まずは、決定権を持っているマネージャーを落とすことが先決だ。

人のいい和田なら、どうにでも説き伏せる自信があった。

唯は島谷を会議室の隅に促し、耳に唇を近づけた。

「な、なんですって⁉」

予想通りのリアクション――島谷が白眼を剝き、大声を張り上げた。

「いやなら、やらなくても結構です。ただ、視聴率四十パーセントを狙えるところが、十パーセント台に落ちる可能性が高くなるだけの話ですから」

唯は、淡々とした口調で言うと無表情に腕を組み、島谷が口を開くのを待った。

33

生暖い空気が、全身に纏わりつく。

中年男性の汗を吸い込んだ湿った背中が、唯の腕に触れる。

文庫本さえ開けない密集状態……不快指数二百パーセントの満員電車で唯は、背後に意識を集中させた。

なにをやってるの？

唯は、背後の鹿島に意識を集中させた。

唯と鹿島は、小田急線の上り電車に参宮橋駅から乗り込んだ。

現在、南新宿駅を通過し、まもなく終点の新宿駅へと到着するというのに、鹿島がアクションを起こす気配はなかった。

唯は振り返り、顔を強張らせる鹿島に急かすような視線を投げた。

その視線を、鹿島の背後にいる男性に移した。

彼もまた、ふたりと同じ参宮橋駅から乗り込んでいた。

車内アナウンスが新宿駅を告げた直後に、臀部《でんぶ》に鹿島の手が触れた。

自分から持ちかけたシナリオとは言え、全身に鳥肌が広がった。

眼を閉じ、彼が行動を起こすのを待った。

一秒が、十秒にも感じられた。

はやく、はやく……。

「なにをやってるんだ！」

眼を開け、振り返った。

視線の先。彼……和田翔太が、鹿島の右手首を摑み高々と上げていた。

「みてみて！　和田翔太じゃない？」

「え!?　あ、本当だ！」

「おい、あれ、『サムライ刑事』の主人公だよ」

周囲の好奇の眼が、一斉に和田に集まった。

ざわめきが、車内に伝染したように広がった。

視聴率三十五パーセント超えの連ドラの主役の知名度は、伊達ではなかった。

狙い通りの展開に、唯は心でほくそ笑んだ。

「俺は、なにもしていない！」

鹿島が、車内に響き渡る大声で訴えた。

とにかく目立つこと。

それ以外にない。

「嘘よ！　私のお尻を触ったじゃない！」

唯も、車両にいる全員の耳に届けとばかりにヒステリックに叫んだ。

「う……嘘だ……俺は、そんなことしちゃいない！」

鹿島が否定すればするほど、衆目を集めた。

「とにかく、話は新宿駅で聞こうか」

『サムライ刑事』の雨竜新太郎そのままの正義感に溢れた表情で鹿島に命じた和田は、腕を後ろで捻り上げた。

鹿島が、諦めたようにがっくりとうなだれた。

☆　☆

人波に揉まれながら、三人は新宿駅で下車した。

「なあ、頼むっ。もうしないから、今回は見逃してくれ！」

目立つように、鹿島が大声で許しを乞うた。

その逼迫した表情が演技とはとても思えなかった。

いや、演技ではなく、了承の上とはいえ、「痴漢役」を演じていることに絶望しているのかもしれなかった。

無理もない。ドラマや映画の中での話ならばいざ知らず、この状況を目撃している周囲の者はみな、鹿島を本物の痴漢犯だと思っているのだから。

最終的に警察に突き出さないとはいえ、彼の役者としてのプライドはズタズタになったことだろう。

「だめだっ。君のような卑劣な男を、許すわけにはいかない！」

和田もまた、役者だった。

唯の「オファー」を受けたときの困惑していた彼の姿はどこにもなく、下劣な痴漢を取り押さえた勇敢な青年を見事に演じていた。

駅事務室の建物の前にきたときに、青白い閃光《せんこう》が視界を焼いた。

一眼レフのカメラを構える男……尾藤が、唯に片目を瞑ると身を翻し雑踏に消えた。

尾藤は、『サムライ刑事』のクランクイン直前に和田と菊池真弓のツーショットを撮った男だった。

あのときと同様、この写真を写真週刊誌の「スクープ」に持ち込むというのが、唯のシナリオだった。

雨竜新太郎が、痴漢犯を捕まえた。

写真週刊誌発のネタに、ワイドショーがこぞって飛びつくのは目にみえている。

連日、テレビやスポーツ新聞や女性誌を賑わせる和田の「武勇伝」に、視聴者は雨竜刑事の姿を重ね合わせて熱狂することだろう。

和田の好感度がアップするのと比例するように、『サムライ刑事』の視聴率は上昇する。

「お願いします……誓います……誓いますからっ。許してください！」

鹿島が、和田の腕に縋り半べそ顔で懇願した。

「本当に、反省してるのか？」

「はいっ。もう、二度とこんな馬鹿なことはしません！」

「こう言ってますが、どうします？」

和田は、唯に伺いを立てた。

「反省してくれているのなら、もういいです」

唯は、「痴漢犯」に許しを与えた。

和田が鹿島を取り押さえている決定的瞬間を尾藤が押さえたいま、これ以上事を荒立てる必要はなかった。

尾藤だけでなく、黒山の人だかりを作る「観客達」も携帯電話を片手に写真を撮りまくっていた。

「そういうことだから、今回は見逃してやるよ」

言うと、和田が鹿島の腕を解放した。

「申し訳ありませんでした」

鹿島は深々と頭を下げると、逃げるように駆け出した。

「ありがとうございました」

唯は、和田に礼を述べた。

周囲の眼を意識した茶番劇は続く。

「いえ、大事に至らなくてよかったですね。じゃあ、僕はこれで」

さわやかな笑顔を残し、和田が立ち去った。

「みた⁉　ちょーかっこいい！」

「本物も雨竜刑事そっくり！」

「和田翔太って、意外に男らしいんだな」

「ヤバい！　ファンになっちゃった」

興奮する野次馬達……和田翔太の好感度が上昇する音が聞こえてくるようだった。

もっと騒いで……そして、どんどん噂を広げるのよ。

唯は、心で呟いた。

☆　　　　☆

唯は、歯ブラシをくわえたままソファに座るとテレビのリモコンのスイッチを押した。チャンネルをサクラテレビに合わせた。

携帯電話のディスプレイに浮かぶデジタル時計はAM８：１０を表示していた。

サクラテレビの冠的な番組である朝のワイドショー……『お目覚めエイト』は午前八時から始まっているが、先週覚醒剤の所持で逮捕された人気アイドル歌手の事件がメインで扱われるので、和田翔太の「痴漢犯逮捕」のニュースはあと三十分はやらないに違いない。

予想通りテレビでは、MCやコメンテーター達が口角沫《あわ》を飛ばしながら競うように覚醒剤アイドルを断っていた。

唯は、昨日発売された写真週刊誌の付箋の貼ってあるページを開いた。


雨竜新太郎刑事、『痴漢犯』を捕まえる！


見出しの横には、小田急線新宿駅のプラットホームで、和田が鹿島の腕を捻り上げている写真が掲載されていた。もちろん鹿島の顔はわからないように撮られている。

被害者は二十代のOL……写真週刊誌の編集長には、この捕り物劇が唯の仕組んだシナリオだということは伏せていた。

あくまでも、知り合いのカメラマンが偶然に撮影したものだという建前で持ち込んだ。

彼らにとっては、真実などどうでもいいのだ。

話題性のある「画」さえ撮れれば、それがフィクションであろうとノンフィクションであろうと重要なことではない。

——この被害者の女性って、唯さんなんじゃないんですか？

昨日、メビウスに出社するなり、写真週刊誌を手にした三井が疑わしそうに訊ねてきた。

——だとしたら、驚く？

——別に、驚きはありません。ただ、軽蔑度が深まるだけです。


三井の能面のように無表情な顔が、唯の脳裏に蘇った。

もう、自分にたいして怒る感情さえなくなるほどに三井に敬遠されてしまった。

哀しみはなかった。

ただ、どうしようもない虚無感が、唯の心を支配した。

戻れはしない。また、戻る気もなかった。

もはや、唯には後戻りという選択肢はない。

『次は、芸能人の株を上げたこの人のニュースです』

スタジオからＶＴＲに切り替わり、女性リポーターのインタビューを受ける和田翔太が映し出された。

画面の右上には、「和田翔太、雨竜刑事顔負けの痴漢犯逮捕！」のテロップが浮いていた。

『男性が痴漢をしていると、すぐにわかったんですか？』

『いや、凄く込んでいる車内だったので最初はまったく気づかなかったのですが、前に立っていた女性が僕に助けを求めるような視線を送ってきたので、よくみてみると、男性がお尻を触っていたんです。気づいたときには、男性の腕を摑んでいました』

『じゃあ、彼が犯人だと想定して、そのときの模様を再現してもらってもいいですか？』

リポーターが、男性スタッフを指差し和田を促した。

『まず、こういうふうに手首を摑んで……』

和田が男性スタッフの右手を摑み後ろで捻り上げた。

『痛てててて……』

男性スタッフが、顔をしかめて情けない悲鳴を上げた。

『新宿駅に到着するまでは、逃げられないようにこの姿勢のままいました』

『抵抗されませんでしたか？』

『はい。腕の逆関節を極《き》めると、どんな大男でも無抵抗になります』

『へぇ～。和田さんは、なにか武道の心得があるんですか？』

女性リポーターが、唯の思惑通りの質問をした。

――男らしいイメージをつけるのは、和田君にとって物凄いプラスになるわ。それも、日本古来の武道がいいわね。

『ええ。高校のときに、柔道をちょっと』

和田が、控え目に言った。

忠実に、唯の台本通りに振る舞う和田。

高校時代の彼は、落語研究会にいたらしい。

『そうだったんですかぁ。でも、スリムな和田さんのイメージから、柔道はいい意味で意外ですね！』

女性リポーターが、憧憬の眼差しを和田に向けた。

携帯電話の呼び出し音が鳴った。

液晶ディスプレイに浮くのは、メビウスの社長……大村の名前だった。

「お疲れ様です」

『いま、「サバンナ」にいるんだが、どのくらいで出てこれる？』

「サバンナ」は、唯の自宅マンションから徒歩五分ほどのところにある喫茶店だ。

出勤前のサラリーマンを対象にしているので、早朝七時から営業している。朝の九時前に、唯の自宅の近くまで足を運ぶとは、ただ事ではない。

「三十分ほど、お時間を頂いてもいいですか？」

『わかった。じゃあ、待ってるから』

ツーツーという音を垂れ流す携帯電話をみつめ、唯は大村の早朝の訪問の真意に思惟を巡らせた。

34

「朝早くから悪いな」

「サバンナ」の店内に足を踏み入れると、大村が自慢の太い腕を高々と上げた。

「おはようございます。こんな時間に、どうしたんですか？」

唯は、席に着きながら訊ねた。

「最近、三井としっくりいってないようだな？」

唯の問いには答えず、逆に大村が訊ねてきた。

「そうですか？」

「惚けるなよ。ちょっと前まではどこへ行くにも一緒だったのに、ここのところ別行動ばかりじゃないか。顔を合わせてもろくに口を利かないし……いったい、なにがあったんだ？」

大村が、窺うように唯の顔をみた。

「社長のほうこそ、惚けないでくださいよ。彼から、聞いてるんでしょう？」

唯は言うと、注文を取りにきたウエイターにカフェ・ラ・テを頼んだ。

「お前が変わってしまった。奴は、そう嘆いている」

「人間、変化してゆく生き物でしょう？　そんなことを言ってるから、いつまでも彼は成長しないんです」

「和田翔太と菊池真弓のスキャンダル……そして今回の捕り物劇。君が仕掛けたというのは、本当か？」

大村が、意を決したように切り出した。

「社長。『サムライ刑事』は第七話までの放映を終えて、平均視聴率が三十五パーセントを超えています。その事実以外に、重要なことはありますか？」

唯は、低く落ち着いた声で言った。

「話を逸らさないで、俺の質問に答えろ。和田翔太絡みの二件のスクープは、お前の仕掛けか？」

大村の口調が、若干苛ついたものになった。

「はい。二件とも、私が描いたシナリオです」

すんなりと、唯は認めた。

「和田君の熱愛報道も、痴漢犯を取り押さえたのも、お前がやらせたというのか……？」

掠れた声で問いかける大村に、唯は表情を変えずに頷いた。

「唯、聞いてくれ。この業界、たしかに視聴率がすべてだ。しかし、だからといって、なにをやってもいいってわけじゃない。お前のやったことはヤラセだ。八百長相撲と同じだ。そんな卑怯な手で摑んだ勝利に、胸を張れるのか？」

諭すように、大村が言った。

「お言葉を返すようですが、社長はふたつの思い違いをしています。ひとつは、相撲の八百長とは違います。八百長は『勝敗』が最初に決まっていることを言います。いくら私がスクープを仕掛けたところで、高視聴率を取れるかどうかは作品の質に関わってきます。『身体能力』がアップしても、勝てるかどうかわからないという点では、陸上競技者のドーピングのほうが表現として相応《ふさわ》しいでしょうね」

唯は、人を食ったような顔で言った。

「そういう問題じゃ……」

「もうひとつ、社長は間違っています。卑怯でもなんでも、数字を取った者が最後には笑う……これが私達の生きる世界です」

大村の言葉を遮り言うと、唯は微笑んだ。

「唯、お前は、間違っているっ。もちろん、数字が取れるに越したことはない。だがな、視聴者を欺《あざむ》き、ドラマとは関係のないところで興味を抱かせ数字を取ろうという姿勢には賛成できないっ。話題は、あくまでも物語から発生させるべきだ！」

テーブルを掌で叩く大村に、周囲の客の好奇の視線が集まった。

「数字がすべてです。数字が取れなければどんなにいいドラマを作っても、次の企画も通りづらくなるし予算も抑えられるし、ドラマに携わった役者の今後の評価にも関わってきます。メビウスの経営面を考えても高視聴率を上げることが最優先すべきことだと思います」

大村とは対照的に、唯はどこまでも冷静だった。

「……唯。お父さんが生きていたら、顔をまっすぐにみることができるか？　お父さんは、お前と同じドラマ界にいながら正義を貫いていたんじゃないのか？」

大村が、祈るような眼を向けた。

「父は、お金でキャスティングを請け負っていました。もちろん、自分の懐に入れる目的ではなく、当時の局長から枠を取るためです。行政で大手が独占しているドラマ枠に弱小プロダクションのタレントをそこその役でキャスティングするには、そうするしかないんです。社長。草食動物でありたくても、周囲が肉食獣ばかりだと獲物になるだけです。テレビ界という弱肉強食の世界で生き残るには、食物連鎖の頂点に立つしかないんです。では、やることがあるので、これで失礼します」

唯は、カフェ・ラ・テにはひと口も口をつけずに千円札をテーブルに置くと頭を下げて席を立った。

「唯、待つんだ！」

追い縋る大村の声に振り向かず、唯は足早に店を出た。

もう、誰も、自分の行く道を遮ることはできはしない。

☆　　　☆

ドラマ制作部のフロアが、いつもと違う空気に包まれていた。

擦れ違うスタッフのほとんどが唯を振り返った。

中には足を止め、連れのスタッフに耳打ちする者もいた。

「売れっ子タレント顔負けの人気だね」

境が、満面の笑みで言った。

フロアを歩く彼の足取りは、スキップをしているように弾んでいた。

無理もない。

『サムライ刑事』の第八話の視聴率は、唯の「和田翔太・痴漢犯逮捕」の仕掛けが見事に嵌まり、驚異の四十四・八パーセントを叩き出した。

この数字は、国民的怪物番組と言われる『紅白歌合戦』でさえ最近では取れない高視聴率だ。

『サムライ刑事』が戦後の民放ドラマ史上最高の視聴率を達成した快挙に、サクラテレビの代表取締役である大地健次郎が、担当プロデューサーの境と唯に十年ぶりの「社長表彰」を決めたのだ。

唯と境にたいするスタッフ達の反応をみていると、噂が局内の隅々にまで行き渡っていることが窺えた。

「信じられないよ……僕が社長表彰だなんて……。夢みたいだ……」

境が、感激と興奮で潤む瞳で唯をみつめた。

つい数ヶ月前まで、深夜枠専門の窓際プロデューサーだった男が「社長表彰」とは、たとえるならばホームレスが間違って捨てられた一億円の当たりクジを拾ったようなものだ。

企画、原作者の説得、キャスティング交渉、仕掛け……すべてを切り盛りしたのは自分だ。

はっきり言って、境はいてもいなくても同じだった。

「これは、現実ですよ。私達は、仁科さんさえできなかった偉業を成し遂げたんですよ」

エレベータに乗り込みながら、唯は境に微笑みかけた。

ドラマ不況と言われるいま、四十四・八パーセントの数字は不滅の金字塔になるだろう。明日のスポーツ新聞やワイドショーは、『サムライ刑事』の偉業一色に染まるのは間違いない。

第九話の放映までの一週間、マスコミが騒げば騒ぐほど視聴者の関心は『サムライ刑事』に集まる。

最終回までの四話のどこかで、記録更新も夢ではない。

テレビなど、表の部分で評価されるのは和田翔太や菊池真弓などの役者陣だが、業界には視聴率四十パーセント超えを果たした敏腕プロデューサーとして梨田唯の名が刻まれる。

二十七階で、エレベータの扉は開いた。

「社長室か……。入社二十年以上経つけど、中に入るの初めてだよ。これから、お互い大変になるね」

重厚なマホガニー素材のドアの前に立ち、境が緊張に強張った顔で言った。

チーフプロデューサーとしてクレジットに名を連ねてはいるが、業界の誰もが実権は境ではなく唯が握っていることを知っている。

もう既に、メビウスには唯を担当プロデューサーとして、何本かのドラマのオファーが入っている。

これまでは、テレビ局に企画を持ち込むという形だったのだが、いまでは完全に立場が逆転していた。

「これからが、始まりです」

唯は、自分に言い聞かせるように言うと、ドアをノックした。

そう……これからだ。

☆　　☆

ドアを開けた唯は、瞬間、たじろいだ。

「おめでとう！　おふたりさん」

局長の伊沢が満面の笑みで言うと、背後に立つ仁科を含めたドラマ制作部のチーフプロデューサー達が拍手で出迎えた。

「本当は、どこかの店を借り切って祝ってやりたいが、まだ、ＯＡが四回残っているからな。最終回までこの調子が落ちなかったら、打ち上げはホテルで盛大にやろうじゃないか」

窓際の大きなデスクに座っていた社長の大地が、太鼓腹を揺すりながら唯と境に歩み寄ってきた。

「よくぞ、偉業を成し遂げてくれた。これは、私からの感謝の気持ちだ。おめでとう」

大地が、眠っているのではないかというほどに眼を細め、境、唯の順番に祝儀袋を手渡した。

「ありがとうございます」

唯は、大地が差し出す右手を両手で包み込み、深々と頭を下げた。

「君達からも、ふたりになにかひと言かけてやってくれ」

大地が、五人のチーフプロデューサーを促した。

「境さん、梨田君、おめでとうございます。四十四・八パーセントという数字は、本当に驚きです。僕も、ふたりに負けないように頑張ります」

「このたびは、新記録達成、おめでとうございます。これからも、サクラテレビのためにともに力を合わせて頑張りましょう！」

ふたりの祝辞は、ほとんど耳には入っていなかった。

唯の意識は、五人目の仁科がどんな台詞を言うかに奪われていた。

大地の前だからだろうか、仁科はとても穏やかな笑みを浮かべていた。

だが、内心、はらわたが煮えくり返っているに違いない。

いや、四十パーセント超えの視聴率を目の当《ま》たりにしたいま、怒る気力もないほどに心が折れたのかもしれない。

三人、四人……仁科の、いよいよ仁科の番になった。

「境さん、梨田君、おめでとうございます。とくに、梨田君。最初に私の前にきたときには、右も左もわからないような女の子だったのに、よくぞここまで成長したね。『サムライ刑事』を君がやると知ったときには、焦燥感を覚えた。正直、コケればいいと思っていた。そんな自分が、醜く、情けなかった。このままじゃ、自分がだめになる。後輩の成長を素直に喜べないのかと、反省した。まだ、完全に祝福できる気持ちにはなれないけど……」

言葉を切り、仁科が右手を差し出した。

唯は、困惑した。

いったい、どういうことだ？

大地や伊沢の前でいい人ぶるのが目的なら、マイナス要素を語り過ぎている。

本気で、懺悔《ざんげ》しているというのか？

あの仁科が、信じ難い話だ。

しかし、まだ完全に祝福できる気持ちにはなれない、というあたりに真実味がある。

だが、たとえ仁科が改心したところで、いまさら和解できるはずもない。

躊躇する唯の手を強引に握った仁科に引き寄せられた――仁科は唯を軽く抱き締めた。

「お前の天国は、今週で終わる」

耳もとで、仁科が囁いた。

「なっ……」

「これからも、頑張るんだぞ。じゃあ、私はロケがありますのでこれで失礼します」

口を開きかけた唯を遮った仁科が肩をポンと叩き、大地に一礼すると社長室をあとにした。

仁科が消えたドアを呆然とみつめる唯の胸に、得体の知れない不安が広がった。

35

「連ドラでは三十年ぶりとなる四十パーセント超えの視聴率達成の快挙となりましたが、いまのご感想は？」

サクラテレビの建物の前の通りを挟んだ喫茶店……出入り口から一番離れた最奥の席で、スポーツ紙の女性ライターが興奮気味の顔で訊ねてきた。

彼女で五件目の取材だ。唯は午後一時からもう、三時間近くこの席に座りっ放しだった。

このあとも、まだ三件残っている。

『サムライ刑事』の担当プロデューサーとして三十年ぶりの歴史的偉業を達成した唯のもとに、様々な雑誌やスポーツ紙の取材依頼が殺到していた。

主役タレントならまだしも、ドラマの一プロデューサーがこれだけの取材攻勢にあうのは異例のことだった。

それだけ、テレビ界はもとより世間にインパクトを残した証拠と言える。

同じような質問ばかりで、唯は辟易としていた。

タレントの気持ちが、少しはわかるような気がした。

だが、いま取材されている記事が仁科の眼に触れるだろうことを考えると、苦にはならなかった。

この瞬間のために、良心を捨て、あらゆる人々を欺き、冷徹なる「鬼」と化した。

「私自身、信じられない気持ちです。いい作品を視聴者の皆様に届けたいという一心で、ドラマ作りに没頭してきました。この結果は、境チーフプロデューサーをはじめとする様々な方々のお力添えがあっての賜物です。それになにより、原作者である河田泰三先生の寛大なるご理解が得られたおかげだということを忘れてはなりません。でき得るかぎり河田先生の世界観に近づけたつもりですが、やはりドラマということもあり、百パーセントご満足頂けたわけではないと思います。しかしながら河田先生はオファーをかけた段階から現在まで、一度たりとも注文をおつけになりませんでした。この場をお借りして、本当にありがとうございましたということを言わせてください」

虫唾《むしず》が走るような偽善と嘘のオンパレード——仁科でなく唯の言いなりになるプロデューサーであれば、境でなくてもよかった。

視聴者のことなど、まったく頭になかった。いい作品よりも、数字が取れる作品にすることしか考えていなかった。

河田にしても、感謝することがあるとすれば『サムライ刑事』という作品を生み出してくれたことだけだ。

「謙虚な方ですね。空前絶後のヒット作を飛ばした敏腕プロデューサーさんは、いまや業界でも時の人ですよ。このドラマを作るに当たってのご苦労話とか、なにかありましたら教えて頂けませんか？」

「さきほどの話と重複するかもしれませんが、やはり、原作の世界観を壊さないようにということに一番、気を遣いましたね。とは言え、活字での表現法と映像での表現法は似て非なるものですから、まったく同じテイストというわけにはいきませんけどね」

世界観を壊さないように……が聞いて呆れる。

ドラマ版『サムライ刑事』と原作の共通点は主人公の名前が雨竜新太郎ということと職業が刑事だということくらいだ。

「そうですか。順風満帆にみえている『サムライ刑事』にも、いろいろとご苦労があったのですね」

「でも、それよりもつらかったのは……いいえ、やっぱりいいです」

唯は、言い淀んでみせた。

「なんです？　凄く、気になるんですけど」

「身内の妨害です」

「身内の妨害⁉」

女性ライターが好奇心に瞳を輝かせた——唯の撒いた餌に食いついた。

「サクラテレビのプロデューサーさんで、私の恩師の方がいたんです」

唯は、暗鬱に表情を曇らせた。

そのすべてが、女性ライターの興味を引くための「演出」だった。

「そのプロデューサーの方は、サクラテレビをお辞めになったんですか？」

「いいえ。いまでもサクラテレビのエースプロデューサーとして活躍しています」

女性ライターが顔を強張らせ、マイクロレコーダーのスイッチを切った。

「この内容、まずくないですか？」

「日東スポーツさん的にNGなら仕方ありませんが、私は平気です」

「いや、うちはスキャンダルがウリの新聞なので、梨田さんがOKなら大歓迎ですよ。というか、内容次第によっては文化面の扱いじゃなくて一面も狙えるかもしれません」

身を乗り出す女性ライターの眼が、獲物を前にした肉食獣のようにギラついた。

最初から、それを狙っていた。

不可能と言われた『サムライ刑事』のドラマ化を実現し、歴史的高視聴率を叩き出したことにより、唯はその名をテレビ業界に刻み込んだ。

しかし、それは唯が「上がった」だけの話であり、仁科が「堕ちた」わけではない。

唯の目的は、仁科をテレビ業界から抹殺することにあった。

「是非、一面でやってほしいですね」

唯はティーカップを口もとに運びながら、女性ライターの瞳を見据えた。

「わかりました。では、改めてお訊ねします。まず、梨田さんを妨害したというサクラテレビのエースプロデューサーのお名前を伺うことはできるのでしょうか？」

「はい。第一ドラマ制作部の仁科プロデューサーです」

「仁科さんと言えば、視聴率請負人の異名を取るカリスマプロデューサーじゃないですか⁉」

女性ライターが、眼を見開き驚くのも無理はない。

数々の華々しい実績を残している仁科は、もはやプロデューサーという枠で語るには伝説的な存在になっていた。

「ええ……仁科さんは、私がこの業界に入ったときにドラマ制作のノウハウを教えてくれた大恩人です」

「その大恩人が、どうして唯さんの妨害を？」

「原因は、『サムライ刑事』です。仁科さんは、シリーズ五百万部の大ベストセラーのドラマの担当プロデューサーは、是非、自分にと言ってました。最初は、私もそうするつもりでした。ですが、原作者の河田先生が仁科さんにいいイメージを持っておらず、結果、私は境プロデューサーに企画を持ち込みました。それが面白くなかったんでしょう。明らかに、それまでの私にたいする態度と変わりました」

唯は、真実と嘘を絶妙にブレンドしながら女性ライターに説明した。

「エースプロデューサーが、梨田さんにどんな嫌がらせをしたのか教えてもらえますか？」

「『サムライ刑事』の主役が、最初、誰に決まっていたかご存知ですか？」

「雨竜新太郎刑事の役は、たしか、桂木直人さんでしたよね？」

「そうです。なぜ、桂木さんは降板したか知ってますか？」

唯は、詰め将棋のように話を運んだ。

「暴漢に襲われて、クランクインに間に合わなかったんですよね？」

「そう、暴漢に襲われたんです。じつにタイミングよく、撮影寸前にね」

唯は意味ありげな口調で言うと、女性ライターの瞳をみつめた。

五秒、十秒、十五秒……みるみる、彼女の顔が蒼白になった。

「まさか……」

「そのまさかです。桂木直人を襲った暴漢は、仁科プロデューサーが雇ったんです」

女性ライターが絶句した。

確証はなかった。だが、あの事件の暴漢の裏で糸を引いていたのは、仁科に違いなかった。

もし違ったところで、構わなかった。

嵌めようが欺こうが、仁科が映像業界からいなくなれば、それでいい。

「『サムライ刑事』の撮影ができないように、仁科さんが桂木さんに大怪我を負わせたというのですか⁉」

このスクープは世間を震撼《しんかん》させると……自分の社内での立場を大幅にアップさせるだろう

と感じ取ったのだろう。

「ええ。間違いありません。どう？　特大のネタでしょう？」

「たしかに、大変なスクープですよ。ただし、記事にするにはしっかりとしたネタ元が必要です。匿名では、さすがにこれだけの記事は書けませんから。誰か、証言者はいますか？」

「私の名前を、出していいですよ」

唯は、涼しい顔で言った。

「え……梨田さん、それ、本気で言ってるんですか!?」

女性ライターが、困惑顔で訊ねてきた。

「本気です」

「でも、そんなことをしたら、梨田さん、ドラマの仕事をできなくなってしまうんじゃないですか？」

「できますよ」

あっさりと、唯は言い放った。

強がりでもブラフでもなかった。

『サムライ刑事』の主人公に決定していた視聴率キングの桂木直人を襲撃したのがサクラテレビの花形プロデューサーだったという記事がスポーツ紙の一面に載れば、告発人が誰であるとかそんなことは吹き飛んでしまう。

もちろん、サクラテレビ内では唯の責任を問う声が上がるだろう。

だが、いまや唯は三十年ぶりに四十パーセント超えの視聴率を達成した英雄だ。

犯罪者の嫌疑がかけられ日本中の注目を浴びる仁科と、同業者をマスコミに売った自分。

局がどちらを取るかは、目にみえている。

仁科が、桂木を襲撃させたという証拠はない。

しかし、マスコミの影響力とは恐ろしいもので、証拠のあるなしに関係なく活字になっただけで国民は報道をそのまま信じてしまう傾向がある。

それに、仁科がすべてのシナリオを描いたのは間違いないという確信が唯にはあった。

記事をみた警察が動き出し本格的な捜査に乗り出したなら、逮捕もありうる。

そうなれば、映像業界云々のレベルではなく彼の人生は終わったも同然だ。

「わかりました。梨田さんがそこまで覚悟を決めていらっしゃるのなら、有難く記事にさせて頂きます」

「いい記事にしてくださいね」

時はきた。

唯は、女性ライターをまっすぐに見据えながら酷薄に唇を歪めた。

36

サクラテレビの正面玄関に乗り付けたタクシーを、人波が取り囲んだ。

明滅するフラッシュの波状攻撃が、ウインドウ越しに唯の視界を灼《や》いた。

「梨田さんっ、今朝の日東スポーツの記事は、本当ですか⁉」

「なぜ、恩師である仁科プロデューサーをマスコミに売ったんですか⁉」

「仁科さんは事実無根だと言ってますが、裏付けはあるんでしょうか⁉」

「名誉を傷つけられたと……法廷闘争も辞さないと激怒していますが、受けて立たれますか⁉」

記者達が競い合うようにマイクをウインドウに押しつけ、質問を浴びせかけてきた。

「どうします？　いま出たら、大変なことになりますよ」

振り返った運転手が、青褪めた顔で訊ねてきた。

報道陣の数は、ざっと数えても二十人は超えていた。

「しかし、ひとりでくるなんてお客さんも無茶な人だねぇ」

運転手が、呆れ口調で言った。

——俺の許可なしに、なんてことしてくれたんだ！

社長の大村は、メビウスの会議室に響き渡る怒声を上げ、テーブルを叩き立ち上がった。

入社以来、大村がこんなに怒りを露《あらわ》にしたのは初めてのことだった。

——サクラテレビは、ウチにとって大事なクライアントなんだぞ⁉ ただでさえ不況で制作費を大幅カットされているというのに……。子が親の恥部をさらすようなまねをして、いったい、どういうつもりだ！

——お言葉を返すようですが、たとえ親であっても、過ちを犯せば子供から意見されて然るべきだと思います。

——お前が、そこまで自己中心的な女だとは思わなかったよ。サクラテレビから出入り禁止になったら、ウチはやってゆけないんだぞ！ いまから、すぐ、仁科君に詫びを入れてマスコミを集めて謝罪会見を開くんだ！

——社長に断りもなしに行動したことは、申し訳なく思っています。ですが、自分の取った行動を後悔してはいません。それに、今回の報道で、『サムライ刑事』は世間の注目を浴び、視聴率上昇が期待できます。もしかしたら、奇跡の五十パーセントに達するかもしれませんよ。

――お前ってやつは……三井から聞いたよ。お父さんは、仁科君とのいざこざで自殺に追い込まれてしまったんだってな。その件に関しては、同情するよ。彼を恨むのも、仕方のないことかもしれない。だがな、だからといって、私怨でウチとサクラテレビの関係を壊す権利などないはずだっ。

――わかりました。本当に、申し訳ありませんでした。これから、サクラテレビに行ってきます。


唯は、大村に頭を下げ、会議室をあとにした。

大村にたいし、非を認めた。詫びも入れた。サクラテレビに出向くことも受け入れた。

だが、仁科に謝罪するとはひと言も約束してはいない。

「どうする？　出直すかい？」

運転手が、ふたたびステアリングに手をかけ訊ねてきた。

「いいえ。お気遣いありがとうございます」

唯は、タクシー料金を払いドアを開けた。

「仁科さんに会いにきたんですか⁉」

「謝罪ですか⁉」

「誰と面会するんです⁉」

アマゾン川のピラニアさながらに群がる報道陣に、唯はもみくちゃにされた。

「梨田さんっ、なにかひと言！」

「桂木直人君の事務所は、今回の一件になんと言ってるんですか⁉」

誰かが唯の腕を摑んだ。

誰かの靴が唯の足を踏んだ。

誰かの肩が唯の胸にぶつかった。

誰かに髪の毛を引かれた……後方によろめき、尻餅をついた。

視界が報道陣の足に埋め尽くされた。

唯は頭を抱え、その場に蹲《うずくま》った。

「なんだっ、あんたは⁉」

「危ないだろっ」

「割り込むなよ！」

報道陣の怒声と罵声が頭上から降り注ぐ。

視界から、足が遠ざかった。

不意に、目の前に現れた影に肩を抱かれて立ち上がらされた。

「行きましょう」

影は、三井だった。

自分を軽蔑しているはずの彼が、なぜここに現れたのか？

考える間もなく、唯は三井の腕の中に身体を預けた。

「どいてください！　ほらっ、道を開けて！　どいて！」

いつもの温厚な彼からは想像のできない荒々しい怒声を発しながら、三井が人だかりを掻きわけた――サクラテレビの正面玄関に駆け込んだ。

「報道陣の餌食《えじき》になるとわかっているのにひとりで行動するだなんて、無茶にもほどがあります。メビウスにも、記者が張っていたことくらい知ってたでしょう？　しかも、正面玄関からだなんて……せめて、裏口に回るとか地下の出演者通用口から行くとか考えなかったんですか？」

息を切らしながら窘める三井の髪は乱れネクタイは曲がっていた。

唯のスーツのボタンもひとつがちぎれかかり、糸を引いて垂れ下がっていた。

「私は、昔からひとりで行動するのが好きなの。それに、悪いことやったと思ってないから、こそこそしたくないしね」

ありがとう。そのひと言が、素直に言えなかった。

「それにしても、無謀ですって。あんな派手なことをやっておいて、騒ぎになるのは当然でしょう？」

三井が、手櫛《てぐし》で髪を整えつつ言った。

「そんなことより、どうして私を助けてくれたわけ？　もう、愛想を尽かしたんじゃないの？」

唯は、待ち合いソファに腰を下ろし皮肉っぽい口調で訊ねた。

本当は、三井にたいして感謝の気持ちで一杯だった。

「ええ、愛想を尽かしてますよ。今日は、別件で、サクラテレビに用事があったんです。野良犬に囲まれて怯《おび》えてる人を、見殺しにするほど僕は冷血な人間じゃありませんからね」

三井もまた、素直になれないようだった。

唯は、サクラテレビに別件の用事できたという彼の言葉を信じてはいなかった。

恐らく、大村に話を聞き心配であとをつけてきてくれたのだろう。

「誤解しないでくれる？　怯えてなんていないから」

「どこまでも、強情な人だ。サクラテレビには、なんの用事です？　社長は、仁科さんに謝りに行ったと言ってましたけど、本当ですか？」

やはり、思った通り、三井は心配で自分のあとを追ってきたのだ。

「あの男に謝らなければならない理由なんて、どこにもないわ。私が会いにきたのは、局長よ」

「伊沢局長に？」

「そう。仁科を解雇するように勧めにきたの」

「なんですって……。いま、局内は今朝の報道記事で大騒ぎになってるんですよ!?　そんなときに、火に油を注ぐようなことを……唯さん、考え直してくださいっ。いくら『サムライ刑事』の仕掛け人として功績があるからといっても、限度があります。この業界で、生きてゆけなくなりますよ！」

三井が、唯の前に屈み訴えた。

「私がこの業界にいるのは、あいつを追放するためなの。純粋にドラマ作りをするには、私の心は汚れ過ぎているわ。父がもし生きていても胸を張って立つことができない私に、視聴者に夢を与えるドラマを作る資格はないわ」

「唯さん、もしかしてあなたは……」

三井が、言葉の続きを呑み込み驚いたように眼を見開いた。

「私なんかを目標にしてくれていたのに、いろいろと失望させてしまったわね。ごめんなさい」

唯は、哀しげな瞳で三井をみつめた。

「唯さん……」

「これまで、ありがとう」

唯は三井に微笑みを残し、社内ゲートに向かった。

☆　　☆

「梨田君、君は、なんてことをしてくれたんだ！」

応接室に入るなり、ソファで待ち構えていた伊沢が顔を朱色に染めて立ち上がった。

「このたびは、お騒がせしてしまい申し訳ありませんでした」

唯は、深々と頭を下げた。

「申し訳ありませんでしたで、済む問題か！　君のせいで、朝から局の電話は苦情と問い合わせで鳴りっ放しで、大変なことになっているっ。マスコミが大挙して押しかけて、仁科君は一歩も外に出られなくて現場にも行けない！　これまで、ウチは優先的に君の会社に制作を依頼してきた。それを、後ろ足で砂をかけるようなまねをしやがって、どういうつもりなんだ！」

伊沢が、日東スポーツを鷲掴みにして、一面記事を唯の鼻先に突きつけた。

「トリプルクラウンの板垣社長も大激怒して、もう、サクラテレビの番組に所属タレントは一切出さないと言ってるんだっ。ドラマはもちろんのこと、バラエティや情報番組でもトリクラのタレントは重要なポストを担っている。なんやかんや言っても、彼らは視聴率を稼げるタレントだっ。君は、この責任をどうやって取るつもりだ！」

声を裏返し、薄い唇を震わせ、餌を奪われそうになった犬さながらに目を剝く伊沢は、滑稽なほどに動転していた。

無理もない。

トリプルクラウンの全タレントがサクラテレビから引き上げるような事態になったら、仁科は当然のこと、伊沢自身の進退問題にまで発展するのは間違いない。

そしてこのままでは、確実に板垣はサクラテレビに絶縁状を叩きつけるということを唯は知っている。

――あの記事は、本当なのか⁉

日東スポーツの記事を読んだ板垣は、朝一番に唯の携帯電話に確認の電話を入れてきた。

――ええ、本当です。

――なぜ、直人を襲わせたのが仁科だと言い切れるんだ⁉

――インタビューでも言いましたが、仁科は『サムライ刑事』の担当プロデューサーから外されたことを根に持っていました。格下の境さんに高視聴率を取られてなるものかと、妨害を予告してきました。主役の雨竜新太郎刑事が高視聴率俳優の桂木君に決まったと知った彼は、かなり焦りました。桂木君が襲撃された直後に、見舞いにきた仁科と病院で会いました。彼は、桂木君を襲撃したのは自分であるということを匂わせる発言をしたんです。そう、仁科は桂木君の見舞いにきたのではなく、ドラマの目玉を失った私を嘲笑いにきたんです。

――あの野郎……ふざけやがって……。

――板垣社長。業界の盟主であるトリプルクラウンにとって、これ以上の冒瀆《ぼうとく》はありません。見せしめの意味でも、即刻、全タレントをサクラテレビから引き上げるべきです。

板垣を焚きつけるのは、赤子の手を捻るようなものだった。

唯との電話を切った直後にサクラテレビに連絡を入れ、「絶縁宣言」するだろうことは容易に想像がついた。

「局長。ひとつだけ、方法があります」

唯は、伊沢の眼を見据えながら切り出した。

「言ってみろ」

「仁科さんを解雇して頂ければ、私が板垣社長と掛け合い、今回の一件の禊《みそぎ》としてなに事もなかったことにしてもらいます」

「仁科を解雇⁉　桂木直人襲撃に関わっていると決まったわけじゃないのに、そんなこと、できるわけないだろう！　それに、彼はウチの大功労者なんだぞ⁉」

「いまはそうでしょう。あくまでも、いまは、です」

唯は、意味ありげな口調で言った。

「ど……どういう意味だ？」

恐る恐る、訊ねる伊沢。

「警察に、ある情報が入ってます。仁科さんが逮捕されるのは、時間の問題です」

「た、逮捕だと⁉　じょ……情報って、どんな情報なんだ⁉」

伊沢が身を乗り出し、気色ばんだ。

「それは、言えません」

父さん……最後……これで最後。

唯は、心で呟いた。

この嘘で、すべてを終わらせる。

十年間、唯を呪縛していた「悪夢」を……。

「局長。本人は否定するでしょうが、仁科さんが逮捕されるのは時間の問題です。そんなことになってしまえば、トリプルクラウンだけでなく、企業イメージを大事にするスポンサーも手を引くでしょう。取り返しのつかない事態になる前に、ご決断ください」

「しかし、なぜ彼はそんなことを……」

伊沢がソファに倒れ込むように腰を戻し、頭を抱えて苦悶の呻《うめ》き声を上げた。

唯が垂らすルアーのついた釣竿が、大きくしなった。

「恐怖心です。仁科さんは、境さんが担当する『サムライ刑事』が大ヒットすることにより局内での自分の立場が脅かされることを恐れたんです」

「本当に、仁科君を解雇すれば、板垣社長を説得できるのか？」

「ええ、できます。たしかに仁科さんの功績は大きいものだと思いますし、彼の抜けた損失は小さくないでしょう。でも、これだけの騒ぎになった以上、仁科さんが局に残った際の損失のほうが大きくなると思います」

伊沢が腕組みをし、眼を閉じた。

沈殿した空気を刻む秒針の音が、唯には勝利のカウントダウンを数える音に聞こえた。

「わかった。前向きに検討しよう。ただ、事が事なだけに、今日明日にすぐ結論を出すというわけにはいかない。役員会議にかけなければならないし、一週間待ってくれ」

苦渋の表情で、伊沢が言った。

「わかりました。一週間ですよ。それ以上、板垣社長を引っ張ることはできません。では、ご連絡、お待ちしています」

唯は席を立ち、伊沢に一礼するとドアに向かった――レースは、第四コーナーを回って最後の直線に差し掛かった。

競りかけてきなさい。あなたの乗る馬に体当たりしてでも、決して、ゴールを駆け抜けさせはしないわ。

たとえ、私の馬が息絶えても……。

37

サクラテレビ、看板プロデューサー解雇！

高視聴率請負人、逮捕は秒読みか⁉

『ラストゲーム』『夏のサンタクロース』『恋愛映画』を仕掛けた名プロデューサー、刑事告訴か？

『桂木直人襲撃事件』でサクラテレビのエースプロデューサー業界追放！

高視聴率プロデューサー、衝撃解雇へ！

唯は、メジャー五紙のスポーツ新聞の一面を飾った見出しを脳内に思い浮かべながら、代官山の朝の閑静な住宅街に車を走らせていた。

入り組んだ路地を右折すると、フロントウインドウ越しにオフホワイトの外壁の瀟洒なマンションが姿を現した。

マンションの周辺には、三十人近い報道陣が「主役」の姿をカメラにおさめようとシャッターチャンスを狙っていた。

どのスポーツ紙も、ほかに大きなニュースがなかったことも幸いし、仁科がサクラテレビを解雇されたことを大々的に報じていた。

唯が伊沢に掛け合ってからちょうど一週間後の昨日の夜、サクラテレビは緊急記者会見を開き、仁科の解雇を発表した。

報道陣のインタビュー攻めにあった仁科は弁護士を立て、「桂木直人襲撃事件」の濡れ衣を着せられたとして不当解雇を主張し、サクラテレビを逆提訴する意向を口にした。

同時に、今回の事件の発端である情報提供者の唯と日東スポーツにたいし事実無根の発言と悪意に満ちた記事を掲載したとして、名誉毀損で損害賠償を求める訴訟を起こす構えもみせている。

物証はおろか、状況証拠もない戦いは明らかに不利であり、恐らく、裁判を起こされたなら唯は負けるに違いなかった。

だが、そんなことなどどうでもよかった。

裁判に負けようとも、栄光を独り占めにしてきた仁科をサクラテレビから追放した唯は間違いなく勝者だった。

唯は、車の速度を落とし、マンションから十メートルほど離れたあたりの路肩に停めた。

いま、一方の「主役」がマンションの駐車場に乗りつけてしまったら、報道陣の餌食になってしまう。

唯は、ドライバーズシートを倒し、「そのとき」を待つことにした。

十時間でも、二十時間でも、「負け犬」が出てくるまで動くつもりはなかった。

見届けたかった。

堕ちてゆく仁科の姿を……。

嘲笑ってやりたかった。

そして、言ってやりたかった。

あなたは私に負けたのではなく、父に負けたのよ、と。

多くの人間を欺き、傷つけた。

罪の意識がないと言えば嘘になる。

しかし、後悔はしていない。

仁科を地獄に叩き落とすと誓った瞬間から、鬼にでも悪魔にでもなると心に決めていたのだから。

報道陣が、ざわめいた。

唯はシートを起こし様子を窺ったが、人垣でなにもみえなかった。

車を降りた唯は、報道陣の群れを掻きわけながら前へと進んだ。

「あれ……彼女は……」

「梨田さんじゃないか？」

「どうして彼女がここに⁉」

「いったい、なにをする気だ⁉」

報道陣のざわめきが、唯の姿を認めた瞬間に大きくなった。

なにかを期待するように、報道陣が自主的に唯の前を開けた。

スエットの上下に無精髭を蓄えた仁科が、無防備に立ち尽くしカメラのフラッシュを浴びる姿が視界の正面に現れた。

目の前の仁科は、髪もボサボサで表情に力がなく、いつもお洒落なファッションに身を包み自信に満ち溢れていた敏腕プロデューサーの面影は微塵もなかった。

ただ、唯に向けられた瞳は異様にギラつき、鬼気迫るものがあった。

「仁科さんっ、桂木直人君襲撃犯の黒幕という記事は本当なんですか⁉」

「記事には、『サムライ刑事』の担当を外された恨みと書かれてありますが⁉」

「どこかの取材で身に覚えのないこととおっしゃっていましたが、当然、提訴はされるんですよね⁉」

「いまここに、梨田さんがいらっしゃいますが、なにかひと言！」

「梨田さんは、どうしてここに⁉」

「仁科さんに、言いたいことがあるんですか⁉」

仁科にされていた矢継ぎ早の質問の矛先が、唯に向けられた。

「長い間、ご苦労様でした」

仁科に深々と頭を下げる唯に、一斉にフラッシュが焚かれた。

「いままで、あなたが築き上げてきたテレビ業界での名声と業績を、一瞬で崩し去ってしまったことにたいし、申し訳ない気持ちで一杯です」

唯の痛烈な皮肉に、周囲がどよめいた。

「いまのあなた、気味がいいわ。もう、このへんで許してあげるから」

ボリュームが上がるどよめきを受けながら、唯は仁科に背を向け、きた道を戻り始めた。

終わった。なにもかもが……。

テレビ業界から去るのは、仁科ばかりではなかった。

恩を仇《あだ》で返すようなまねをしてごめんなさい。

辞表の入った上着の胸もとを押さえつつ、唯は心で大村に詫びた。

「俺に勝ったつもりか⁉　ええ⁉」

背後から追ってくる仁科の喚き声に、唯の足は止まった。

振り返ると、仁科が常軌を逸した眼で唯を睨めつけ、ケタケタと笑っていた。

仁科が、正気を失っているだろうことを、唯も報道陣も悟った。

「『サムライ刑事』は、潰れる、潰れる、潰れる……」

口もとから涎《よだれ》を垂らし、仁科が薄気味の悪い笑い声とともに一歩、また一歩、唯に歩み寄ってきた。

「仁科さん。往生際が……」

「熱血刑事の雨竜新太郎の正体は、淫行野郎だ！」

唯を遮った仁科が、絶叫とともにＡ４サイズに引き伸ばした一枚の写真を高々と頭上に翳した。

写真に吸い込まれた唯の視線が氷結した。

写真は、ベッドの上で寄り添うふたり……どうみても十代の全裸の少女の肩を、やはり全裸の青年が抱き寄せているものだった。

ふたりとも、かなりアルコールが入っているらしく、顔は赤く浮腫《むく》み白眼は充血していた。

「おい……あれ……和田翔太じゃないか!?」

「嘘……マジか！」

「和田翔太だよ、間違いない！」

「大スクープだ！」

「仁科さん、この写真を誰から手に入れたんですか⁉」

「いつ頃の写真ですか⁉」

「この少女は、いくつなんですか⁉」

報道陣が、血の匂いを嗅ぎつけたサメのようにテンションアップした。

「そんなことはどうだっていい！　真実はただひとつ！　正義感に溢れた雨竜新太郎は、未成年に手を出すインコー野郎だってことだ！」

フラッシュの集中砲火に青白く染まる仁科の狂気染みた高笑いが、唯の鼓膜からフェードアウトした。

視界が古い映画のようにザラつき、色を失ってゆく……唯の頭の中で、なにかが崩れ落ちる音がした。

終　章

穏やかな陽射しが、唯の背中を優しく包んだ。

鳥の囀《さえず》りや梢《こずえ》の触れ合う音に耳を傾けたのは、いつ以来のことだろう……。

今日は、父……孝史の十年目の命日だった。

唯は、孝史が好きだった白バラの花束を墓石の前に置き、線香に火をつけ手を合わせた。

孝史は唯の誕生日やクリスマスのときには決まって、プレゼントとともに白バラを添えてきた。


――このバラ、赤色を塗り忘れてるよ？

唯が五歳の誕生日のときに孝史に言った言葉が、懐かしさとともに胸に込み上げてくる。

――忘れてなんかいないよ。このバラはね、もともと白い種類なんだよ。

孝史が柔和に目尻を下げながら、穏やかな口調で言った。

――じゃあ、真っ黒いバラもあるの？

――黒いバラ……うーん、花のことは詳しくないからわからないけど、多分、真っ黒はないんじゃないかな。もしあったとしても、パパはあまり好きじゃないな。唯には、この白バラみたいに汚れない大人に育ってほしいな。

――けがれ……？

――まだ、唯には難しい言葉だったな。

記憶の中の孝史の笑い声に、胸が詰まった。

「こうやって、ゆっくりするの久しぶりね。ここのとこ、ずっと忙しくしてたから、あまりこられなくてごめんね」

『サムライ刑事』のドラマ化立案、原作者の説得、テレビ局へのプレゼン、脚本作り、キャスティング、クランクイン、番宣活動、仁科の妨害、クランクアップ、オンエア……あまりのハードスケジュールに忙殺され、数ヶ月間、父が眠る赤坂の墓地に足を運んでいなかったのだ。

もっとも、忙しさだけが理由ではなかった。

仁科と戦っているときの自分は、とても醜く、薄汚れ、墓の前に立つ勇気が出なかったのだ。

「一ヶ月前に、会社を辞めたの……というか、クビ同然だけどね」

唯は、自嘲ぎみに笑った。

視聴率四十パーセント超えの『サムライ刑事』、第九話を最後に突然の打ち切り！

雨竜新太郎役の和田翔太、淫行罪で逮捕！

高視聴率ドラマ打ち切りで、和田翔太の所属事務所に数億の損害賠償金発生！

唯の脳裏に、この一ヶ月、連日のように報道されたスポーツ紙の見出しやワイドショーのテロップがダイジェストVTRのように蘇った。

待ち構える報道陣の前での突然のスキャンダル告発……仁科は、あの時点でサクラテレビから解雇を通達されており、精神的に壊れていた。

自暴自棄の状態で、唯を道連れにしたのだ。

逮捕されたのは、和田翔太ばかりではなかった。

仁科が放った最後の一矢は、自身の首を絞める結果にもなった。

警察発表によると、少女は十七歳の定時制高校生で、会員制のデートクラブに在籍していたという。

そのデートクラブは六本木にあり、芸能関係者やタレント、スポーツ選手などの著名人が多数会員になっており、和田もテレビ局のプロデューサーの紹介でときどき利用していたという。

システムは、ホステスが席に着き客の相手をするというそこらのキャバクラとなにも変わらないものだった。

そして気に入った女性がいれば指名料を払ってホステスを店外に連れ出すことが可能なのだが、一般のキャバクラのアフターと違うのは、暗黙の了解でホテルに行くという話が最初からできあがっていることだった。

和田はいまをときめく旬なタレントなので、さすがに店に足を運んだりはしていなかったようだ。

チェックインしているホテルの一室にホステスがあとから向かうというのが、和田を含めた著名人達の利用法らしかった。

仁科はデートクラブのオーナーに通常の何倍もの利用料金を摑ませ、十七歳のホステスを派遣し、そのホステスに、和田に酒をしこたま呑ませて酩酊状態になったところで写真を撮らせるように指示を出させた。

仁科のシナリオ通りに事は運び、和田翔太は芸能生命を絶たれる決定的写真を撮られてしまったのだ。

だが、写真は公表しなければ「威力」を発揮できない。

公表すれば、和田を芸能界から抹殺することはできるが、売春防止法を適用される店に関わったとして、仁科自身も司法の裁きを受けなければならなくなる。

あのときの仁科は、たしかに精神が蝕《むしば》まれていた。

しかし、確信犯だったと唯はいまでも思っている。

桂木直人襲撃事件の黒幕の疑いを持たれている仁科は、サクラテレビを解雇されただけでは終わらない。

大事なドル箱タレントを潰されたトリプルクラウンの板垣は、闇世界と深い繋がりを持っていることで有名な人物だ。

芸能界の「雄」の立場を守るためには、みせしめが必要だった——板垣が仁科制裁に動くだろうことは明らかだった。

『サムライ刑事』を打ち切りに持ち込み、命を守る。

今回の衝撃的な暴露事件は、冷静な計算に基づいた上で仁科が取った最善策だったに違いない。

『サムライ刑事』が打ち切りになったことで、A級戦犯の和田はもちろんのこと、栄光を独り占めにしていた唯もまた、裏目に出た反動で数々の非難を浴びた。

和田の買春事件に関しては無関係だったとはいえ、『サムライ刑事』を高視聴率ドラマにするために、いくつもの「悪事」を働いてきた。

その意味では、世間の非難や社会的制裁を受けることにたいして、なんの不満もなかった。

なにより、『サムライ刑事』を成功させるのは、自身の名誉や賞賛のためではなく、仁科を「堕とす」ことが目的だったのだから、この結末に悔いはなかった。

悔いどころか、自分でも信じられないくらいに唯の心は安らぎに満ちていた。

「私……なれなかったね……」

唯は、力ない笑みを浮かべながら墓石の前の白バラの花束をみつめた。

「黒バラは真っ黒ではないと教えてくれたのは、君だったよね？」

不意に、声をかけられた。

振り返り見上げると、そこには、赤黒い花びらを開かせる黒バラ……ブラックバッカラの花束を抱えた圭介が立っていた。

「どうして、ここが……？」

唯は、ゆっくりと腰を上げながら訊ねた。

「君のお父さんと仕事をしていた制作会社の人と昨日打ち合わせをしていたら、明日、命日だという話を聞いてね。じつは……朝から霊園の入り口に車を停めて、君が現れるのをずっと待っていたんだ」

圭介が、照れくさそうに言った。

「私を……？」

「そう、君をスカウトしにきた」

「スカウト？」

「僕、今度、制作会社を立ち上げるんだ。ちょうど、優秀なパートナーを探していたところだ」

　笑顔で、圭介が唯をみつめた。

「嬉しいわ。でも、私にはもうそんな資格は……」

　唯の口を封じるように、圭介が目の前にブラックバッカラの花束を翳した。

　そして、次の瞬間、花束を空に向かって投げた。

　宙に舞う花束がくるくると回転しながら落下するのを見届けた圭介が、墓石の前に屈み手を合わせると眼を閉じた。

「お父さん。唯さんを、僕にください」

　圭介の言葉に、唯は耳を疑った。

「圭介さん……」

　眼を開けた圭介が唯を見上げて力強く頷いてみせ、供えられていた白バラの花束を手に腰を上げた。

「ふたりで力を合わせれば、きっと戻れる……本当の君にね」

　圭介が優しく眼を細め、白バラの花束を唯に差し出した。

　忘れかけていた温かい感情が、唯の氷壁の心を溶かしてゆく……白い花びらに、水滴が落ちて弾けた。

「ありがとう」

唯は泣き笑いの表情で言うと、路面に落ちたブラックバッカラの花束を拾い上げた。

「唯……」

不安そうな眼差しを向けてくる圭介に、唯は精一杯の笑顔を返した。

「その花束を受け取るに相応しい私になるまで……待ってて」

そう言い残し、唯は圭介の横を通り過ぎた。

「いつまでも、待ってるよ！」

背中にかけられた圭介の声に振り返りたい気持ちをグッと堪《こら》え、唯は正面を見据えつつ歩を進めた。

唯には視《み》える。

微かに息づいている、一輪の白い蕾《つぼみ》が……。

解説

杉江松恋

他人を騙《だま》し、餌食《えじき》にすることを屁《へ》とも思わない女性がここにいる。

その非情さをなじられ、彼女はうそぶくのだ。

「肉料理を食べたければ、まず、動物を殺さなければならないことと同じです。それがかわいそうだと言うのなら菜食主義者になればいいでしょう？」

素晴らしい。この一言で私は彼女に惚《ほ》れた。新堂冬樹『ブラック・ローズ』の主人公・梨田唯をご紹介します。

梨田唯は、制作会社メビウスに属し、プロデューサーの職に就いている女性だ。手がけた番組は二時間の単発ドラマ程度で、まだ代表作と呼べるものはない。しかし、それには理由があった。彼女には誰にも明かしていない秘密の目的があったのだ。それは、サクラテレビのチーフプロデューサーである仁科真一を打ち負かし、苦杯を嘗《な》めさせることだった。

唯の父親である葉山孝史は、かつてサクラテレビで仁科と肩を並べたやり手のプロデューサーだった。しかし、仁科が無理に押しこんできたキャスティング変更によって周囲の人間に迷惑をかけたことを苦にし自殺してしまっていたのだ。唯は仁科を父の仇《かたき》と決め、ひそかに復讐《ふくしゅう》の機会をうかがっていた。

——子犬が狼を倒すには、ある絶対条件が必要だ。それは、その狼のもとで育ち狼犬になることだ。

ＡＰ（アシスタント・プロデューサー）時代から唯は足しげく仁科の元に通い、教えを乞《こ》うてきた。仁科は、そうとは知らずに自分を付けねらう刺客を育ててきたのだ。唯が単発ドラマしか手がけてこなかったのは、目立つ業績を残して仁科に警戒されることを防ぐためだった。中途半端な勝利では意味がない。「そのとき」が来るのを、彼女は息を殺して待ち続けてきた。

唯がついにそのときを迎える場面から本編は始まる。累計五百万部を超える大ベストセラー『サムライ刑事』の映像化の許可を、原作者の河田泰三から取りつけたのだ。ドラマ黄金時代の再来を願う局幹部にとっては、喉《のど》から手が出るほどに欲しいカードだ。しかし、唯がこの切り札を手に入れた手段は、決して綺麗なものではなかった。映像化によって原作のイメージを壊されることを嫌う河田に、トータルプロデューサーとしてドラマ制作の指揮権を与えるという空手形を切り、強引な形でもぎ取ったものだったのだ。もちろん局の了解などは取れていない。千載一遇の好機をものにするため、唯は次々に秘策を繰り出していく。あるときは真っ赤な嘘で人を翻弄し、あるときは恫喝の言葉で相手をねじ伏せる。目的のためには手段を選ばない唯は、やがて決して傷つけてはいけない人の心までも踏みにじってしまう。

『ブラック・ローズ』は幻冬舎の刊行する雑誌「ポンツーン」に二〇〇九年一月号から十二月号にかけて連載された（二〇〇九年十二月に単行本化）。TV業界で働く女性が主人公であり、ドラマ制作の内幕が赤裸々に描かれる。この世界には詳しくない読者であっても、そうした裏話の数々は真に迫ったものとして感じられるはずだ。TV業界が決して清潔なものではなく、内にさまざまな問題を抱えた、伏魔殿のような場所であるということは、今やそこらの中学生でも知る「事実」となった。いわゆるイエロージャーナリズムの各紙誌がTV局に関するスキャンダルを頻繁に報じるのは日常茶飯事の出来事となった。怪しげな風説がまことしやかに語られるインターネットは、スキャンダルの出所であると同時にそれを歪曲《わいきょく》して拡散するための格好のメディアにもなっている。そうした現実の世情を見ても、これは出るべくして出た作品なのだ。

ただし『ブラック・ローズ』は、現実の似姿として書かれただけの薄っぺらな小説ではない。たとえば、『サムライ刑事』ドラマ化に執念を燃やす主人公によって翻弄される作家・河田の描かれようを見てもらいたい。唯が口にする甘言や虚言に散々翻弄される河田なのだが、一度も彼の反抗は成功することがなく、唯によってなすすべなく操られていく。

「梨田君……君という女性は恐ろしい人だ。君のほうこそ、悪魔だよ」
「ドラマを成立させるためなら、喜んで悪魔にでもなります」

という河田と唯の会話は、この小説全体の主題を表すものでもある。情念に取り憑かれた人間は、時に人であることを超えて悪魔になる。そういうことだ。TVの画面の中では、すべてのニュースがのっぺりとした平面的な印象で語られる。そこでは見えることのない、人間の心の深い淵を新堂は描き出そうとしている。

言い換えるならば、現実を矮小化《わいしょうか》して小説の枠組みに押し込めるのが目的ではない。常人は気づくことさえない現実のとんでもない側面を小説ならではの誇張を用いて物語にするのが新堂内幕小説の真骨頂なのである。『サムライ刑事』ドラマ化の現場周辺で起きる出来事はみな極端に歪《ゆが》んでいるが、それでも間違いなく人間が引き起こしたものである。人間の欲望は、時に信じられないような形をとることがあるのだ。言うまでもなく、もっとも歪んだ登場人物は主人公である唯だ。同時に彼女は、その醜さをもっとも自覚している人間でもある。復讐の念に狂った自分と、その自分を冷ややかな目で見つめるもう一人の自分。その引き裂かれたありようがどうなっていくのか、という関心が本書の焦点となる。

振り返ってみれば、闇金融の世界を題材にしたデビュー作『血塗られた神話』(一九九八年。講談社ノベルス↓現・幻冬舎文庫)もまた、一種の内幕小説というべき内容だった。作家としての出発点の段階から、新堂は内幕小説を得意にしていたのだ。しかし同作で主となっていたものは金融屋という題材ではなかった。金貸しという職業に取り憑かれ、本来の自分を捨てなければならなかった主人公の哀しみを描くことが『血塗られた神話』という作品の主眼だったのである。

オウム真理教事件に題材を取り新興宗教の裏を描いた『カリスマ』(二〇〇一年。徳間書店↓現・幻冬舎文庫)、当時はまだ珍しかった復讐代行人を主人公とした『溝鼠《ドブネズミ》』(二〇〇二年。徳間書店↓現・幻冬舎文庫)など、新堂の初期の代表作は、すべて内幕小説といっていい内容である。それらはすべて題材の上に濃厚な人間ドラマが載せられ、単なる情報小説ではない深みを獲得していた。最近の作品では、二〇一〇年に発表した『白と黒が出会うとき』（河出書房新社）が、病院経営の裏を描いた意欲作だった。

こうした内幕小説と、『砂漠の薔薇』（二〇〇六年。幻冬舎→現・幻冬舎文庫）、『摂氏零度の少女』（二〇〇七年。幻冬舎→現・幻冬舎文庫）のような現実の犯罪者を取材してその心理にメスを入れた犯罪小説の二つの路線こそが、新堂冬樹という作家の特質がもっとも良い形で発揮されるジャンルではないかと私は考えており、ぜひ書き続けてもらいたいと願っているのである。

ところで、新堂が書き続けている内幕小説には、二つの系譜がある。一つは二〇〇六年の『黒い太陽』（祥伝社→現・祥伝社文庫）に始まる、風俗業界の裏面を描いた作品群だ。同作の続篇である『女王蘭』（二〇〇八年。祥伝社→現・祥伝社文庫）、『帝王星』（二〇一一年。祥伝社）のほか、『夜騎士物語』（二〇〇八年。双葉社）がある。もう一つが、芸能界を題材とした作品で二〇〇八年の『枕女優』（河出書房新社→現・河出文庫）、二〇〇九年の『女優仕掛人』（角川書店→現・角川文庫）、そして本書がその系譜に連なるものである。

ご存じの方は多いかと思うが、作者は新堂プロなるプロダクションを設立し、芸能界を相手にしたビジネスに本腰を入れて取り組んでいる。本書の中で「芸能界をテーマにした業界もの」のドラマ作りはタブーであり「内幕を暴くということ即《すなわ》ち、自社の重要な取引先であるプロダクションや大切な商品であるタレントを貶《おとし》めることになる」と書かれているのが気になるところ。プロダクション経営と小説執筆の間で齟齬《そご》をきたすことはなかったのか、と余計な気も回したくなるが、心配は無用である。前述したように本書の内容は現実の芸能界によりかかったものではなく、スキャンダルを焚《た》きつけることを目的としてはいないからだ。「内幕」を描いてはいるが、それは決して現実そのままの芸能界ではない。虚構のベールを二重にした先にこの小説の舞台は置かれている。一見単純な作りのような気がする内幕小説だが、実はこのように題材のモデルが存在しない小説以上に、虚構であることにこだわった複雑な作りこみがなされているのだ。

『ブラック・ローズ』の「巧《うま》さ」に触れるのを忘れていた。いわゆるページターナー、読者がページに手をかけるのを止められなくなるような麻薬性の魅力がある作品である。次から次に事件が起きるから、というだけではない。唯という主人公が、どんどん自身を窮地に追い込んでいくように見える点に工夫があるのだ。嘘で固めた場所を守るためにもう一つの嘘が必要になる。悪魔に魂を売り渡したような、大きな問題のある状態から主人公が出発する「悪魔との契約」のプロットが本書では用いられている。物語の起伏についても周到に計算されており、心憎いほどの配慮によって読者は結末へと運ばれていく。

新堂には根っからのサービス精神があり、時に過剰なほどの刺激を提供して読者を喜ばせようとすることがあったが、そうした部分が本書にはなく、これ以上はないというような配置で物語の要素がはめ込まれている。デビュー後十年余が経過して、最初の円熟期を迎えようとしている作家の余裕とでもいうようなものが、本書からは受け取れるのだ。

残念なのは一点だけ。この小説を連続ドラマ化したら、視聴者に大受けすることは間違いないのに、先に述べた理由でそれだけは無理なのである。各自で好きなキャストを使い、脳内でドラマ化してみることをお勧めする。梨田唯は、吉高由里子でどうか。

——作家・書評家

この作品は二〇〇九年十二月小社より刊行されたものです。

幻冬舎文庫

●好評既刊
血塗られた神話
新堂冬樹

悪魔と呼ばれた街金融の経営者・野田秋人はある日、惨殺された新規客の肉片を受け取った。過酷な徴収で客を自殺させた五年前の記憶が蘇る——。金融界に身を置いていた著者が描く復讐劇！

●好評既刊
闇の貴族
新堂冬樹

暴力団の若頭で、シノギに倒産整理会社を経営する加賀。彼は手段を選ばぬ手口で巨万の富と権力を手にし、いつしか「闇の貴族」と称されるが……。闇金融と裏社会を知り尽くした著者の衝撃作！

●好評既刊
摂氏零度の少女
新堂冬樹

美しく、成績も優秀な女子高生が始めた〝悪魔の実験〟。それは実の母に劇薬タリウムを飲ませることだった。なぜ実験の対象が最愛の母親なのか？現代人の心の闇を描くミステリーの新機軸！

●好評既刊
カリスマ(上)(中)(下)
新堂冬樹

宗教法人「神の郷」の教祖・神郷は全ての欲の滅失を説く一方、教徒から三百五十億円を騙し取り、女性教徒六百人の体を貪る。なぜ人は幻影に縋るのか？　新興宗教の内幕を凄まじく抉る快作！

●好評既刊
天使がいた三十日
新堂冬樹

子供を身籠った最愛の妻を亡くした日吉友哉。仕事、金、家も失い、自身も旅立つ決意をしたクリスマスイブの日、チョコレート色をしたアイリッシュ・セターと出会う……。珠玉の純愛小説。

幻冬舎文庫

●好評既刊
溝鼠《ドブネズミ》
新堂冬樹

復讐を請け負う代行屋、鷹場英一。人の不幸とカネを愛し、ターゲットに最大の恥辱と底なしの絶望を与えることを何よりの生きがいとしている――。人間の欲望を抉り出す暗黒エンタテインメント。

●好評既刊
悪の華
新堂冬樹

シチリアマフィアの後継者・ガルシアは仲間に裏切られ、家族を殺された。復讐を胸に祖母が生まれた日本へ。金を稼ぐために極道の若頭・不破の暗殺を請け負う……。凄絶なピカレスクロマン！

●好評既刊
聖殺人者
新堂冬樹

新宿でクラブを営むシチリアマフィアの冷獣・ガルシアは、シチリアの王・マイケルから最強の殺戮者を放たれ、暴力団も交えた壮絶な闘争に巻き込まれた……。傑作ノンストップ・ミステリー！

●最新刊
黒の狩人(上)(下)
大沢在昌

中国人ばかりを狙った惨殺事件が続けて発生した。やがて事件は、刑事、公安、そして中国当局の威信をかけた戦いへと発展する……。かつてないスピードで疾走するエンターテインメントの極致！

●好評既刊
アウトバーン
組織犯罪対策課　八神瑛子
深町秋生

上野署組織犯罪対策課の八神瑛子は誰もが認める美貌を持つが、容姿から想像できない苛烈な捜査で数々の犯人を挙げてきた。危険な女刑事が躍動する、まったく新しい警察小説シリーズ誕生！

ブラック・ローズ

新堂《しんどう》冬樹《ふゆき》

平成23年8月5日　初版発行

発行人――石原正康
編集人――永島賞二
発行所――株式会社幻冬舎
〒151-0051東京都渋谷区千駄ヶ谷4-9-7
電話　03(5411)6222(営業)
　　　03(5411)6211(編集)
　　振替00120-8-767643
印刷・製本―図書印刷株式会社
装丁者――高橋雅之

幻冬舎文庫

ISBN978-4-344-41718-2　C0193　し-13-19